Arno Geiger

Das glückliche Geheimnis

»So großartig beiläufig, warmherzig und klug, so entschlossen, gekonnt und frei, dass die Lektüre ein echter menschlicher Gewinn ist. Es gibt nur wenige Bücher, an deren Ende man denkt, es wäre schön, mit dem Autor befreundet zu sein. Dies ist so eins. « Eberhard Rathgeb, DIE ZEIT

»Arno Geiger erzählt so bestrickend wie kaum jemand sonst vom gelingenden Leben.« Sebastian Fasthuber, Falter

»›Das glückliche Geheimnis‹ ist das Buch seines Lebens.« Lena Bopp, Frankfurter Allgemeine Zeitung

»Spannend und berührend erzählt Arno Geiger in diesem ungewöhnlichen und ungewöhnlich intimen Roman von seinem jahrzehntelangen Doppeleben als Autor und Altpapiersammler. Ein Erkenntnisblitz von einem Buch!« Denis Scheck, ARD ›druckfrisch‹

»Ein Buch, ohne das man künftig nicht mehr über das Romanschreiben (und Lesen und Reden über Literatur) nachdenken sollte.« Judith von Sternburg, Frankfurter Rundschau

Arno Geiger, 1968 in Bregenz geboren, gewann 2005 mit seinem Roman ›Es geht uns gut‹ den Deutschen Buchpreis und hat seitdem – etwa mit ›Der alte König in seinem Exil‹ und ›Unter der Drachenwand‹ – großen Erfolg. Sein Werk wurde mit vielen weiteren Auszeichnungen bedacht, darunter der Friedrich-Hölderlin-Preis, der Literaturpreis der Konrad-Adenauer-Stiftung, der Joseph-Breitbach-Preis, der Bremer Literaturpreis und der Europese Literatuurprijs. Er lebt in Wien.

Arno Geiger

Das glückliche Geheimnis

dtv

Von Arno Geiger ist bei dtv außerdem lieferbar:
Irrlichterloh
Alles über Sally
Der alte König in seinem Exil
Anna nicht vergessen
Selbstporträt mit Flusspferd
Es geht uns gut
Unter der Drachenwand
Schöne Freunde

MIX
Papier | Fördert
gute Waldnutzung
FSC® C019821

7. Auflage 2025
2024 dtv Verlagsgesellschaft mbH & Co. KG
Tumblingerstraße 21, 80337 München
produktsicherheit@dtv.de
Lizenzausgabe mit Genehmigung der
Carl Hanser Verlag GmbH & Co. KG, München

Umschlaggestaltung: dtv nach einem Entwurf
von Peter-Andreas Hassiepen, München
Umschlagmotiv: Jonas Peschel
Satz: Satz für Satz, Wangen im Allgäu
Druck und Bindung: Druckerei C.H.Beck, Nördlingen
Printed in Germany · ISBN 978-3-423-14900-6

für Katrin

Immer hatte ich ein heimliches Leben,
und immer war das mein wahres Leben.

Imre Kertész, Galeerentagebuch

Es gibt dunkle Geheimnisse, und es gibt glückliche Geheimnisse. Mein glückliches Geheimnis bestand fünfundzwanzig Jahre lang darin, dass ich in Wien ausgedehnte Streifzüge machte und die an den Straßen stehenden, für Altpapier vorgesehenen Behältnisse erkundete auf der Suche nach für mich Interessantem. Mir ist klar, das ist keineswegs alltäglich, obwohl es um Alltägliches geht, um eines der wenigen Dinge, die allen Menschen zugänglich sind: Abfall. Trotzdem muss ein Mensch, damit er sich aus freien Stücken so viele Jahre mit diesem Alltäglichen abgibt, ein wenig wahnsinnig sein. Selbstverständlich halte ich mich nicht für wahnsinnig. Aber der vom Wahnsinn freie Teil meines Verstandes sagt, dass ein Quäntchen Wahnsinn sehr wohl vorhanden sein muss. Ein glücklicher Wahnsinn, gibt der wahnsinnige Teil in mir zur Antwort.

Fünfundzwanzig Jahre. Unsere Gesellschaft ist ein auf Hochtouren laufender Wegwerfbetrieb, er produziert einen nicht abreißenden Strom aus Abfall. Aus diesem Strom, der täglich an uns vorbeiflutet, mächtig wie der Mekong, zog ich zwischendurch ein Stück heraus. Was ich tat, war, als finge ich Wasser in einem Sieb. Angesichts der schieren Masse an Weggeworfenem war das Wenige, das ich nach Hause trug, vergleichbar mit dem Wasser, das dank gewisser Oberflächenspannungen in den Löchern eines Siebes hängenbleibt.

Mittlerweile habe ich diese Tätigkeit aufgegeben. Aber ein Vierteljahrhundert auf der Straße, beschäftigt mit dem, was andere Menschen wegwerfen, fügt einer Person Dinge hinzu, die man nicht einfach wieder entfernen kann. Ein Vierteljahrhundert war Weggeworfenes Teil meines Lebens. Die Persönlichkeit kann nur für kurze Zeit unabhängig bleiben von dem, was sie tut. Wenn einer jahrzehntelang Woche für Woche, sofern die Umstände es zulassen, einer Tätigkeit nachgeht, die üblicherweise Sache der Ausgestoßenen ist, wirkt diese Tätigkeit auf seine Person. Meine Runden haben mich als Mensch so sehr geprägt, wie sie mich als Schriftsteller geprägt haben. Und das ist das Beste, was ich darüber sagen kann.

Müll ist ein gewaltiges Thema, gewaltig nicht nur als Rohstoffressource, sondern auch als kulturelle Ressource, als Unterabteilung des kulturellen Gedächtnisses, als Niederschlag einer Kultur. Müll birgt die Kraft, ganze Stadtviertel mit Energie zu versorgen. Aber er vermag auch, kreative Prozesse anzutreiben. Denn in den Müll kommt, was erledigt ist, und in diesem Erledigten gibt eine Gesellschaft Auskunft über sich selbst. Für Archäologen sind ehemalige Stadtgräben, die mit Abfall aufgefüllt wurden, Goldadern. Die Archäologen wissen: Das Erledigte verkörpert eine Epoche so gut wie das bedeutendste Kunstwerk. Im Müll wohnt die Wahrheit. Und die Wahrheit muss irgendwann heraus: Das Leben besteht aus Unordnung, Verwirrung, Dreck und Tod. Wie ein wüst hingeschütteter Misthaufen ist die schönste, vollkommenste Welt.

So bin ich einer, der sich der schönsten, vollkommensten

Welt verschrieben hat. Davon handelt diese Erzählung. Und ich weiß, dass ein solcher Text, wenn er gut geschrieben ist, besser klingt, als er klingen dürfte. In der Stilisierung dessen, was ich erlebt habe, in der subjektiven Darstellung von dem, was früher war und jetzt in Worte gefasst wird, gehört meine Erzählung der Literatur an.

Der Mann der Straße betritt ein Haus, betritt eine Wohnung, setzt sich an den Schreibtisch und macht sich Notizen. Indem ich mir Notizen mache über das, was mir in meinem Leben zugestoßen ist, verwandelt sich der Mann der Straße in einen Mann der Schrift.

Es fehlt nicht viel, dann sind es drei Jahrzehnte, seit es angefangen hat. Ich war vierundzwanzig Jahre alt, strebte keine Anstellung an, weil ich Schriftsteller werden wollte, und lebte in Wien in einem Haus, das dem Aussehen nach kurz vor dem Abriss stand. In diesem heruntergekommenen Haus bewohnte ich eine heruntergekommene Wohnung, dreißig Quadratmeter, bestehend aus einer engen Küche und einem an die Küche anschließenden Zimmer. Dieses Zimmer hatte die Aufgaben von Wohn-, Arbeits-, Ess- und Schlafraum zu erfüllen. Das Klo auf dem Gang teilte ich mit den Nachbarn.

Für das kärgliche Inventar der Wohnung hatten meine Eltern zwei Jahre zuvor eine beträchtliche Summe an illegaler Ablöse bezahlt, eine gängige Praxis im damaligen, von Wohnungsnot geprägten Wien. Diese Investition sollte wieder hereinkommen durch die außerordentlich niedrige Miete und meinen Willen zur Sparsamkeit. Die Wohnung befand sich nicht weit entfernt von der Oper in zentraler Lage. Hier hatte ich einen Platz, der manchmal von Sonnenlicht und manchmal von Liebe beschienen war. Als weiteren Vorzug empfand ich die unmittelbare Nähe zum Naschmarkt mit seinen billigen Lebensmitteln und dem Flohmarkt am Samstag. Dort bekam ich alles, was ich brauchte, Bücher und Stifte ebenso wie Hausrat und Kleidung.

Die Wohnung wirkte nach außen hin deprimierend mit den von meinen Eltern abgelösten, zweieinhalb Meter hohen Schrankwänden und dem alten Bettüberwurf. Aber ich betrachtete sie als mein Zuhause und schätzte mich glücklich, dass ich diesen Ort hatte und eine Tür, die ich hinter mir schließen konnte. Oft lernte ich für Prüfungen, oft schrieb ich an einem Roman. Ich hatte eine Freundin, M., sie gab sich Mühe, das von mir Geschriebene zu lesen, schlief aber meistens darüber ein. Ich merkte es, wenn ich, am Schreibtisch sitzend, in meinem Rücken kein Blättern mehr hörte. M. schlief sehr still. Brauchte ich selbst etwas zum Lesen, ging ich auf den Flohmarkt. Dann kehrte ich nicht mit einem, sondern mit zehn Büchern zurück. Mir erschien die Zukunft so ungeheuer groß und weit, dass ich bedenkenlos auf Vorrat kaufte. Dabei war ich eigensinnig genug, das Ausgefallene dem Gängigen vorzuziehen.

Im Rückblick, in der Sturzflut der Tage, ich muss sagen: M. und ich waren Kinder der Provinz, unsicher und fleißig. Schmusen und Herumhängen fanden wir schön, hielten es aber nicht lange durch. Wir praktizierten auch das Schmusen und Herumhängen mit Konzentration, nicht, wie andere, mit Ausdauer. Wir waren ständig in Bewegung, neugierig, auf unser Weiterkommen bedacht.

Beim Marktamt auf der Kettenbrücke, an dem ich auf dem Weg zum Einkaufen beinahe täglich vorbeiging, befand sich eine große Müllstation mit mehreren Papiercontainern. Dort stieß ich eines Tages auf fünf hier als Abfall hingestellte Bananenkartons mit Büchern. Ein Zufall. Oder scheint es nur so? Vielleicht ist Zufall allein nicht das richtige Wort, denn ich war so begeistert von der großen Stadt, dass ich meine Augen immer offen hatte. Früher oder später musste es so kommen.

Von der U-Bahn-Station winkte ich ein Taxi herüber und ließ mich mit den Kartons zu meiner Wohnung fahren. Zu Hause zog ich die Deckel der Kartons mit Herzklopfen hoch. Dieses spezifisch scheuernde Geräusch des Kartons habe ich noch immer in den Ohren. Ich erinnere mich an Felix Dahn, *Ein Kampf um Rom*, an Johanna Spyri, *Heidi*, und an einen noch heute sich in meinem Regal schmal machenden Katalog über Plakate zu Ausstellungen von Joseph Beuys. "Zeige deine Wunde!"

An diesem Tag kam ich mit den Möglichkeiten, die eine öffentliche Müllstation bergen kann, in Fühlung. Und immer, wenn ich fortan an dieser Müllstation vorbeiging, spähte ich in die Papiercontainer. Erstaunlich oft fand ich etwas, nach dem ich mich streckte, Bücher, Fotografien, Zeitschriften und Zeitungen. Eine FAZ war für mich ein Wertgegenstand.

Was der Feuerfunke auf ein geladenes Gewehr, ist die Gelegenheit zur Neigung. Ich dachte, warum nur in den einen Papiercontainer schauen, wenn es in der Stadt abertausende gibt. So kam es, dass ich vom guten Weg abwich und aufs Geratewohl losmarschierte auf ein Terrain, das gekennzeichnet ist von Schmutz und fehlender Schicklichkeit. Ich geriet in etwas hinein, das sich zunächst als Irrsinn erwies und später als eine gute Sache.

Wenn man jung ist, ist alles einfach wie Messer und Gabel, wie das Gras auf der Wiese, wie die Taube auf dem Dach.

Ich dachte mir nicht viel dabei, wenn ich, bekleidet mit meiner ältesten Jeans und einer strapazierfähigen Jacke, die Straßen entlangtrottete und zwischendurch drei Bücher in meinen Rucksack schob. Während des Gehens überarbeitete ich meine beiden mit Anfang zwanzig geschriebenen Romane, die ich auswendig kannte. Oder ich ließ eine lethargische Stimme in meinem Kopf über Vergangenheit und Zukunft räsonieren. Oder ich brachte diese Stimme zum Verstummen, indem ich Gedichte aufsagte.

Das Gehen war in meinen Augen eine gesunde Sache, mehrere Stunden an der frischen Luft bei leicht erhöhtem Puls. Das viele Bücken und Tauchen in die Tiefen der Behältnisse und das Umdrehen nach links und rechts, um zu sehen, ob sich von hinten jemand nähert, war gut für den Rücken. Am Schreibtisch wird man steif und einseitig.

Nach etwa vier Stunden kehrte ich erschöpft nach Hause zurück. M., die mittlerweile bei mir eingezogen war und mithalf, die Wohnverhältnisse zu beengen, begrüßte mich mit einem strengen Blick. Sie hatte sehr lange, glamouröse Wimpern und auffallend dunkle Augen. Sie sagte:

»Du siehst aus wie ein Räuberhauptmann.«

»Ja?«

»Man muss sich regelrecht schämen für dich.«

Tatsächlich erhob die Kleidung, die ich trug, keinen Anspruch auf Eleganz. Zum Ende einer Runde präsentierte ich mich meistens in einem beklagenswerten Zustand, dreckig wie ein Schwein. Das war aber nicht der einzige Grund, weshalb M. meine Ausflüge missfielen. Wir waren Mittelschichtkinder aus dem wohlhabenden Westen Österreichs, unweit der Schweizer Grenze, wo nicht nur das Gras fett ist. Immer wieder erstaunlich, wie doch jeder Mensch an seine Vergangenheit gebunden ist. Mit meinem Stöbern in Dingen, die andere weggeworfen hatten, verstieß ich gegen die Konventionen meiner Herkunft. Wo M. und ich herkamen, besaßen die Menschen ein grundsätzliches Bedürfnis, die Form zu wahren. Dort schätzte man die Verfechter von Gepflogenheiten mehr als diejenigen, die sich darüber hinwegsetzen. Und genau genommen waren die Menschen in Wien nur wenig besser. Der manchmal geradezu chinesisch anmutende Hang zur Etikette, dem ich in Wien begegnete, ermunterte ebenfalls nicht zum Sprung über alle Schranken.

Wenn ich zur Ablenkung einen Band mit Gedichten von Sergej Jessenin aus meinem Rucksack zog, war auch M.s Neugier geweckt. Ich las ihr das auf den Einband des Buches gedruckte Gedicht vor, und sie hob ihre glamourösen Wimpern:

»Schon verrückt, dass jemand das wegwirft.«

"Und ich sah durch Nebelhüllen / gestern, als der Busch mir flirrte, / wie der Mond, das rote Füllen, / sich an unsern Schlitten schirrte."

Um nicht weiter diskutieren zu müssen, verdrückte ich mich unter die Dusche, die ganz hinten in die Küche gezwängt war. Anschließend verschlang ich vier oder fünf Brote mit Dauerwurst, von der mir meine Mutter regelmäßig eine Stange schickte. Dann setzte ich mich an den Schreibtisch.

Ich hatte Freude an meinen Streifzügen. Ich mochte das stundenlange Gehen und das Unabsehbare bei dem, was mir begegnete. Jede Runde war etwas zunächst Verschlossenes, ein latentes Geheimnis: Was finde ich diesmal? Etwas Großartiges? Oder nichts? Im Übrigen wusste ich es zu schätzen, dass mir die Runden halfen, meinen Lebensunterhalt zu bestreiten. Ich stand kurz vor dem Abschluss des Studiums und war mir weitgehend darüber im Klaren, dass mein Entschluss, Schriftsteller zu werden, mit Gefahren verbunden war. Schreibend setzte ich auf ein Spiel, dessen Regeln ich nicht kannte. Ich wusste lediglich aus der Lektüre einschlägiger Biografien, dass dieses Spiel für Verlierer eine besondere Strafe bereithält: echtes Scheitern. Deshalb arbeitete ich mit dem guten Willen eines jungen Menschen, der weiß, dass sein Unternehmen schiefgehen wird, wenn er nicht sein Bestes gibt. Aber mulmig war mir bis hin zur Angst. Entsprechend beruhigend fand ich es, dass ich neben meinem Sommerjob als Technikgehilfe bei den Festspielen in Bregenz jetzt auch in Wien einen kleinen Nebenerwerb hatte.

In überraschender Regelmäßigkeit stieß ich auf große Mengen teils wertvoller Bücher, Briefmarkensammlungen, historische Wertpapiere, alte Comics, alte Autoprospekte, Druckgrafiken und Plakate, die ich ins Auktionshaus trug. Zum Verkauf des weniger Wertvollen stellten M. und ich uns dreimal im Jahr auf den Flohmarkt. Dabei blieb ich ohne Verpflichtung, ohne Bindung an einen Dienstgeber, unabhängig und frei für das Schreiben.

Die nie verebbende Versorgung mit Postkarten, Kuverts und kleinen Büroartikeln war mir von angenehmem Nutzen. Zum Ausdrucken meiner Texte verwendete ich nicht mehr gekauftes, sondern gefundenes Papier, Geschäftspapier der Firma *Strohbach & Pötscher*. Davon besaß ich große Mengen. Herr Klimsza, der unmittelbare Nachbar, ein Bäcker, sah das Papier in Stapeln bei mir liegen und sagte:

»Arno, damit kannst du schreiben bis zum Zentralfriedhof.«

Ich las irrsinnig viel, ich las buchstäblich, was mir der Zufall auf den Schreibtisch warf. Damals machte ich meine Runde Montagvormittag. Irgendetwas fand ich fast immer. Und bis zum nächsten Montag war das Gefundene gelesen, das kam oft vor.

Vom Markt trug ich argentinische Birnenkisten nach Hause. Genagelt aus Leichtholz und klein im Format, ließen sie sich zu einem ständig erweiterbaren Bücherregal stapeln. Einen der fast drei Meter hohen Schränke räumten M. und ich frei, er bekam einen Namen und hieß fortan *Geschäft*. Dort deponierten wir die Bananenkartons mit den für den Flohmarkt bestimmten Büchern.

Als M. und ich am Abend nach unserem ersten Verkauf das Geld zählten, hatten wir sechstausend Schilling eingenommen – ungefähr die sechsfache Monatsmiete. Durch die Brille der mir gesetzten finanziellen Möglichkeiten blickend, war es, als hätte ich ein Pharaonengrab entdeckt. Das Wort Papier kommt von Papyrus. Auf Papyrus hatte der Pharao ein Privileg. Papier bedeutet in seinem Wortstamm sinngemäß: *Was dem Pharao gehört*.

Ein halbes Jahr später, beim zweiten Verkauf, nahmen wir das Doppelte ein. M. und ich tanzten vor Freude. Wir verkauften nach Bauchgefühl, auf der Basis von Vermutung oder einfach auf gut Glück, im Zweifelsfall billig, denn Internet gab es nicht, das waren andere Zeiten, kaum zu fassen. Oft lagen wir mit unserem Bauchgefühl daneben, das belebte das Geschäft. Es war aber ohnehin sinnvoller, ein Buch billig zu verkaufen, als es wieder nach Hause zu tragen. Wozu denn? Mit Nachschub war zu rechnen.

Auf dem Heimweg schob ich die von den Klimsza-Nachbarn geborgte Sackkarre mit den gestapelten, jetzt beinahe leeren Kartons ohne Anstrengung die Straße hoch. Selbst die unverkauften Bücher waren in der Sonne leichter geworden, die Deckel wölbten sich, so ausgedörrt war das Papier. Die Sackkarre klapperte und hüpfte ein wenig, was in der Früh undenkbar gewesen wäre, alles bleischwer.

Ich mag den Ausdruck *leichtes Geld*. Er passt zum Körpergefühl, das ich beim Nachhausegehen hatte, nach zwölf Stunden auf den Beinen, viel Sonne und Staub. Die Muskeln warm, alles pulsierend. M. und ich trugen lederne Umhängegeldtaschen, die meine Geschwister und ich, als wir Kinder gewesen waren, für den Urlaub mit der Naturschutzjugend erhalten hatten. Diese Brustbeutel zogen im Laufe des Tages immer schwerer um den Hals vom vielen leichten Geld. Wenn ich daran denke, spüre ich das Scheuern des Lederriemens im Nacken.

Wir verräumten die leeren und halbleeren Kartons in den Schrank, der den Namen *Geschäft* trug. Wir stellten uns unter die Dusche, gingen hinüber zu den Klimsza-Nachbarn und warfen auf deren Esstisch das eingenommene Geld in eine große Keramikschüssel, einen sogenannten Weidling. Unter großem Hallo wurde gezählt. Es fühlte sich an, als könnten wir wie Dagobert Duck im Geldspeicher schnorcheln. Anschließend servierte Frau Klimsza ein Brathuhn mit Kartoffeln. Ich war sehr hungrig. Und später, wenn alle vor dem Fernseher durcheinanderredeten, schlief ich vor Erschöpfung fast ein.

Aber im Bett redeten M. und ich weiter:

»Der Mann, der die illustrierte Edda gekauft hat –. Hast du sein Gesicht gesehen? Er war so glücklich!«

M. unterstützte mich bei diesen Verkäufen, sie deckte mein Geheimnis. Trotzdem blieb sie bei ihren Vorbehalten, meine Runden waren ihr nicht geheuer. Ganz wohl war auch mir nicht, wenngleich ich mich hütete, das Thema anzusprechen, es war so ein Gefühl, dass an der Sache etwas Schmuddeliges ist, man wühlt nicht im Abfall anderer Menschen. Überdies war anzunehmen, dass mein Räuberzivil, wenn ich unterwegs war, tatsächlich abgerissener aussah, als ichs mir zugeben wollte. Die eigene Abgerissenheit hält man ja leicht für pittoresker als die der anderen. Wenn M. wieder sagte, ich sähe aus wie ein Strolch, mein Gott, ein Junge mit deinem Verstand! – dann spürte ich die Scham. Dann spürte ich die Verletzung meiner sozialen Selbstansprüche. Ich rückte gerade in erster Generation unter die Akademiker auf und wurde die konventionellen Vorstellungen von dem, wie sich ein zu akademischen Ehren gekommener junger Mensch zu verhalten hat, nicht so leicht los. Dass ich mich jetzt Teilzeit in die Gosse warf, empfand auch ich insgeheim als Grenzüberschreitung nach unten. Wer tat, was ich tat, war nach dem Sittenmaß der damaligen Zeit sozial markiert und gehörte zum gesellschaftlichen Bodensatz.

Interessanterweise hatte ich es nicht mit einem Verbot zu tun, sondern mit einem Tabu. Ein Tabu betrifft ja zuweilen ganz harmlose Dinge wie Rotzfressen in der Öffentlichkeit. Man schämt sich für das genüssliche Rotzfressen, wenn man dabei ertappt wird, mitunter mehr als für das Ignorieren einer roten Ampel. Ein Tabu bezeichnet die Grenze des Vertretbaren. Aber weder ist diese Grenze genau definiert noch erfolgt gegen einen Verstoß eine bestimmte vorgesehene Sanktion. Es ist lediglich eine Frage der Schicklichkeit.

Während meiner Runden begegnete ich oft Behördenvertretern, sie nahmen an dem, was ich tat, nicht den geringsten Anstoß – derlei gehört zum Stadtbild. Wenn man wie Wien Weltstadt sein will, muss man sich gewisse Dinge gefallen lassen, eine Weltstadt ist kein Kasernenhof. Doch hätte ich meinen Eltern offenbart, dass ich mich wöchentlich einmal einen halben Tag lang durch den papierenen Abfall dieser Welt grub, wäre meine Mutter, nehme ich an, unglücklich gewesen und mein Vater, nehme ich an, ernüchtert. Die beiden hatten viel Geld aufbringen müssen, um allen vier Kindern eine höhere Bildung zu ermöglichen. Und jetzt das!

Ja, gut. Der Verzicht auf Bewunderung verschafft einen Zugewinn an Freiheit. Das gilt in vielen Lebensbereichen und natürlich auch für das Schreiben.

Mit dem Abschluss des Studiums endete das Zwischenreich der Jugend. Jetzt bestand die Herausforderung darin, eine Daseinsform zu finden, die einen Namen hatte und als Antwort dienen durfte, wenn ich gefragt wurde:

»Was machen Sie beruflich, junger Mann?«

»Schriftsteller«, hätte ich zur Antwort geben können. Doch Schriftsteller war ich in meinen Augen erst, wenn andere mich so bezeichneten. Damit war vorerst nicht zu rechnen. Zwar arbeitete ich beharrlich, hatte bislang aber nichts veröffentlicht. Und die alternative Antwort, »Kleinhändler von Waren aller Art«, kam nicht in Betracht aus Gründen der Scham.

Es ist immer schwer, aus einer Gestalt in die andere zu treten. Die Momente des Übergangs sind schmerzhaft. Während der nächsten Jahre lebte ich in einem Zwischenreich, das unangenehmer war als dasjenige der Jugend: im Zwischenreich der Erfolglosigkeit. Die schlechtesten Jahre meines Lebens. Die Hälfte der Zeit hatte ich Angst vor der Zukunft, und die andere Hälfte machte ich mir Vorwürfe, weil ich so verzagt war.

So richtig glücklich fühlte ich mich nur im Sommer auf der Seebühne in Bregenz, einer Opernbühne im Bodensee, wo ich als Gehilfe bei der Tontechnik für drei Monate eine definierte Identität besaß. Dort durfte ich mir die Hose mit einem Kälberstrick binden, wenn es mir gefiel, es kümmerte niemanden. Theaterbetrieb. Auf der Seebühne traf sich viel buntes Volk. Während dieser Monate hätte man sogar bei einem wie mir etwas von der Magie des Jungseins einfangen können. Wir fühlten uns frei wie junge Hunde. Wir blödelten bei der Arbeit, beim Einbauen der großen, teils achtzig Kilogramm schweren Lautsprecher in die Kulissen oder beim Verlegen der Kabel im Dreck der Unterbühne. Zwischendurch fiel einer von uns in voller Montur in den See, und die andern lachten.

Mit Beginn des Vorstellungsbetriebs wurde es ruhiger. Wenn alles störungsfrei lief und Fidelio und Rocco allabendlich Florestans Grab schaufelten, saßen wir auf Abruf und spielten Karten. Oder ich las ein Buch.

Mitte September kehrte ich nach Wien zurück, ein ums andere Jahr. Von meiner kleinen Wohnung wusste ich jetzt durch die Lektüre eines aus dem Altpapier gefischten Romans, dass Dostojewski derlei Zimmer beschrieb, wenn er für einen armen Teufel eine passende Bleibe benötigte. Ich lebte dort unter seltsamen Umständen. Zum Beispiel pinkelte ich nächtens ins Waschbecken, weil ich nicht im Pyjama hinaus auf den dunklen und kalten Gang tappen wollte. Dort klapperten die losen Bodenfliesen so seltsam.

Die Beziehung zwischen M. und mir war in den ersten Jahren weitgehend tragödienfrei verlaufen. Das Ungereimte zwischen uns, die wir, dem Naturell nach, sehr unterschiedlich waren, hatten wir teils mit Neugier, teils mit blinder Sorglosigkeit wahrgenommen. Mittlerweile traten die Gegensätze immer deutlicher zutage, die Beziehung bekam eine merkwürdige Drehung und war nicht mehr das, was sie hätte sein sollen.

In der kleinen Wohnung konnten wir uns schwer aus dem Weg gehen. Ich schrieb damals vor allem in der Nacht, was in der Küche am Fensterbrett geschah. Ich war überzeugt, das Feuer meines Talents lodert am sichtbarsten, wenn es von tiefer Dunkelheit umgeben ist. M. stand meistens früh auf, um zur Universität oder zur Arbeit zu fahren. Sie hatte die morgendliche Angewohnheit, in Hektik zu geraten. Ganz zuletzt suchte sie ihren Schlüssel, und spätestens jetzt verlor sie die Nerven. Wenn sie die Wohnung verlassen hatte, legte ich mich wieder ins Bett. Dort blieb ich bis zum Mittag auch dann, wenn ich längst ausgeschlafen war. Kann sein, ich durchlief ein depressives Intermezzo.

In der Wohnung unter mir hatte es einen Mieterwechsel gegeben. Die neu ins Haus Gekommenen gingen keiner Arbeit nach und mochten ihre Musik nur, wenn sie laut war. Am Nachmittag saß ich mit Ohrstöpseln am Schreibtisch und überarbeitete weiter und weiter die beiden mit Anfang zwanzig geschriebenen Romane. Ich brachte es nicht übers Herz, einen dritten Roman zu beginnen, solange das Schicksal der schon geschriebenen ungeklärt war. Doch die geschriebenen gab ich nicht aus der Hand, ständig entdeckte ich neue Mängel, mir war klar, ich stand noch am Anfang. Das Brüten über Form und Sprache, das stundenlange Sitzen über einzelnen Sätzen – ich probierte es, bis ich blutig war. Dabei beschäftigte mich der Inhalt der Romane nur am Rand, was einfältig klingen mag. Aber immerhin war ich klug genug, einzusehen, wie wenig ich von Form und Sprache wusste.

Vom Leben wusste ich nochmals weniger. Ich war das, wofür der walisische Dichter Dylan Thomas das passende Bild gefunden hat: "Ein Junge, der ein Wörterbuch verschluckt hat".

Schon Jahre zuvor hatte ich mich verpflichtet, immer, wenn ich im Wörterbuch etwas nachgeschlagen hatte, anschließend die ganze Doppelseite durchzusehen, ob ich ein brauchbares Wort fand, das ich nicht in aktiver Verwendung hatte. Entdeckte ich eines, schrieb ich es in ein Heft.

aufmöbeln
hinsichtlich
Hochstimmung
beiwohnen
zureiten
Drahtfenster

In mancher Hinsicht war mein Schreiben seit Jahren gar kein Schreiben, sondern ein Herumfeilen. Ich kann heute nicht mehr sagen, wie viele Seiten Papier der Firma *Strohbach & Pötscher* über meinen Schreibtisch flatterten, wie viel unwiederbringliche Zeit mir zwischen den Händen zerrann. Manchmal schlief ich nächtens am Fensterbrett der Küche ein. Und morgens schaute ich mich nervös nach den Jahren um, die ich vertan hatte. Im Umdrehen kam es mir vor, als habe es in meinem Rücken Steine geregnet.

Mir war äußerst unbehaglich zumute. Ich dachte: Hoffentlich wird sich das alles nicht eines Tages grausam rächen.

Meine Runden waren ebenfalls so eine Sache. Ich absolvierte sie regelmäßig, seit ungefähr drei Jahren, und das machte die Lage um nichts besser. Das erfolglose Schreiben war finanziert, ich hielt mich gut über Wasser, da ich mir durch das Studium von im Altpapier gefundenen Auktionskatalogen auf unterschiedlichen Sammelgebieten einen soliden Grundstock an Wissen angeeignet hatte. Dies jedoch um den Preis, dass meine Geschäfte immer mehr Zeit in Anspruch nahmen, was das Schreiben weiter zurückdrängte. Im Ergebnis war das Schreiben nicht finanziert, sondern verhindert.

Die langen Fußmärsche entbehrten endgültig jeglicher Romantik, sie wurden zu trüben, einsamen Wanderungen, mir hing das Ungewisse meiner Zukunft wie ein Mühlstein um den Hals. Gehen, gehen, gehen. Und von Zeit zu Zeit, wenn ich einen klaren Gedanken hatte, schüttelte ich den Kopf, und zwischen den Schulterblättern verspürte ich so eine merkwürdige Leere.

Die Jahrzehnte, die seither vergangen sind, haben das Trostlose nicht verklärt. Durch die staubigen, heißen Straßen, über feuchtes, schmieriges Laub, durch den knirschenden Schnee, ein Jahr, zwei Jahre, drei Jahre. Häuser wurden abgerissen, neue Häuser wurden bezogen. Der Wecker, der mehr als ein Jahr lang in einer unbewohnten Wohnung bei gekipptem Fenster immer zur gleichen Zeit eine Stunde lang gepiepst hatte, wurde abgestellt, oder die Batterie war endlich leer.

Fast immer brachte ich etwas nach Hause, und fast immer musste etwas aufgearbeitet werden. Dann lagen beschädigte

Bücher auf dem Schreibtisch, die in besserem Zustand wertvoll gewesen wären. Weggeworfen wegen Brüchigkeit und Rostfraß. Was tun damit? Ich besaß Schustergarn, Leim und eine größere Sammlung Papiersorten. Aber die Instandsetzung gelang meistens nicht auf Anhieb so, wie ichs mir gewünscht hätte. Stundenlanges Kämpfen mit der sogenannten Tücke des Objekts. Wenn das Resultat sich endlich sehen lassen durfte, war wieder ein halber Tag vertan.

Viel zu oft beschäftigte mich der Schrank links neben dem Bett, der mittlerweile einen zweiten Namen bekommen hatte: *Depot*. In zwei Stapeln nebeneinander standen dort zehn Bananenkartons, in denen sich Bücher anhäuften. Vielleicht ist es richtiger, wenn ich sage: die mittelmäßigen Bücher. Denn das Mittelmäßige besitzt eine Tendenz, sich festzusetzen – eine weitere Tücke. Das Gute ist schnell verkauft, das Schlechte schnell weggeworfen. Zwischen gut und schlecht gibt es eine schwer fassliche Grauzone, die mir schon mein ganzes Leben zu schaffen macht.

Oft, wenn ich am Schreibtisch saß, schweifte mein Blick wie magisch angezogen zum *Depot*. Ich ging hin, hob die Kartons heraus und sortierte das blanke Nichts. Im Grunde war das sinnloser, als gegen eine Wand zu starren. Mag sein, ich warf fünf oder sechs Bücher zurück zum Altpapier. Doch anschließend überkam mich die ganze Nutzlosigkeit dessen, was ich tat, und dann philosophierte ich noch eine halbe Stunde über dem Gegenstand, was für ein Trottel ich war und dass ich in den Arsch getreten gehörte, weil mir so viel Zeit nutzlos verloren ging.

Ich ließ mich damals gerne ablenken. Ich weiß nicht, warum. Heute ist es nicht mehr so. Ständig musste ich Bücher sortieren, und das Sortieren nahm ebenfalls immer mehr Zeit in Anspruch, als ich zunächst veranschlagt hatte.

Vor mir türmten sich die Bücherstapel und dabei das Gefühl: So verbaue ich mir meine Zukunft.

Wenn M. nach Hause kam, war ich gedämpfter Stimmung. Ich wagte es nicht zu bekennen, dass vom Geschäft ein böser Zauber über mich gekommen war. M. liebte es, wenn wir am Wochenende auf Flohmärkte gingen oder uns selber auf den Flohmarkt stellten. Für sie, die bereits während des Studiums als Journalistin Tritt gefasst hatte, war es ein Abenteuer, was ich zunehmend als Sackgasse empfand. Oft gab es Reibereien. Wie gesagt, es kann sein, ich durchlief ein depressives Intermezzo. Was aber mit Sicherheit zu sagen ist: Im beinahe zwanghaften Sortieren der Bücher kamen die Ziellosigkeit und das Resignative in meinem Leben zum Ausdruck. Alles entglitt mir. Inmitten der vielen Bücher und der sinnlosen Haufen aus Papier versank ich wie in Treibsand.

Die Realität meines Alltags stand in krassem Gegensatz zu dem, was mir ursprünglich als Wunsch und Hoffnung vorgeschwebt war. Jahrelang hatte ich mir eingeredet, nach Wien gehen, das Leben mit beiden Händen ausschöpfen und nebenher studieren, werde das höchste der Gefühle sein. Ich würde ein sperrangelweit offenes Leben haben, unbegrenzte Möglichkeiten, und wenn nicht unbegrenzt, so unerschöpflich. In der Hauptsache würde die Verwandlung, die mir bevorstand, nur abhängig sein von meinen Wünschen, meiner Vorstellungskraft und meinem Mut.

So schön hatte ichs mir gedacht. Und wenn ich auf der

Straße Menschen sah, die taten, was ich tat, abgerissene Pensionisten und übergewichtige Frauen, die sich in Abfallbehälter beugten, dann erfasste mich Grauen. Ist es das, wozu ich bestimmt bin? Ist es das, was ich sein werde? Bin ich es schon? Hilfe! Das will ich auf keinen Fall! Ich hatte meine Schreckgespenster ja regelmäßig vor Augen, ich war nicht allein unterwegs in den Straßen von Wien und sah in den andern ein Bild meines künftigen oder momentanen Lebens. Es schüttelte mich. Was machst du da!? Warum tust du das?! Bist du verrückt?! Das ist der Weg des Wahnsinns! Du verrennst dich! Du vertust deine Zeit! Und die Zeit kommt nie wieder! Am Ende stehst du da! Schau dir die andern gut an!

Ich hatte ein starkes Gefühl davon, wie sehr man sich in derlei verlieren kann. Rückblickend glaube ich, dass meine Niedergeschlagenheit auch aus dem Wissen kam, dass ich feststeckte, mir dessen bewusst war und nichts dagegen unternahm.

In der Beziehung waren M. und ich an einen toten Punkt gelangt. Zwar redeten wir uns ein, dass eine große Liebe jede Anstrengung wert sei, doch insgeheim wusste jedes für sich, glaube ich, dass diese große Liebe auf ihr Ende zusteuerte. Es gibt Beziehungen, die sind gut für eine bestimmte Zeit. Dann ist diese Zeit abgelaufen. Das wollten wir uns lange nicht zugeben.

Schriftstellerisch kam ich ebenfalls nicht vom Fleck. Ich ging weitschweifigen Tätigkeiten nach, nur eins tat ich nicht, schreiben. Zwischendurch fragte ich mich: Wozu das alles? Naheliegende Antwort: Zu nichts.

Meine Runden, das sagte mir schon das Wort, boten kein Fortkommen, das rundete das Unglück ab und machte es voll. Ich schleppte meine Dummheit im Kreis, denn über das bloße Aufbessern des Haushaltsgeldes kam ich wegen Unfähigkeit nicht hinaus. Abgesehen von den pekuniären Vorteilen blieb dieser Teil meines Alltags unfruchtbar. Die Bücher, die ich nach Hause brachte, mein Gott, die hätte ich mir genauso gut auf dem Flohmarkt besorgen können.

Auf mein Schreiben hatten die Runden keinen sicht- oder spürbaren Einfluss. Zwar brachte ich gelegentlich größere Konvolute privater Briefe nach Hause, auch Tagebücher. Doch sie enthielten ihren Wert in einer für mich nicht konvertierbaren Währung. Beim Lesen kam mir die Sprache anspruchslos vor und der Inhalt alltäglich mit einer Tendenz ins Trostlose. Warum war ich nicht in der Lage, die Informationen, die ich erhielt, zu gewichten? Ich glaube, es lag in erster Linie daran, dass mir mein Faible für Sprache im Weg stand. Es verstellte den Blick und hinderte mich, das Wesentliche zu sehen. Mir war unbegreiflich, warum Menschen sich schlichte Alltagsdinge in schlichten Sätzen mitteilten, Dinge, die ich allesamt kannte. Die jeder kannte!

Einmal fand ich zehn kleine Tagebücher einer Augenarztgattin. Der Augenarzt ein Säufer mit ständigen Affären. Die Gattin machte ihm die Vorzimmerhilfe, was ihr mehr Kritik als Dank eintrug. Ohne es sich offen zuzugeben, war sie verliebt in einen Burgschauspieler, mit dem sie vor Premieren telefonierte. Und immer hatte sie entzündete Nagelbetten.

Das war mir alles zu grau. Ich hatte keine Lust, bei der grauen Wirklichkeit an die Tür zu klopfen, die kannte ich aus meinem Elternhaus und hatte mir geschworen, ihr nach Möglichkeit aus dem Weg zu gehen. Ich sehnte mich nach der Farbigkeit des Lebens. Diese Farbigkeit lag in der Luft. M. und ich trugen farbige Jeans, sie eine grüne, ich eine rote. Und im Kino sahen wir farbige Filme: Pedro Almodóvar, *Frauen am Rande des Nervenzusammenbruchs*, Jane Campion, *Das Piano*, Wong Kar-Wai, *Chungking Express*. Diese Art Film stand bei mir hoch im Kurs. So stellte ich mir das Leben vor. Uhhhh! Ich glaubte fest, dass es weitab von dem, was ich hinstümperte, echtes Leben gab. Ganz bestimmt! Nur weil ich selbst davon ausgeschlossen blieb und meiner Ängste wegen sparsam war weit über das Nötige hinaus, hieß das noch lange nicht, dass das echte Leben nicht existiert.

Ich verschob meine Sehnsüchte ins Schreiben, näherte mich dem echten Leben literarisch an. Der Roman *Irrlichterloh* ist Ausdruck davon. Hätte mir damals jemand versichert, dass ich gerade ein *echtes Leben* führte, hätte ich es bestritten oder wäre im Mindesten hoch erstaunt gewesen.

Am Montag machte ich wieder eine Runde und brachte einen aus den fünfziger Jahren stammenden, armdicken Stapel klinischer Protokolle nach Hause: Aufnahmegespräche mit Frauen, die gescheiterte Suizidversuche hinter sich hatten, also Tristesse hoch drei. Die sollten mich bloß in Ruhe lassen!

Seit Monaten, wenn nicht Jahren wartete ich auf eine Veränderung, ohne selbst die Initiative zu ergreifen. Die Fähigkeit, warten zu können, ist eine Tugend. Aber nur, weil mans kann, immer weiter zu warten, ist eine Schwäche.

Umgangssprachlich sagt man: Das ist kein Zustand. Ein Zustand war es aber doch, im schlechtesten Sinn, weil ich auf der Stelle trat. Es ging also darum, möglichst rasch zu beenden, was kein Zustand bleiben durfte.

Im Frühsommer des Jahres 1996 nahm ich am Wettlesen in Klagenfurt teil. Ich hatte dort meine allererste Lesung und gleich vor laufenden Fernsehkameras. Hinterher stand ich ziemlich nachdenklich in einer Ecke, einige bedruckte Papierblätter unter den Arm geklemmt, und wusste, dass das laue Urteil, das ich erhalten hatte, mehr betraf als nur den Text. Wenn ein junger Mensch erstmals mit etwas Eigenem hervortritt, steht der ganze Lebensentwurf auf dem Prüfstand. Wird der Text abgetan, wird auch der Lebensentwurf abgetan. Das wusste ich, ohne es so konkret zu denken.

Wenig überraschend war, dass zu Hause die ersten spöttischen Stimmen laut wurden. Ehemalige Schulkollegen erwarteten, ich werde hoffentlich schlau genug sein, meine Anmaßungen bald einzusehen. Wenn nicht, werde ich es halt auf andere Art begreifen lernen. Nur etwas brutaler ausgedrückt: Du wirst auf die Schnauze fallen.

Für den jungen Menschen hatte das Gewicht, holla, Vorsicht, da reiben sich einige schon die Hände in der freudigen Erwartung, dass du scheitern wirst. Und wieder verspürte ich die unmittelbar greifbare Angst vor der Zukunft.

Wobei ich zugeben muss, der Wunsch, Schriftsteller zu sein, hat tatsächlich etwas Abgedroschenes. Dieser Abgedroschenheit kann man am ehesten entrinnen, wenn man den Wunsch realisiert, und nicht nur ein bisschen, sondern mit Glanz. Ich stelle mir vor, dass es auf Dauer schwer auszuhalten ist, wenn eins von seinem Umfeld ständig belächelt wird. Das zieht auch ein starkes Ego langsam unter Wasser.

Manchmal erinnerte ich mich meiner katholischen Herkunft. Ich schickte Stoßgebete gen Himmel. Ich wollte mich der Obhut des Himmels gerne anvertrauen, wenn die Dinge sich in meinem Sinn entwickelten. Und noch ganz andere Dinge zog ich in Betracht. Ich meine, es gibt Leute, die verkaufen ihren Schatten, weil ein unbefriedigtes Leben als Aussicht so betrüblich ist.

Wenn ich am Montagvormittag die Straßen entlangtrottete, ins trostlose Altpapier schaute und verzweifelt war, weil ich nicht wusste, wie es weitergehen sollte, stellte ich mir vor, wie es wäre, wenn ich eine Bank überfiel. War ich zu so etwas imstande? Wär eh schon egal, schreiben kann ich auch im Gefängnis.

Als ich viele Jahre später einen Schriftstellerkollegen fragte, ob er je daran gedacht habe, eine Bank zu überfallen, antwortete er: »Oft!« – Da war ich beruhigt.

Vorläufig steckte ich fest. Ich war verunsichert, aber doch mit Ausdauer begabt. Es ist etwas Erstaunliches um junge

Menschen. Vermutlich hat es die Natur so eingerichtet, dass man in diesem Alter äußerst leistungsfähig ist und einstecken kann. Ich selber konnte Niederlagen hinnehmen wie natürliche Vorgänge. Hinfallen und Aufstehen gehörten zusammen wie schlecht und recht, drunter und drüber, Mann und Maus. Mit derselben Selbstverständlichkeit hoffte ich, dass das Glück sich wenden werde.

Franz Haas, der mich zu dem Wettlesen im Frühsommer eingeladen hatte, war mir bei der Ausrichtung meiner Sterne behilflich. Er hatte bereits in Klagenfurt Kontakte zu mehreren Verlagen angebahnt, er ermutigte mich und stellte mir eine Karriere in Aussicht. Das war zwar etwas hoch gegriffen, verschaffte mir aber trotzdem Oberwasser, wer weiß, wenn ich mich sehr anstrengte, würde ich mich vielleicht auf eigene Füße stellen können. So dachte ich mir das.

Als im Januar 1997 der Anruf kam, dass der Carl Hanser Verlag in München mein Debüt bringen wolle, befand sich M. auf Dienstreise. Sie kam nach Hause, nahm die gute Nachricht beiläufig zur Kenntnis und sagte, sie habe sich verliebt, dieses Verliebtsein habe etwas Wunderbares.

Das brachte mich ganz durcheinander. Seltsam, dass ich diese Möglichkeit nie in Betracht gezogen hatte. Naiv in gewisser Weise. Oder haarsträubend selbstbezogen – das trifft die Sache vermutlich besser. Es spricht jedenfalls nicht für meine Gewitztheit, dass dieses Ereignis mich auf dem linken Fuß erwischte. Offenbar musste ich meiner Fantasie mehr Spielräume gestatten, zumal ich ja selbst den Wunsch nach Veränderung empfand.

Kurze Zeit später traf M. sich nochmals mit ihrem neuen Bekannten. Sie wollte nachholen, was sie bisher versäumt hatte. Sie sagte, sie wolle vom Leben etwas haben.

»Ausgerechnet das?«, fragte ich.

»Ja«, sagte sie streng und ohne ein Zucken, ohne einen Schlag mit ihren glamourösen Wimpern.

Man muss nicht von allem haben, fand ich und packte meine Sachen, plötzlich hatte ich es eilig wegzukommen. Adieu, stehengebliebenes Leben.

Meine Abreise war eine Entscheidung zu Lasten von allem, was mit Wien zu tun hatte, zu Lasten der in einen anderen Mann verliebten M., der düsteren Wohnung und meiner ungeschickten, unschicklichen Tätigkeit. Meine Runden hatten mir schlechte Dienste erwiesen, fand ich. Vier Jahre lang hatte ich falsch gelebt. Jetzt, da der Vertrag über mein erstes Buch als eine Art Entlassungs- und Passierschein angeblich schon in der Post lag, hatte ich nicht länger vor, in den Straßen Wiens im Kreis zu gehen und Staub zu schlucken. Ich sagte mir: Verflucht sei der Tag, an dem ich mich auf diesen Blödsinn eingelassen habe.

Es war Winter. Ich war wieder in Wolfurt. Meine Mutter hatte das Haus vor Jahren verlassen. Mein Vater zog sich in sich selbst zurück. Es wurden bei ihm immer stärkere Anzeichen einer Demenzerkrankung sichtbar, was die Last der Kümmernisse um ein weiteres Gewicht vermehrte. Kind Numero drei saß als Besitzer eines schweren Herzens in der nur unzureichend beheizbaren Hangwohnung unterhalb des Elternhauses. Und wenn ich dort keine Renovierungsarbeiten durchführte, unterstützt von meinem ebenfalls unter

Einsamkeit und Ängsten leidenden Vater, feilte ich an *Kleine Schule des Karussellfahrens*. Manchmal ging ich mit einem alten Schulfreund ein Glas heben. Er war gerade von seiner Frau verlassen worden und munterte mich auf, er sagte, mach dir keine Sorgen, Arno, bei mir bekommst du immer eine Suppe.

Ich fühlte mich nicht wohl in meiner Haut. Ich wünschte mir, dass ich eine Frau kennenlernte, die ich mochte und die mich mochte. Aber das geschah nicht. Ich machte mir ernsthafte Sorgen, dass jede x-beliebige Frau leicht jemanden fand, der nicht ich war.

Wenn ich über die schreckliche Tatsache nachdachte, dass ich achtundzwanzig Jahre alt war, unfassliche achtundzwanzig Jahre, dann durchfuhr mich ein Schauer des Entsetzens. Auch ohne mein schmutziges Montagsgewerbe fühlte ich mich deklassiert und nicht als richtiger Mensch.

Soviel ich mich erinnere, schrieb ich M. weinerliche Briefe. Ich muss sie einmal milde befragen und ihr Ratschläge geben, wie man Papierenes so wegwirft, dass es nicht eines Tages plötzlich wieder zum Vorschein kommt.

Von M. ihrerseits hörte ich wochenlang nichts. Oder so gut wie nichts. Sie bewohnte meine Wiener Wohnung oder wohnte bei einer Freundin, keine Ahnung, ich war nicht dabei. Ich selber trieb allmählich in ein neues Leben, meine Freiheit fing an, sich etwas besser anzufühlen, ich verspürte weniger Angst vor dem vielen unausgefüllten Platz. Ende März reiste ich nach Wien, um die dortige Wohnung aufzulösen. Die Sache war die, dass ich mir zwei Wohnungen unmöglich leisten konnte. Die verbliebenen Bücher wollten M.

und ich verkaufen. Wir stellten uns nochmals auf den Flohmarkt an einem schönen Frühlingstag.

Ich sehe uns, wie wir auf dem Heimweg mit der letzten Fuhre die Rüdigergasse hochgehen, nicht auf dem Gehsteig, sondern in der Mitte der Fahrbahn. Nach einem erfolgreichen Verkauf gehörte die Stadt momentweise mir, eine Stadt für mich allein. Von M. hatte ich mich innerlich gelöst und empfand Erleichterung, ich glaube, es hatte unter anderem mit der Jahreszeit zu tun. Als ich, die Sackkarre schiebend, mitten auf der Fahrbahn trottend, zu M. sagte, ich hätte mich mit meiner neuen Freiheit angefreundet, fiel sie aus allen Wolken. Später flossen Tränen, und sogar das Wort Heirat fiel.

Es gab keinerlei Anzeichen, die auf eine wundersame Besserung der Beziehung hindeuten wollten. Und obwohl wir beide die denkbar gewichtigsten Einwände gegen eine Fortführung der Beziehung leicht hätten aufzählen können, unternahmen wir einen weiteren Versuch. Ein Fehler. Hätten wir gewusst, was noch kommt, hätten wir uns rasch gegenseitig alles Gute gewünscht und wären ebenso rasch auseinandergegangen.

Die Beziehung widersetzte sich allen Rettungsversuchen, sie reagierte nicht auf Zureden, das lag jetzt zusätzlich daran, dass wir beide beruflich vorankamen, dadurch stand weniger auf dem Spiel. M. wurde von ihrem Dienstgeber in eine leitende Funktion befördert. *Kleine Schule des Karussellfahrens* erschien mit teils euphorischen Kritiken, wodurch ich als ausgewiesener Schriftsteller galt und auf die Frage nach meinem Auskommen endlich eine Antwort hatte, mit der ich mich wohlfühlte. Zwischen M. und mir, die wir jetzt wieder in Vorarlberg lebten, ging es derweil drunter und drüber. Im Winter stritten wir oft – grauslich. Das war für uns beide nichts. Manchmal zitterten mir die Knie, und momentweise fing ich an zu stottern.

Mein Körper wusste sich besser auszudrücken als ich. Das Stottern sagte, dass es nichts mehr zu sagen gab. Unter dem Deckmantel der ökonomischen Not, in Wahrheit aus innerer Not, bewarb ich mich für ein Aufenthaltsstipendium in Berlin. Als ich die Zusage des Berliner Senats in Händen hielt, wusste ich, dies war die Möglichkeit zum Absprung.

Während der Monate bis zum Antritt des Stipendiums ging ich meiner schriftstellerischen Arbeit mit großer Ernsthaftigkeit nach. Das leere Gefühl zwischen den Schulterblättern erzeugte einen existenziellen Sog, und was so lange nicht gelungen war: Jetzt gelang es. Jeden Tag klopfte ich fünf Seiten ins Manuskript. Bei jedem Wetter hockte ich drinnen. Ein kahler Raum, fast nur ein Tisch, eine karge Geistesweide: Mensch, werde wesentlich!

Ohne in den zurückliegenden Jahren viel geschrieben zu haben, hatte ich dazugelernt, das überraschte mich. Ganz nebenbei hatte etwas angefangen, ich glaube, man kann es ein Gefühl für Schmerz nennen. Hatte ich mich bisher mit Sprache beschäftigt, fing ich jetzt an, mich mit Schmerz zu beschäftigen.

Ich beendete *Schöne Freunde* kurz vor der Abreise nach Berlin. Den Augenblick des Aufbruchs sehnte ich mit Ungeduld herbei.

Während der letzten Tage sprachen M. und ich über den

legitimen Wunsch nach Zuneigung und Geborgenheit. Es ging dabei auch um die Zukunft. Wir waren uns einig, dass wir ziemlich verschieden waren und es möglicherweise geraten war, dass jeder auf seine Fasson versuchte, glücklich zu werden. M. meinte, das könne nicht alles gewesen sein. Auch hier bestand Einigkeit. Das Leben müsse für uns beide mehr übrig haben als *das hier*.

Diesmal übernahm ich die traurige Pflicht zu beenden, was sich schon länger hinzog als vertretbar. Fünf Wochen später war es M., die den Schlussstrich bekräftigte. Dann hatten wirs geschafft. Die Beziehung hatte ihren Dienst getan, nach acht Jahren, dem Großteil unserer Zwanziger. Es waren prägende Jahre gewesen. Doch zuletzt hatte die Beziehung nur noch dazu getaugt, etwas zu lernen, aber nicht mehr, um glücklich zu sein.

Während der Zug Richtung Berlin am Ufer des Bodensees entlangfuhr, erinnerte ich mich, wie glücklich ich mit M. gewesen war. In der ersten Zeit hatte ich jedes Wort und jedes Bild von ihr aufgesaugt, ich war ihr bis aufs Klo hinterhergelaufen. Sie konnte so wunderbar lachen. Und wenn M. im Winter in der U-Bahn unter meine Jacke geschlüpft war, um es wärmer zu haben, hatte auch ich mich in Sicherheit gefühlt.

Ratta-tatta-ratta-tatta, machte der Zug. Er fuhr nach Deutschland hinein, tiefer in den deutschen Mai hinein, in dem ich, so nahm ich es mir vor, keine Vergangenheit haben und neu anfangen würde. Ich dachte an Berlin wie an eine Brücke, wie an eine Pforte. Jetzt hatte – endlich! – die Zukunft begonnen.

Das Leben, wenn man jung ist, bietet viel Raum, in den man seine Hoffnungen verschieben kann, ein Gefühl auswegloser Beengtheit entsteht nicht so leicht. Wie ein Möbelstück schiebt man die Hoffnungen in dem Raum, der Zukunft heißt, von einer Ecke in die andere, Platz findet sich immer.

Also nach Berlin, es komme, was komme! Ich tauschte Stadt und Freunde, tauschte Liebhaberinnen und Angelegenheiten, tauschte Bücher und Selbstbilder. Ich ernährte mich schlecht, schlief wenig, vergoss keine Tränen. Und die Zeit verging schnell. Es war die einzige Zeit in meinem Leben, die von durchbrennenden Sicherungen geprägt war. Ja, ich muss gestehen, aus vielerlei Gründen habe ich in Berlin vielerlei Dummheiten begangen. In den seltensten Fällen waren es höhere Dummheiten.

Berlin erschien mir als Stadt der Verheißung, als Mekka meiner Wünsche. Ich war im Literarischen Colloquium untergebracht, einer Villa am Wannsee, wo es eine Terrasse gab mit abfallendem Garten und Blick auf den See. Ich wohnte direkt im Liegestuhl. Das alte Leben war wie weggewischt, und es stand mir frei, so gut ich es vermochte, der zu sein, der ich zu sein glaubte.

Was mir auffiel: Ich hatte bisher zu wenig Gelegenheit gehabt, mit anderen über Literatur zu reden. Ich hatte nicht die gleichen Bücher gelesen und besaß keine dezidierten Meinungen, zu sehr war ich vom Zufälligen geprägt, von meinen Zufallsfunden im Altpapier. Mir leuchtete das Zufällige und Unlogische mehr ein als den anderen, die ich dort traf. Die meisten vertrauten auf die Logik.

Aber niemals – niemals! – hätte ich jemandem von meinen Wiener Streifzügen erzählt. Die Beschämung wirkte nach. Scham erzeugt das Bedürfnis zu verbergen. Dass meine Beine aus einer Altpapiertonne ragten und sonst nichts, war nicht vereinbar mit dem Selbstbild eines souveränen Künstlers, das ich in Berlin von mir zu entwerfen versuchte. Ich wollte nicht, dass mich die andern für eine traurige Gestalt hielten.

In Berlin begegnete ich jeder Menge Menschen, die mehr Grips als Geld besaßen, mehr Leidenschaft als Realitätssinn, mehr Witz als Weisheit. Insofern passte ich dort gut hin. Mich mit den anderen vergleichend, fand ich, dass ich Talent hatte, aber wenig Lebenserfahrung, weniger als alle. Bestimmt war ich gut beraten, wenn ich mir umfassend Mühe gab, mich mit dem Fehlenden auszustatten. In Wien war ich auch deshalb gescheitert, weil mein Alltag an einem Übermaß an Papier gelitten hatte, zu viele Buchstaben, zu wenig Menschen.

Jetzt wechselte ich mit großer Entschlossenheit ins andere Fach. Man nennt das wohl Überkompensation. Wie soll ichs sagen, es war das ganze Gegenteil zu den Jahren davor, während derer ich zwischen bedrohlich wankenden Bücherstapeln diffus und düster in mich hineingelebt hatte. Und natürlich legte ich es darauf an, mich zu verlieben. Es wird, glaube ich, niemanden wundern, dass mir das ehestens gelang. Sogar mehrfach. Denn wer sich verlieben will, der verliebt sich, zu seinem Wohl oder Wehe.

Meine Nächte gerieten in große Unordnung. Ich ließ mich zu den unerhörtesten Sexualpraktiken verleiten. Und wenn ich murmelte, »Meinst du wirklich?«, erhielt ich die lapidare Gegenfrage: »Wer soll uns hindern?« Und obwohl aus dem Traum von einem glamourösen Künstlerleben nichts wurde, denn das lag, wenn man so will, außerhalb meiner Möglichkeiten: Unterhaltsam wars schon.

Die schlechten Vorjahre hingen mir nach. Jetzt registrierte ich die sich an mir vollziehenden Veränderungen mit großer Erleichterung. Ich verspürte ungeheure Freude und Zuversicht. Leider vermochte ich meine Gefühle nicht zu dosieren. Wie ein Kind, das einen Kuchen backen will und die Dose mit dem Mehl nicht so geschickt handhaben kann, wie bei der Mutter beobachtet, warf ich alles in die Schüssel. Meine Freude kippte in den Überschwang, meine Zuversicht in die Überheblichkeit. Das kam zu Recht und zum Glück nicht überall gut an.

Als ich im Herbst eingeklemmt war zwischen mehreren Frauen, bekam ich vom Nervenstress Hautausschlag. Ich war auf ein Bohemeleben aus gewesen und musste mit großem Bedauern feststellen, dass ich dem nicht gewachsen war. Nicht mein Metier.

In den ersten Dezembertagen endete das Stipendium. Ich hängte eine Woche an, bei L. wohnend, mit der ich eine Affäre hatte. Sie ging mit einer souverän wurschtigen Miene durch den Tag, was mir sehr imponierte. Wenn jemand anrief und von ihr einen Text erbat, verlangte sie das Doppelte vom gebotenen Honorar. Sie setzte sich an den Schreibtisch, klopfte den Text in die Maschine, steckte ihn in ein Kuvert. Auf meine Frage, ob sie den Text nicht wenigstens einmal durchlesen wolle, erwiderte sie:

»Wozu?«

Ich mochte L. sehr. Ich mochte ihre Wohnung. Viel zum Horchen und Schauen und einfach gut zum Schlafen. Es gab bei L. einen guten Geist. Hier musste nichts beschworen werden.

L.s Leben und meins waren bis dahin sehr verschieden gewesen, darin sah ich nichts Nachteiliges. Aber wir waren auch als Persönlichkeiten sehr verschieden, ich spürte L.s Andersartigkeit, sie war präsent wie etwas, das mir ins Ohr atmet. Und da ich von meinen Eltern wusste, wohin es führen kann, wenn man sehr unterschiedlich denkt und fühlt, zuckte ich zurück.

Sieben Monate zuvor hatte ich auf dem Weg nach Berlin Vergangenes vergangen sein lassen wollen, ich hatte meine Vergangenheit als Irrtum betrachtet, gerade so, als hätten mich meine Eltern im Straßengraben gefunden. Im Zug nach Berlin wäre ich bereit gewesen, meine Herkunft zu liquidieren, das Aufwachsen in Wolfurt, die schlechten Jahre in Wien. Jetzt streute ich die Asche dieser Illusion in den Wind und fuhr auf demselben Weg, auf dem ich gekommen war, nach Wolfurt zurück.

In meinem Kopf herrschte große Unordnung, deshalb verursachte mir der Gedanke, in den etwas ungemütlichen Schoß der Familie zurückzukehren, kein Unbehagen. Die vertraute Umgebung, den Ort, an dem ich das Gehen und Sprechen erlernt hatte, empfand ich als etwas Stabiles, genau richtig zum Herunterkommen. Zwar gehörten zu diesem Stabilen ein Vater mit beginnender Demenz und eine manchmal auftauchende, zu depressiver Verstimmtheit neigende Mutter. Aber der Aufenthalt in Berlin hatte etliche Mängel an mir selbst besser sichtbar gemacht, und so wusste ichs zu schätzen, dass meine Eltern und Geschwister mich nahmen, wie ich nun einmal war.

Immer im Moment der Niederlage kam bei mir etwas Gutes hinzu und lenkte mich ab von meiner Beschämung. Gerade jetzt, wo meine Positionen angefochten waren, erhielt ich ein großzügig dotiertes amerikanisches Stipendium, den Abraham Woursell Award. Hier meinte es das Füllhorn gut mit mir. Was ich hatte mit allen Mängeln – es hätte schlimmer sein können. Für die nächsten Jahre war ökonomisch das Nötige abgedeckt, und ich konnte mich über das Nötige hinaus rühren. Das Glück gewährte mir eine Verschnaufpause.

Ich hoffte nur, dass mir bald die richtige Frau über den Weg lief. Allein bleiben wollte ich auf Dauer nicht. Ein Schild, dass ich zu haben war, wollte ich mir aber auch nicht umhängen. Und so blieb ich an mein Alleinsein gebunden, führte ein Junggesellenleben, frei, schlafend auf einem harten Bett, mit dunklen Träumen, harrend, was die Zukunft über mich verhängen werde. Und weil mir klar war, dass ich mich nicht gehen lassen durfte, machte ich an den Türstöcken Klimmzüge. Ich machte Liegestütze und Klappmesser. Meinen Körper hielt ich in Schuss. Und während ich meine

Liegestütze machte, sagte ich zu mir: Wenn man ein wenig dumm ist, macht man sich Hoffnungen, so ist das nun einmal.

Schriftstellerisch hatte ich ebenfalls keine gute Zeit, ja, schon wieder. Alles, was ich anfasste, misslang. Ein Theaterstück ebenso wie der Ansatz zu einem Roman, einige Erzählungen, es kotzte mich an. Es lag teilweise daran, dass ich künstlerisch eine Neuausrichtung versuchen wollte und bei der Peilung der neuen Richtung einige Fehlversuche zu beklagen hatte. Aber vor allem hatte es mit meiner persönlichen Orientierungslosigkeit zu tun. Ich ließ mich auf nichts ein, wollte nur, dass es möglichst rasch erledigt war, alles zackzack. In die Tiefe stieß ich nicht vor, das viele, das ich anfing, trieb mich zurück an die Oberfläche, es war wie verhext. An meinem Alltag hatte ich so wenig Interesse wie an mir selbst. Wenn ich Briefe schrieb, behalf ich mir in den allermeisten Fällen mit aufgeblasenen, in Wahrheit nichtssagenden Sätzen. Viel Tamtam. Es bedrückt mich heute, wie wenig Willen ich aufbrachte, mich mit mir selbst auseinanderzusetzen.

Damals habe ich *gefaxt*, weshalb meist nur die Schatten meiner Briefe das Haus verlassen haben. Beim flüchtigen Durchblättern der in Wolfurt liegenden Korrespondenz ist mir ein einziger Satz aufgefallen, der mir gefällt.

"Jetzt war ich gerade beim Frisör, und alles ist sehr still."

Das schrieb ich am 28. April 1999 an L., drei Tage bevor ich meine Frau kennenlernte. Ich sage es bewusst auf eine so schlichte, für einen Schriftsteller beinahe unangemessene Art: Das ist das Beste, was mir in meinem Leben passiert ist.

Im Frühling 1999 war eine Ruhepause eingetreten. Die Wetterverhältnisse habe ich als mild in Erinnerung. Mitte April begann das Steinobst zu blühen, zehn Tage später folgten die Apfel- und Birnbäume in außerordentlicher Pracht. Die Blüte der Obstbäume gehört zu den Erscheinungen, die in meinem Empfinden keinem Gewöhnungseffekt unterliegen, sie bleibt überwältigend in ihrer berstenden, auflodernden Massivität.

Am 1. Mai ging ich auf eine Geburtstagsfeier, einen Dreißiger. Nach und nach wurden wir alle dreißig. Auf dieser Feier begegnete ich K., strahlende Erscheinung, groß, lange dunkle Haare, sympathisch. Im Jahr davor war ich etwas zu nahe mit Frauen in Berührung gekommen, die eine Tendenz zum Neurotischen hatten. Deren raumgreifende Vitalität hatte mich ebenso unwiderstehlich angezogen wie rasch erschöpft. Umso aufmerksamer registrierte ich K.s gut gelaunte Besonnenheit.

K. sagt, was ihr an dem Abend, als wir uns kennengelernt haben, besonders gefallen habe, sei, dass ich von den blühenden Bäumen im Obstgarten des Großelternhauses erzählt hätte. Die Birnbäume stünden in einem blendenden Weiß, sie seien groß wie Fregatten und würden auch so knarren, wenn der Wind gehe. Das habe ihr gefallen, zu Beginn unseres Gesprächs auf einer Party vor mehr als zwanzig Jahren.

K. ihrerseits erzählte von ihrer Arbeit als Ärztin am Krankenhaus in Dornbirn. Auf der Station seien sie unterbesetzt, und es gebe dort Hierarchien, die nicht zeitgemäß seien. Aber sie liebe die Arbeit, sie verdiene gut, es sei herrlich, unabhängig zu sein. Das gefiel wiederum mir, der ich geprägt bin von meiner Mutter, die in den siebziger Jahren des zwanzigsten Jahrhunderts trotz der vier Kinder ihrer Arbeit als Lehrerin nachgegangen war, weil sie selbstständig sein wollte.

Später im Gespräch erwähnte K., dass ihr Freund, mit dem sie seit acht Jahren zusammen sei, demnächst von Wien nach Bregenz übersiedle. Um ehrlich zu sein, es überraschte mich nicht, dass die meisten Frauen, die mir gefielen, schon vergeben waren.

Achselzuckend trottete ich nach Hause. Da kann man nichts machen. Egal. An einem neuerlichen Durcheinander lag mir nichts.

Zwei Tage später trat ich die Arbeit auf der Seebühne an, mal sehen, was die Saison in diesem Jahr brachte. Es wurde *Porgy & Bess* gegeben. Das Treiben und Musizieren und die körperliche Arbeit sorgten dafür, dass ich weiter auflebte. Nochmals einige Tage später traf ich beim Weggehen in Bregenz wieder auf K. Kurz darauf verabredeten wir uns fürs Kino.

Als Schriftsteller ist man bei den wenigsten Frauen von vornherein chancenlos, das ist einer der Vorteile des Berufs. Von einem Schriftsteller glaubt niemand erwarten zu müssen, dass er viel Geld verdient, sein Beruf entschuldigt ihn ausreichend. Auch wird davon ausgegangen, dass Menschen, die schreiben, etwas verstehen von der unergründlichen Schönheit der Welt.

Mein Glück war, dass die Welt in diesem Sommer tatsächlich eine unergründliche Schönheit zeigte. Nach den außerordentlich ergiebigen Schneefällen zum Anfang des Jahres mit bis heute in Erinnerung gebliebenen Lawinenkatastrophen fiel jetzt die Schneeschmelze mit sintflutartigen Regenfällen zusammen. Im immer recht langweiligen Bregenz herrschte Land unter.

In den Straßen der Unterstadt fuhren K. und ich mit unseren Fahrrädern über die provisorisch gebauten, schmalen und geländerlosen Stege. Die Schaufenster leergeräumt, das Rumpeln der grob behauenen Dielen als Bestätigung, dass wir flott vorankamen. Die Stege forderten Radfahrern einiges ab, nur etwa einen Dreiviertelmeter breit, mit rechtwinkligen Abzweigungen, die schwierig zu nehmen waren. Rechts und links wenig einladendes, schmutzigbraunes Wasser.

K. folgte mir auf ihrem Fahrrad ohne Zögern. Ihr Mut machte mir Eindruck.

Später schrieb ich ihr, ich bräuchte eine Gehilfin beim Abnehmen der Himbeeren. Unterhalb der Terrassenwohnung beim Elternhaus hatte ich großflächig Himbeeren kultiviert. K. kam, ich stellte ihr einen alten Arbeitsoverall zur Verfügung, wir stiegen in den steilen und steinigen Bühel ein. Die Liebe gedeiht auch auf kargen Böden.

Es war beruhigend festzustellen, dass Sex bei K. nichts war, was verhandelt werden musste. Selbst wenn wir eine halbe Stunde vorher gestritten hatten, sprach nichts dagegen, dass wir miteinander schliefen. Seit vielen Jahren hatte ich mich neben einer Frau nicht mehr so leicht und frei gefühlt.

Ich erzählte ihr von meinen Runden, die ich in Wien jahrelang gemacht hatte. Ich betrachtete die Runden als etwas, das hinter mir lag, etwas, von dem ich erzählen konnte – diesem einen ausgewählten Menschen. K.s Gesichtsausdruck veränderte sich. Sie fragte nach, wie das gewesen sei. Ich skizzierte die Umstände, die Vor- und Nachteile.

»Interessant«, sagte sie.

Vorsichtig aufgrund meiner eigenen Vorbehalte, fragte ich, wie es für sie sei, davon zu erfahren. Sie sagte:

»Es gefällt mir.«

»Dann ist es gut.«

Und mein schweißfeuchtes Gesicht sank müde an ihre Schulter.

Der Beginn des Herbstes fiel für K. und mich zusammen mit dem Übergang von der Verliebtheit in den Alltag, vom Neuen ins Gewohnte, in das, was langsam zur Gewohnheit wird. Adaptionsprobleme, wenn man so will. Das gestaltete sich teilweise schwierig. Doch meistens waren wir glücklich. Wir stellten fest, dass wir ähnliche Energiepegel besaßen, ähnliche Temperamente, dass wir im Alltag ein ähnliches Tempo gingen. Und wir reden beide gern. Wenn in der Zeitung berichtet wird, dass durchschnittliche Paare sich am Tag etwa fünfzehn Minuten unterhalten, reißen wir ungläubig die Augen auf. Offenbar reden wir mehr als der Rest der Straße zusammen, anders geht die Rechnung nicht auf.

Das Erscheinen meines zweiten Romans *Irrlichterloh* fiel in diese Zeit. Er war weder bei der Kritik noch beim Publikum in irgendeiner Weise erfolgreich, es roch nach verbranntem Fell. Ja, gut, da war nichts zu machen. Im Stillen hielt auch ich *Irrlichterloh* für kein besonders gelungenes Buch. Zumindest war mir klar, dass ich es mit zweiundzwanzig geschrieben hatte und mittlerweile ein anderer geworden war, neun Jahre älter. Es passte nicht zusammen.

Bei meinem Vater schritt die Demenz voran, er geriet mit Alltagsdingen in Schwierigkeiten und hatte zu kämpfen. In der Nachbarschaft eines Grundstücks, das meinem Vater gehörte, gab es einen Besitzerwechsel. Als mein Vater allein zu Hause war, holten die neuen Nachbarn eine Unterschrift bei ihm ein trotz meiner Bitte, man solle ihn mit diesen Dingen in Ruhe lassen wegen seiner Vergesslichkeit. Es ging darum, an dem Grundstück einen Grenzverlauf neu zu regeln, zum Nachteil meines Vaters, versteht sich. Bereits am Abend konnte er sich an nichts mehr erinnern.

Diese Begebenheit hatte wesentlichen Anteil daran, dass ich mich nicht zweimal bitten ließ, als K. den Vorschlag machte, wir sollten nach Wien zurückkehren. K. hatte Aussicht auf eine Ausbildungsstelle für Kinderheilkunde am Wiener Allgemeinen Krankenhaus. Sie sagte, sie habe das Gefühl, sie versauere, sie sei schon ganz grün im Gesicht, sie wolle weg, irgendwohin, wos nicht so eng sei und man nicht unter Beobachtung stehe und wo es mehr Menschen gebe, die noch etwas zum Kämpfen hätten. In Vorarlberg haben die Menschen nicht weniger Sorgen als in Wien, aber auf versteckte Art, das färbt ab und erzeugt eine Atmosphäre latenter Verkrampftheit.

Für mich war auch Wien nicht ganz frei von unerfreulichen Assoziationen. Trotzdem blickte ich der Rückkehr in die Großstadt mit Zuversicht entgegen. Ich hatte dort weiterhin die kleine Wohnung am unteren Ende des Naschmarkts, gründlich renoviert mit einem Teil des amerikanischen Geldes. Am engen Innenhof, dem wenigen Licht und dem Klo auf dem Gang hatte ich nichts ändern können, die Wohnung war also weiterhin nicht das, was ich mir bestenfalls wünschte, aber doch das, was ich mir locker leisten konnte auch dann, wenn ich mehrere Monate abwesend war.

K. fand eine etwas größere Wohnung ein Stück stadteinwärts, in einem Haus, in dem bereits eine Cousine von ihr untergekommen war. Wir wohnten beinahe in Rufweite voneinander.

Bald fünf Jahre war es her, seit ich aus Wien Hals über Kopf abgereist war, fünf Jahre, die ich hier rasch durchlaufen habe. Festzuhalten ist obendrein, dass ich mich während dieser Zeit von dem eingeschüchterten jungen Mann, der ich gewesen war, gelöst hatte. Ich stand ein gutes Stück von ihm entfernt und betrachtete ihn mit Trauer. Inzwischen hatte ich zusätzliche zweihundert Bücher gelesen, hatte viel erlebt, viele Liebschaften, viele Stürze, viel Aufrappeln. Diese Jahre hatten mir einen Schub gegeben, und ich war selbstbewusst geworden.

Zu Wolfgang Matz, meinem Lektor, sagte ich:

»Ich traue es mir zu, dass ich mich durchsetze.«

Er schaute mich an und nickte, während er fragend die Schultern hob. Soll heißen: Wer weiß, möglich ist vieles.

Meine große Hoffnung sah ich in *Schöne Freunde*, dem Roman, der kurz vor der Abreise nach Berlin entstanden war.

Aus der Chefetage des Verlags kamen vage Andeutungen, was die Veröffentlichung betraf, und das wenige Konkrete wurde später widerrufen. Plötzlich machten sie keinen Mucks mehr, plötzlich war nichts mehr aus dieser Richtung zu hören, als würden sie in München nicht mehr leben, als seien sie tot.

Man kann einige Jahre erfolgreich mit dem Rücken zu den Tatsachen leben, aber irgendwann gehen die Tatsachen um einen herum, und dann blickt man ihnen ins feindselige Gesicht. Im Verlag wollten sie mich loswerden. Einzig mein Lektor erhob Einspruch, man ignorierte ihn, so gut es ging, und das Buch wurde unter Vorwänden verschoben und nochmals verschoben.

Allmählich kam ich in ein Alter, in dem ich mich nicht mehr auf ein Später vertrösten lassen wollte wie in der Kindheit. Ich wollte nicht der Willkür irgendwelcher Menschen ausgesetzt sein, die in einem geradezu familiären Ton mit mir redeten – über nichts. Die Zuständigen im Verlag fanden nicht den Mut zu einem Gespräch, in dessen Verlauf sie mich mit einer schlechten Prognose hätten nach Hause entlassen müssen. Stattdessen hielten sie mich hin.

Ich schickte das Manuskript an andere Verlage. Bei einem warte ich bis heute auf Antwort. Der Verleger von Rowohlt lobte den Text, lehnte ihn aber ab aus ökonomischen Gründen. Der nächste Rückschlag.

Mein Gehirn war wie ausgebeult von dem Gedanken, dass es die ganze Zeit über abwärtsgegangen war. Gleichmäßig und daher fast unmerklich war es mit mir abwärtsgegangen. Niemand rechnete mit mir: Arno Geiger, dreiunddreißig Jahre alt.

Was gab es für Alternativen? Etwas Verlockendes entdeckte ich nicht. Ich steckte drin und steckte fest. Damit hatte ich mich vorläufig abzufinden. Jedenfalls deuteten immer mehr Anzeichen darauf hin, dass es schwer werden würde, schwerer als angenommen.

Zwischen fünfundzwanzig und fünfunddreißig werden Künstlerinnen und Künstler von der Gesellschaft mit Stipendien über Wasser gehalten. Es ist die Zeit, in der sich ein junger Mensch auf eigene Beine stellen sollte. Dann versiegen die Stipendien, und die meisten der ehemals jungen, jetzt nicht mehr ganz so jungen Künstlerinnen und Künstler stellen fest, dass sie oben in der Luft spazieren gehen, wie im Comic. Nur dass, was im Comic amüsant ist, im Leben mit echtem Schrecken einhergeht. In dem Moment, wo du realisierst, dass du nichts unter den Füßen hast, beginnst du zu fallen.

An das Unbehagen, das ich empfand, denke ich mit Unbehagen zurück. Und weiteres Unbehagen stellte sich ein, als ich in den Schrank schaute, der zwei Namen besaß: *Depot* und *Geschäft*. Dort gab es Restbestände an Büchern, die sich zu Geld machen ließen. Im Frühling 2002 stellten K. und ich uns einen Samstag lang auf den Flohmarkt.

K. war von der Atmosphäre begeistert, von den Menschen, den Begegnungen, dem Verkaufen. Mit K. war alles leicht. Auf der Sackkarre gestapelt, brachte ich im Morgengrauen vier Bananenkartons mit Büchern. Der Schweiß tropfte mir von der Nase. Als ich wieder loszog, um weitere Kartons zu holen, blies mir K. von den Fingerspitzen einen Kuss zu und rief:

»Ich mache derweil schon fette Geschäfte!«

Einmal, gegen Mittag, küsste sie mich am Hals und sagte: »Du schmeckst salzig. Du hast geschwitzt.«

Kurz darauf brachte Frau Klimsza, die Nachbarin, einen Topf mit Serbischer Bohnensuppe. Wir hockten auf leeren Kisten, aßen und zwinkerten in die jetzt hoch stehende Sonne.

Am Abend war K. ganz euphorisch, sie schlug vor, wir sollten einen zweiten Verkauf machen im späteren Frühling, sie wünsche es sich. Ich versprach, mein Bestes zu tun mit Blick auf das ausgebrannte *Depot*. K. indes stand unmittelbar vor der Abreise nach Nepal. Der Professor, bei dem sie die Ausbildung zur Kinderärztin begonnen hatte, meinte sich an einer Expedition ins Himalaya-Gebirge beteiligen zu müssen zwecks besserer Erforschung der Höhenkrankheit. K. schloss sich der Expedition an, zapfte im Himalaya Blut ab und ließ sich ihrerseits Blut abzapfen zum hoffentlichen Wohl der Menschheit.

Heute, wenn ich in der Zeitung von den vielen Todesfällen am Mount Everest lese, frage ich mich, ob die Expedition das Geringste gebracht hat. Es kommt mir nicht so vor. Doch was die Expedition mit Sicherheit beeinflusst hat, das ist mein Leben. Ich blieb allein in Wien zurück, ein Mensch mit viel Zeit und einem Auftrag.

Am Tag nach K.s Abreise nahm ich meine Runden wieder auf, aber nicht zu Fuß, sondern mit dem Fahrrad – womit ein Projekt von beträchtlicher Tragweite begann.

Das Fahrrad, mit dem ich meinen alten Wirkungskreis ausdehnte und mit dem ich in noch unvertraute Straßen hineinfuhr, war nicht meines, meins stand in Vorarlberg. Es gehörte einem Arbeitskollegen von der Seebühne, er hatte es bei mir untergestellt, ein altes Damenrad, Dreigang, klapprig. Zuvor waren wir im Kino gewesen: *Die Sammler und die Sammlerin* von Agnès Varda.

In diesem Dokumentarfilm sucht Agnès Varda das Gespräch mit Menschen, die sammeln, nicht Kunst oder Dinge, die man mit Geld kauft, sondern Sperrmüll, weggeworfene Salatköpfe, ohne Rücksicht auf die EU-Norm gewachsene Kartoffeln. Schwemmholz. Im Kino sitzend, schnitt ich eigene Bilder dagegen und dachte an meine frühere Beschäftigung: *Denn sehet die Vögel unter dem Himmel, sie säen nicht.*

Der manchmal mit wackeliger Digitalkamera gedrehte Film war ziemlich genau das, was mir beim Umorganisieren meines Denkens gefehlt hatte, damit ich ein gutes Gefühl bekam bei der Rückkehr zum eigentlich Abgeschlossenen. Der Film ist eine Spurensuche, wie tief das Herumstreifen und Sammeln in die Natur des Menschen eingeschrieben ist, ein Nachdenken über das Sammeln als Kulturtechnik, als menschliches Grundbedürfnis, egal ob aus Not oder Neigung. Meist findet es am Rand der Wohlstandsgesellschaft statt, am Rand der Hauptrouten industrieller Verwertung.

Immer fällt irgendwo etwas ab, ein Rest, um den es schade wäre, wenn er verlottern, verrotten oder verschrottet würde. Agnès Varda teilte mir mit, es finde sich auch im Wertlosen ein Reichtum, wenn man nur willens ist, ihn zu suchen.

Für mich war die Hauptsache, dass der Film beiläufig eine Selbstdeutung der Filmemacherin lieferte. Agnès Varda zeigt sich als Sammlerin von Bildern, als Sammlerin von Stimmen, von Traditionen, von Neuem und von Widersprüchen. Sie sammelt gelebtes Leben und lebt, während sie filmt, und eins ist vom anderen nicht zu trennen. Das alles ganz unbefangen, beinahe ungeschönt: Ich lebe, ich schaue, ich zeige, ich nehme mir diese Freiheit.

Weiterer Überredungskünste bedurfte es nicht. Der Film machte mir meine Tätigkeit von früher weniger fremd. Wo Scham gewesen war, keimte Stolz. Gleichzeitig war mir klar, dass ich meine Streifzüge auf andere Füße stellen musste, weg vom Geldverdienen, hin zum Künstlerischen, zum Schreiben.

Da erwies sich wieder, wie wenig linear Entwicklungen verlaufen, wie wenig planmäßig Lebensläufe sich ereignen. Das Wort *Karriere* bezeichnete ursprünglich eine Straße für Karren. Karriere war die Straße, auf der die Karosse fuhr. Die Schönbrunner Straße, auf der Kaiserin Maria Theresia sich hinaus zu ihrem Landschloss bringen ließ, war eine Karriere. Und die Straßen, durch die ich mit dem Fahrrad kurvte, waren eine Karriere, eine besonders gewundene, verwinkelte Karriere. Womit ebenso der tatsächliche Straßenverlauf gemeint ist wie meine persönliche Entwicklung.

Wenn ich zurückblicke, sehe ich das Einleuchtende an

meiner Entwicklung sehr gut, aber ich sehe es ausnahmslos nur im Rückblick. Im Moment des Geschehens verblüffte es mich, dass etwas, das jahrelang ein Hemmschuh gewesen war, mit einem Mal einen Schub nach vorn brachte. Ich hätte erwartet, die Rückkehr zu den Runden werde gleichbedeutend sein mit einer Rückkehr zu etwas Bekanntem und Eingespieltem. Doch nach den Jahren der Abwesenheit zeigte sich die Sache von einer ganz anderen Seite.

Offenbar hatte ich zuerst in der Sprache Boden unter die Füße bekommen müssen, um anschließend auch auf der inhaltlichen Ebene Tritt suchen zu können. Ich ging jetzt auf andere Dinge zu, es schauten mich andere Dinge an. Mich erfasste ein Faible für den Alltag und seine unterschätzte Farbigkeit, für den Alltag, der gar nicht so grau ist, wie ich gedacht hatte, nur dezenter koloriert als bei David Lynch. Ich begriff, dass das *echte Leben* gewöhnlich ist und trotzdem vielschichtig und dass auch ein vielschichtiger Satz gelassen formuliert sein kann. Es stellt erstaunlich hohe Ansprüche, einen schlüssigen Gedanken zu formulieren, der nicht in jeder Sekunde signalisieren will, wie bedeutend er ist.

Das am wenigsten wichtige Stück des hochkulturellen Ballasts, mit dem ich mich bisher getragen hatte, warf ich schrittweise ab: das sprachliche Auftrumpfen. Ich nahm mir vor, ein Künstler des Ungekünstelten zu werden.

Während K. nepalesische Höhenluft atmete und ihr Blut für die Wissenschaft gab, ereigneten sich in Wien merkwürdige Dinge. Es war in der zweiten Woche nach K.s Abreise, da sah ich seitlich bei einer Müllstation mehrere auf den Gehsteig gestellte Tragtaschen mit Büchern. In meiner Vorfreude blickte ich vielleicht einen Moment zu lange hin. Ein des Wegs kommender älterer Mann folgte meinem Blick. Und während ich ordentlicher Mensch zuerst das Fahrrad abstellte, schnappte sich der Mann die drei Taschen und ging schwer bepackt davon.

Da war jetzt einer schlauer und schneller gewesen als ich, ein echter Wiener Gauner. Das wurmte mich, denn ich bin selber ein Gauner und mag es nicht, wenn andere noch größere Gauner sind. Ja, gut, okay, das Schlimmste war es wohl nicht. Doch ich entschied, fortan mit den Hühnern aufzustehen und meine Runden kurz vor Sonnenaufgang zu beginnen, zu einer Zeit, da in den Straßen weniger Leute unterwegs sind.

So früh aufstehen? Das zehrt! Das kratzt an der Kondition! Aber da half mir mein Ärger über die Schlappe mit den drei Taschen. Ich muss sagen, es stimmt, dass Wut die Seele stärkt.

In der Woche darauf fand ich gleich in der Früh ein Bündel lithografierter Postkarten der Wiener Werkstätte, fünf Minuten bevor der Müllwagen kam. Vierzig Postkarten, einige von Mela Köhler, eine von Susi Singer, mehrere von Oskar Kokoschka, eine von Berthold Löffler, alle von frappierender Schönheit, die Farben frisch und leuchtend.

Ich holte K. vom Flughafen ab, ich trug ihren schweren Rucksack. In der S-Bahn zog ich die Postkarten aus der Innentasche meiner Jacke und zeigte sie K. Sie schaute kurz hin, völlig unbeeindruckt. Dann strudelte sie weiter ihre Erzählungen aus dem Himalaya hervor, das langsame Gehen in der

Höhenluft, das Flattern der Gebetsfahnen im Gebirge, das eingemummte Schlafen im Zelt. Sie strahlte vor Glück. Sie lächelte mich an, atmete. Die S-Bahn fuhr der Stadt zu.

Nachdem K. ihre dringlichsten Berichte losgeworden war, arbeitete sie bei mir zu Hause Zeitungen auf. Im Himalaya war sie von den Ereignissen der Welt weitgehend abgeschnitten gewesen. In der Ausgabe der Süddeutschen Zeitung vom 15. April 2002, die seit mehr als zwei Wochen ungelesen herumgelegen war, entdeckte K. auf der dem Kunstmarkt gewidmeten Seite einen Artikel, den sie mir reichte. Es war ein Bericht über ein auf Postkarten der Wiener Werkstätte spezialisiertes Auktionshaus.

Ich traf den Besitzer des Auktionshauses im Bahnhofsrestaurant von Salzburg. Er bekam glänzende Augen, mir war, als hätte er mich am liebsten auf die Stirn geküsst. Mit Blick auf den Entwurf von Berthold Löffler für das Kabarett Fledermaus sagte er:

»Die hatte ich noch nie. Die freut mich besonders.«

Später schrieb er mir, die Postkarte hänge gerahmt neben einem von Koloman Moser entworfenen Möbelstück. Sie sei die teuerste bisher versteigerte Ansichtskarte. Für mich ein halbes Jahresgehalt.

Zufälle, ja. Aber diese Zufälle bauten mir eine goldene Brücke, eine solide, breite, gut gepflasterte Brücke. Bei nächster Gelegenheit holte ich aus Vorarlberg mein Fahrrad, ein hochwertiges, robustes Fahrrad aus österreichischer Produktion, zwei Jahre alt. Und ich verließ meinen Sommerjob als Hilfstechniker auf der Seebühne, nach der siebzehnten Saison. Ich tat es schweren Herzens, weil ich auf der Seebühne glücklich gewesen war. Aber die drei, vier Monate hatten am Schreibtisch gefehlt. Endlich fand ich mich ganzjährig frei von festen Arbeitszeiten, erstmals ein freier Schriftsteller.

Einmal in der Woche schoss ich auf meinem Fahrrad durchs Gebiet. Ich trug die aus Yakwolle gestrickte Mütze, die mir K. aus Nepal mitgebracht hatte. Und ich war zuversichtlich, dass vielleicht doch aus mir in dieser Welt noch einmal etwas werden würde.

Damit es in der Früh keine Verzögerungen gab, legte ich am Abend vor einer Runde die Arbeitskleidung zurecht und schob die mit Wasser gefüllte Trinkflasche und einen Apfel in den Rucksack. Ich stellte ein Glas Wasser auf den Schuhschrank, legte Handschuhe daneben und eine Mütze. Auch die Schuhe positionierte ich so, dass ich nur noch hineinzuschlüpfen brauchte.

Wenn der Wecker ging, erschrak K. Nach kurzem Sichbesinnen war sie erleichtert, dass das Schrillen ausnahmsweise nicht ihr galt. Ich selber stand anders auf als sonst. K. sagt, man spürte mir an, dass ich mich zwingen musste, ich sei konzentriert gewesen, ernst, da führt jetzt kein Weg dran vorbei, du musst dich dem Unvermeidlichen beugen. Ich küsste K. Und dann raus, ja, los! Los! Los, mein Freund, setz dich in Bewegung!

In der Küche reckte ich mir die Steifheit aus den Gliedern, ich fuhr in die Hose, fuhr in die Jacke, fuhr in die Schuhe, verließ die Wohnung, alles möglichst leise, damit K. weiterschlafen konnte. Auf der Straße verursachte die der Müdigkeit geschuldete Verminderung der Wahrnehmungsfähigkeit visuelle und akustische Überblendungseffekte. Ich kniff die Augen fest zusammen und schüttelte den Kopf. Ein Gefühl von Aquarium. Oder Unterwelt.

Ich gestehe, das frühe Aufstehen gehörte zu den zentralen Schwierigkeiten des Unternehmens, es war jedes Mal ein Kampf, aber einmal draußen, war ich immer froh, den Kampf gewonnen zu haben.

Mit den großteils aus Ex-Jugoslawien stammenden Frauen, die sich ihren Lebensunterhalt mit Putzjobs verdienten, fuhr ich in der U-Bahn. Die Frauen kannten einander, grüßten einander, die meisten waren gut gelaunt schon um fünf in der Früh. Eine löste Kreuzworträtsel und fragte die Umsitzenden und Umstehenden, wer die Antwort wisse. Zwei- oder dreimal vermochte ich etwas beizutragen.

Die Nachtschwärmer, die um diese Zeit ebenfalls unterwegs waren, beteiligten sich nicht. Frühaufsteher und Nachtschwärmer haben einander nichts zu sagen, sie bewegen sich in unterschiedlichen Welten.

An einer Station, die Türen der U-Bahn gehen gerade auf, stürzt am Bahnsteig ein Betrunkener zu Boden, die Umstehenden lachen. Hässliche Bilder.

Endlich draußen im Gebiet, die Sonne ist kurz vor dem Aufgehen. Aufgrund der geringen Fließmenge entsteigt der Kanalisation der schale Geruch menschlicher Intimität. Auch aus den offenen Schlafzimmerfenstern dringen Geräusche und warme Schleier, die an das verborgene Leben der Menschen gemahnen.

Ich kenne die Nacht nicht besonders gut. Aber ich kenne den Morgen, was völlig anachronistisch ist, es passt nicht in unsere Welt. Ich kenne den Morgen, wie meine Vorfahren ihn kannten, die Bauern waren und das ganze Jahr über ihr Tagwerk im Dunkeln begannen, für die der Morgen seine Anfänge nicht im Licht des Vormittags hatte, sondern im finsteren Ende der Nacht. Das Ende der Nacht ist bekanntermaßen besonders abweisend, ganz ohne eine stille Verheißung von Licht, die man sich womöglich einbildet, weil das Ergrauen des Tages nicht weit sein kann. It's darkest before the dawn. Doch während meine Vorfahren diesen finster heraufkriechenden Morgen auf dem Land kannten mit Feuermachen und den im Stall sich rührenden, rumpelnden Kühen, kenne ich ihn in der Großstadt, wo die Füchse geduckt, scheu um sich spähend, zu ihren Bauten zurückkehren, bevor die Leute mit den selbstbewussten Hunden Spaziergänge machen. Die Eichkatzen suchen sich ein Frühstück. Die Luft ist ganz anders als am Abend, nicht so sehr Teil eines Geschehens, eines städtischen Geschehens, sondern eigenständiger, unbekümmert um die wenigen Geräusche. Die Morgenluft trägt die Geräusche kaum, es ist, als fielen sie sofort wieder herunter oder als flögen sie aus eigener Kraft davon. Da und dort eine schlagende Autotür. Verschiedentlich der sich wiederholende, schrille, papageienhafte Schrei eines Grünspechts.

Wie pulsierend eine Metropole ist, kann man am besten um fünf in der Früh feststellen, eine echte Metropole pulsiert Tag und Nacht. Wien hingegen befindet sich um diese Zeit im Tiefschlaf, schlimmer noch, die Stadt ist wie bewusstlos.

Das gleichmäßige Treten in der kühlen Luft und das mechanische Arbeiten befreien mich von der Anspannung. Immer die leidige Aussicht, dass ich wegen meines Fahrrads aus der U-Bahn geworfen werde, denn in der Früh ist die Mitnahme von Fahrrädern verboten, ungeachtet der wenigen

Menschen, die unterwegs sind. In der Zeit kurz vor Sonnenaufgang schimmert der Asphalt im Widerschein der Laternen, wie mit einem weißen Schleier bezogen. Aber allmählich bahnt sich der Morgen zwischen den Häusern einen Weg, glättet die Konturen, schärft die Kanten und befähigt mich, im Altpapier Details zu erkennen. Bald, nachdem die Sonne aufgegangen ist, verschwindet die Feuchtigkeit von den Deckeln der aus Hartplastik gegossenen Papiercontainer.

Wenn ich meinen Rhythmus gefunden habe und es keinerlei Vorkommnisse gibt, träume ich vor mich hin, eine Art Halbschlaf oder spirituelle Kontemplation, in der ich meine Arbeit mechanisch fortsetze, gut genug verinnerlicht sind die Strecke und die nötigen Handgriffe. Ich lasse mir Zeit, gleite durch die Straßen, lausche dem Rhythmus der über Zahnräder laufenden Kette und dem häufigen Klacken der Gangschaltung. Ich könnte auch ein Mönch sein, der durch die Berge wandert.

Von Minute zu Minute büßen die Straßen ihre Verlassenheit ein. Es beginnt die verkehrsreiche Zeit, in der die Kinder zur Schule gefahren werden. Die Intervalle der Straßenbahnen werden kürzer. Dann öffnen die ersten Geschäfte. Immer mehr Menschen machen sich auf den Weg zur Arbeit, immer mehr Autofahrer verlieren die Kontrolle über ihre Gefühle. Es ist jeden Montag dasselbe, die morgendliche Stoßzeit besitzt eine besondere Kraft, den Autofahrern in Erinnerung zu rufen, dass sie ihr Leben ändern sollten. Aber sie schaffen es nicht, schon seit vielen Jahren, das wirkt nachteilig auf das Befinden. Es wird gehupt und gedrängelt. Für die nächste Stunde bleibe ich in den Nebenstraßen und in den Hügeln. Von einer der Hauptstraßen höre ich die anschwellende Brandung des Morgenverkehrs. Ich höre das immer lauter werdende Pulsieren der Stadt. Baulärm. Vor einer geschäftigen Baustelle die Tafel: *Wir erfüllen Lebensträume*.

Dann, sehr plötzlich, ein Fund. Eben noch war gar nichts, jetzt greift die Hand des Glücks nach mir. Von einer Sekunde auf die andere lebe ich ein einziges Leben. Oft stundenlang lebe ich zwei Leben, fahre von einem Behälter zum anderen, Schweiß rinnt mir in die Augen, Autos blasen mir Abgase ins Gesicht. Aber die Gedanken sind bei K., in Wolfurt bei den Eltern oder bei dem Kapitel, an dem ich gerade schreibe. Dann sehe ich ein Buch in einer Ecke aufleuchten, und alle Sorgen rücken weg, es gibt nur mehr das eine Leben, alles ist ausgerichtet auf den Moment, ich höre alles und treffe in Sekundenschnelle meine Entscheidungen. Im Moment des Findens ist die Zeit *jetzt*, und der Ort ist *hier*.

Beim Finden weiß ich: Alles ist Zufallsfund. Es gibt für alles immer nur eine Gelegenheit. Was ich versäume, ist unwiederbringlich versäumt, denn diese Dinge halten sich mir nicht zur Verfügung wie Dokumente in einem Archiv. Für wenige Tage sind sie greifbar, möglicherweise nur für einen Tag. Und entweder ich finde sie innerhalb der eng begrenzten Frist, oder sie existieren nicht mehr. Bei Briefkonvoluten und Fotografien hat das etwas Geisterhaftes.

Beuge ich mich normal über einen großen, fünfhundert Liter fassenden Behälter für Altpapier und lange mit dem Arm nach unten, bleibt von meinen Fingerspitzen bis zum Grund ein Abstand von etwa dreißig Zentimetern. Unterhalb dieser Linie ist jede Menge Platz. Um die dort liegenden Dinge zu erreichen, muss ich hinuntertauchen. Bei einem Einzelstück geht das. Ein allein dort liegendes Tagebuch. Ich stemme mich kurz hoch und lasse mich an der Hüfte über die Kante des Behälters nach vorne kippen. Blaue Flecken und Striemen sind unvermeidlich. Wenn dort unten größere Mengen an womöglich Interessantem liegen und zu viele Tauchgänge nötig wären, um etwas Licht in das Durcheinander zu bringen, wende ich eine andere Methode an. Ich schnappe mir einige dicke Bücher oder etwas Vergleichbares und baue mir mit wenigen Handgriffen ein kleines Podest, auf das ich steige. So vermag ich die fehlenden dreißig Zentimeter zu überbrücken. Nun räume ich im Behälter alles, was ich gesehen habe, auf die eine Seite, anschließend alles auf die andere Seite, bis ich überall am Grund war. Ohne mir Zeit nehmen zu können und ohne viel nachzudenken, treffe ich meine Wahl. Das Auswählen zählt zu den großen Schwierigkeiten des Vorgangs. In manches schaue ich hinein, weil man das Ohrgehänge einer Königin und billiges Schaumgold nicht immer auf den ersten Blick unterscheiden kann. Briefe und Tagebücher nehme ich fast immer. Aus hundert Büchern nehme ich meistens nur zehn, oft nur vier oder fünf. Wie immer im Leben muss man sich das Gute heraussuchen. Kaum je nehme ich ein Drittel der Bücher. Dann muss ich nach Hause zum Abwerfen, das schätze ich überhaupt nicht, weshalb ich meine Auswahl an manchen Tagen strenger treffe als an anderen.

Ein herausragendes Buch finde ich kaum je, etwas ganz Besonderes. Das demokratische Prinzip in der Kunst (und im gesellschaftlichen Leben) tendiert zum schlechten Geschmack, das ist der Preis der Freiheit. Diesen Preis bezahle ich gern, sodass ich gegen das System weiter nichts einzuwenden habe. Aber über den einen herausragenden Fund freue ich mich besonders: den illustrierten Band mit Gedichten von Anna Achmatowa. Die Werkausgabe von Norbert C. Kaser in drei Bänden. Den Essay von Jean-Paul Sartre über Baudelaire, den alten Lumpensammler, "auf ewig geschieden von der Welt der ehrbaren Leute".

Ist alles gesichtet und das Brauchbare geborgen, räume ich auf, ich klaube im Umkreis von drei Metern das herumliegende Papier zusammen. Das geschieht als kleine Gegenleistung und für die hinter Gardinen verborgenen Augenzeugen. Somit ist auch der äußeren Form Genüge getan. Ich verlasse den Ort ordentlicher, als ich ihn vorgefunden habe, und entferne mich, als sei nichts geschehen. Es ist nichts geschehen. Das Getriebe des Lebens läuft weiter.

Mit gesteigerter Aufmerksamkeit setze ich die Runde fort. Ich sehe mehr, wenn ich schon etwas gefunden habe. Glück zieht Glück nach sich.

Habe ich in der Vorwoche ein großes Briefkonvolut nach Hause gebracht, von dem ich weiß, woher es stammt, werfe ich im Vorbeifahren einen Blick auf das Haus: Hier also ist jemand gestorben. Hier also ist eine Ehe gescheitert. Hier hatte jemand im Keller ein zusätzliches Bett, in das er auswandern musste, wenn es Streit gab. Man sieht nichts davon. Die Fassaden der Häuser verraten nichts, selbst wenn dahinter zehn Gefangene gehalten würden.

Ich schaue mir die Häuser an, ohne innezuhalten, flüchtig, ein wenig erregt, ein wenig beklommen, die Fenster, die Gärten, die Zäune. Ich fahre vorbei, ein Jedermann, ein Niemand. Eine Weile hänge ich meinen Gedanken nach, geistesabwesend, traurig, mag sein, bis die Arbeit mich wieder ablenkt.

Im Laufe der Jahre machte ich die Erfahrung, dass ein umfangreiches Wegwerfen sich nicht in einem Aufwischen vollzieht, sondern schrittweise, zuerst das Naheliegende, der eigentliche Abfall, später die Zweifelsfälle. Und langsam kommt man beim Wegwerfen in Übung, man merkt, das Wegwerfen hat etwas Befreiendes, etwas regelrecht Süchtigmachendes. Jetzt trifft es die besseren Sachen, das nicht Zwingende, das manchmal Großartige. Es war mir mehrfach vergönnt, diese Beobachtung zu machen. Die Menschen besitzen unterschiedliche Zimmer und in diesen Zimmern unterschiedliche Schränke. Manchen Menschen stehen drei Schränke zur Verfügung, anderen vier oder fünf. Es gibt Büroschränke, Anrichten, Kommoden, Vitrinen, auch Schreibtische und Sekretäre. Was diese Möbel verbindet, ist, dass sie gebaut wurden, um darin nützliche Dinge griffbereit zu halten oder unnütze Dinge einzubunkern. Eine weitere Gemeinsamkeit ist, dass diese Möbel zwischendurch ausgeleert und ausgekehrt werden. Zu meinem großen Bedauern blickte ich trotzdem, wenn ich Nachschau hielt, ob das Wegwerfen die erhoffte Fortsetzung gefunden hatte, in den meisten Fällen fassungslos in die sich mir darbietende Leere. Kann das sein? Nichts nachgeworfen? Wie humorlos!

Wenn ich schwer geladen hatte wegen eines großen Funds, fuhr ich nicht mit der U-Bahn nach Hause, sondern mit dem

Fahrrad. Dann hatte ich einen langen Heimweg. Doch sowie ich mich außerhalb des Gebiets befand, spürte ich eine erste Erleichterung. Es tut gut, etwas beendet zu haben. Es tut gut, nichts mehr zu suchen. Am Schreibtisch passiert es selten genug, dass etwas abgeschlossen ist. Ich fuhr gemächlich nach Hause, großteils auf Radwegen, ein ganz normaler Stadtbewohner, einer von vielen, die am Vormittag unterwegs sind in wichtiger oder unwichtiger Sache.

Beim unmittelbaren Heimkommen hoffte ich, dass ich in dem Miethaus, in dem ich wohnte, keine Nachbarn traf. Eine letzte heikle Minute. Ich drückte mich zu meiner Wohnungstür hinein, drehte den Schlüssel herum und atmete auf, froh, meinen Hafen erreicht zu haben.

Die Tage, an denen ich leer nach Hause kam, waren in mancher Hinsicht die besten. Unter die Dusche, eine kräftige Mahlzeit, dann an den Schreibtisch. Ich habe nie besser gearbeitet als an Tagen, an denen ich nichts gefunden habe. Das hat mit dem Zustand des Körpers zu tun nach der physischen Anstrengung, doch vor allem mit der aus dem Nichtfinden gewonnenen Entspanntheit zu wissen, dass ich Herr der Lage bin. Hingegen an Tagen mit großen Funden brachte ich am Schreibtisch nicht viel zustande. Dann war ich den ganzen Nachmittag mit Aufarbeiten beschäftigt und auch hinterher in Gedanken beim Gefundenen.

K. sagt, ich hätte immer gut ausgesehen, wenn ich nach Hause gekommen sei. Sie sagt, jemand, der keinen blassen Schimmer habe, wäre geneigt anzunehmen, einer, der im Abfall wühlt, habe ein gedämpftes Selbstbewusstsein. Aber wenn ich zurückgekommen sei, sei ich selbstbewusst gewesen, dreckig und verschwitzt. Erst nach dem Waschen von Händen und Gesicht hätte ich sie geküsst. Meine Hände seien beim Heimkommen andere Hände gewesen als meine Schriftstellerhände, trocken und rau von dem vielen Papier.

Es war beglückend, nach einer zur Gänze absolvierten Runde mit K. Kaffee zu trinken, ihr das Gefundene zu zeigen und darüber zu reden. Später hielt ich einen Mittagsschlaf, abgeschieden von der Welt. Ich legte mich aufs Bett mit einem zufälligen, am Vormittag gefundenen Buch. Ich las in diesen Büchern anders als in gekauften Büchern, in freudiger Erregung, als falle mir etwas vom Himmel in die Schürze. Irgendwann nickte ich ein und schlief so fest, dass ich nichts mehr hörte vom Rumoren der Stadt.

Als es darum ging, dass *Schöne Freunde* ein drittes Mal verschoben werden sollte, regte sich verlagsintern Protest von nicht unmittelbar involvierter Seite, ganz sachlich, man solle sich entscheiden aus Gründen der Fairness dem jungen Menschen gegenüber, ja oder nein. Daraufhin wurde das Buch gedruckt.

Der damals bedeutendste Literaturkritiker in Österreich, Wendelin Schmidt-Dengler, schrieb: "Die Kritik wird ihre Mühe mit diesem Buch haben, vergisst dabei jedoch, dass sie zehn Jahre dafür brauchen wird, um dorthin zu kommen, wo dieses Buch schon ist." Tatsächlich verhallte der Applaus, den das Buch erhielt, rasch. Keine Verkäufe. Keine Veranstaltungen. Keine Taschenbuchrechte. Stille. Wie die beiden Bücher davor starb *Schöne Freunde* den plötzlichen Buchstod. Nur manchmal, wenn ich mich dem Bücherregal nähere, höre ich *Schöne Freunde* leise atmen, leicht und leise, wie ein Siebenschläfer im Winter.

Dass der Verlag gar nichts für das Buch getan hatte, empfand ich als ein mit versteckten Mitteln betriebenes Abdrängen eines jungen Menschen in die Nichtigkeit. Die Signale waren eindeutig, im Verlag empfanden sie mich als so entbehrlich wie den Dreck auf der Stiege. Und ich spürte, wie langsam etwas in mir aufgerieben wurde, meine Zuversicht, meine natürliche Fähigkeit zum Ausharren. Ewig würde ich nicht durchhalten, auch nicht durchhalten wollen.

Zum Glück gehöre ich zu den Menschen, die ihre Anstrengungen zunächst verdoppeln, wenn es nicht läuft. Nicht dass ich das Verhalten des Verlags im Nachhinein gutheißen möchte. Wenn ein junger Mensch von Älteren, die einen guten Platz ergattert haben, kalt lächelnd entmutigt wird, ist das verwerflich. Andere hat es getötet.

Der Schriftsteller Peter Bichsel hat Menschen wie mich so bezeichnet: "nicht durch Bescheidenheit glücklich, sondern durch Trotz". Ich muss sagen, ich wurde sehr trotzig. Ich bekam einen dicken Hals. Ich beschloss, es ihnen zu zeigen, ihnen allen. Wem? Was? Ihr werdet schon sehen! Demnächst!

Das amerikanische Stipendium hielt mir den Rücken frei, deshalb konnte ich es wagen, alles auf eine Karte zu setzen. Ich schrieb *Es geht uns gut*, etwas ganz anderes als das, was ich bisher gemacht hatte, kaum zu vergleichen mit dem Bisherigen: einen Familienroman mit integriertem Anti-Familienroman. Es war eine herausfordernde Arbeit, bei der klar war, dass ich aufpassen musste, wenn ich meine Stellung als verkrachter Künstler nicht endgültig befestigen wollte.

Zunächst warf ich alles in die Mitte, mein eigenes Leben, Aspekte der eigenen Familiengeschichte, Aspekte aus Funden, die ich im Altpapier gemacht hatte. Dann konzipierte ich.

Die Handlung von *Es geht uns gut* ist fiktiv, alle Charaktere sind von mir erschaffen. Aber ohne die Impulse von außen würden viele Nuancen fehlen, das Gespür für die unterschiedlichen Zeit- und Sprachebenen, Unmengen an Alltagsdetails. Und vor allem gaben mir die Funde Sicherheit, auch diejenigen, die in keinem Zusammenhang standen mit dem Projekt. Sie waren Teil des Fundaments, Teil der Zuversicht, die während des Schreibens sagte: Ich weiß, wovon ich spreche.

K. war mittlerweile nach Innsbruck übersiedelt, wo sie an der Universitätsklinik die Ausbildung zur Kinderärztin fortsetzte, sie wog Frühchen und beäugte Blutbilder. Wir führten eine Fernbeziehung. Mobiltelefon besaß ich keines. In der Früh um sieben, während meiner Runden, rief ich K. von einer Telefonzelle an und wünschte ihr, ehe sie zur Arbeit ging, einen guten Morgen.

Wenn K. von Samstag auf Sonntag Nachtdienst hatte, stand mir auch das Wochenende zur Verfügung. Dann arbeitete ich zehn Tage am Stück. Ich schrieb und schrieb. Nach außen hin ein eintöniges Leben. Aber ich spürte, es lief ein Prozess ab, den die Ereignislosigkeit der Tage nicht betraf. Beruflich war es seit längerem die wichtigste Zeit in meinem Leben, die Zeit, in der sich meine sprachlichen und formalen Interessen mit einem Gespür für Soziales verbanden.

Ich glaube, ich hörte das Klicken regelrecht, ich weiß nicht, aber da griffen verschiedene Dinge ineinander, klick, und die Sache saß. Wie beim Einsetzen einer Zündkerze, klick, die Sache saß. Plötzlich entstand ein System, ein sinnvoller Zusammenhang zwischen unterschiedlichen Teilen meines Lebens. Die wöchentlichen Runden fügten sich wie selbstverständlich ein, sie sorgten dafür, dass ich körperlich fit blieb und mich nach der anstrengenden Arbeit gründlich auslüften konnte. Die nach Hause gebrachten Fundstücke erleichterten die Arbeit, sie halfen mir, eine Hauptschwäche meines bisherigen Schreibens zu beheben: den Mangel an Gewöhnlichem.

Als Schriftsteller einen körperlichen Ausgleich zu finden, der einen gleichzeitig beim Schreiben nach vorne bringt, das kam mir vor wie die Quadratur des Kreises.

Es war die Zeit, in der ich die umfangreichsten Runden machte, viereinhalb Stunden, bis weit in die Vorstädte hinaus, wo beinahe jedes Haus einen Garten hat und die Busse nur alle halbe Stunde fahren. Ich machte Runden, bis ich buchstäblich blau war.

Manchmal lachte K. laut auf, wenn sie mich mit nacktem Oberkörper sah.

»Was hast du da wieder gemacht!?«, fragte sie kopfschüttelnd.

»Wie ... was? Das ist mir noch gar nicht aufgefallen.«

Auch gewichtsmäßig stand ich auf dem Minimum. K. sagt:

»Du hattest einen schönen Körper.«

Wenn ich in der Früh keine Lust zum Aufstehen hatte, rüttelte K. an mir und sagte:

»Schau, dass du hinauskommst!«

Es gefiel ihr, wenn ich dreckig und verschwitzt nach Hause kam. Sie mochte den Mann der Straße, dafür bin ich ihr bis heute dankbar.

Am Nachmittag saß ich am Schreibtisch, das eine Mal mit einer gebrochenen Rippe, das andere Mal mit dem Geruch von Voltaren in der Nase, weil ich mir eine Bänder- oder Muskelverletzung zugezogen hatte. Ständig war etwas zerschunden. Deshalb bei den Runden pausieren? Sicher nicht.

Offenbar bin ich doch nicht dazu geschaffen, je den Mut zu verlieren, meine Beharrlichkeit ist wie eine Krankheit, eine Form des Wahnsinns, ein produktiver Wahnsinn. Aber natürlich geht ein solches Unter-allen-Umständen mit Schattenseiten einher. Fünfzig Prozent der Sprichwörter haben mit der Duplizität der Dinge zu tun: Kein Freud ohne Leid.

Die Jahre zuvor waren ruhig verlaufen und hatten K. falsche Vorstellungen vermittelt von dem, was ein Schriftstellerleben unter anderem sein kann. *Schöne Freunde* war geschrieben gewesen, als wir uns kennenlernten. Dann hatte ich drei Jahre lang keine größere Arbeit auf dem Schreibtisch gehabt. Doch mit Beginn der Niederschrift von *Es geht uns gut*, im Frühsommer 2003, war es, als wäre ich ein anderer Mensch. Nächtens fiel ich vom Stuhl ins Bett und kletterte in der Früh aus dem Bett auf den Stuhl. Das ist wenig übertrieben, denn ich wohnte weiterhin in der 30-Quadratmeter-Wohnung am unteren Ende des Naschmarkts. Wenn K. Wünsche formulierte, entschuldigte ich mich, die Arbeit stelle Ansprüche, K. solle sich gedulden, ein Dreivierteljahr, dann sei ich wieder ansprechbar, spätestens in acht Monaten … in sieben Monaten …

Eine Weile schaute K. interessiert zu, aber bald fing sie an zu murren. Und immer öfter fauchte sie mich an, denn in der Frage, wie lange ein halbes Jahr dauert, standen wir auf unterschiedlichen Standpunkten. K. sagte, sie habe keine Lust, ihre freien Wochenenden mit Herumsitzen und Warten zu verbringen.

»Sechs Monate, das ist doch nichts ...«

Sie flatterte mit den Armen und musterte mich fassungslos.

Etwas widerwillig ließ ich mich zu einem größeren Urlaub breitschlagen. Im Oktober 2003 fuhren wir nach Spanien. Kaum angekommen, gleich am ersten Tag, befiel mich eine sonderbare Müdigkeit. Im Museo del Prado, vor einem Bild von Diego Velázquez, sagte ich:

»Du, ich weiß nicht, mir ist so komisch, ich würde mich am liebsten hier auf den Fußboden legen.«

K. blickte mich scharf an, sie sagte, ich sei ein notorischer Ferienversager und eine Niete obendrein.

Es tat mir ebenfalls leid, dass ich mich so elend fühlte, ich wusste, K. hatte sich auf diesen Urlaub wochenlang gefreut. Aber ganz fair fand ich ihre verächtlichen Blicke dann doch nicht.

»Du, mir ist so mies, ich könnte hier auf der Stelle einschlafen.«

»Tut dir etwas weh?«, fragte sie.

»Weh? Also ... na, ja ... eigentlich nein, nichts ... gar nichts!«

»Dann lass mich in Ruhe damit.«

Daraufhin hielt ich die Klappe. Tatsächlich hatte ich keinerlei Symptome, nur diese unfassliche, hartnäckige Müdigkeit, ich meine, es ist nicht normal, dass einer nach zwölf Stunden Schlaf aufwacht, weiterhin müde, als hätte er im Kohlenkeller übernachtet. Aber das Schlimmste ist es nicht, man kann es schon aushalten. Und vielleicht hatte K. recht und meine Müdigkeit war psychosomatisch bedingt, vielleicht war ich tatsächlich ein notorischer Ferienversager und eine Niete obendrein.

Also taumelte ich durch die Extremadura wie angeschossen. Über mir kreisten die Geier. Es gibt dort Unmengen von Geiern, große, beeindruckende Vögel. Sie kreisten genau über mir. Genau über mir und über meinen Nöten.

Es ist etwas Seltsames um manche Zufälle. Warum gibt es so viele Geier, wo ich zu taumeln beginne? Ich taumle ja so selten. Und warum kaufte ich im Museo del Prado nur zwei Postkarten, *El perro*, der Hund, von Francisco Goya (das schönste Bild der Welt), und eine Abbildung von Édouard Manets *El pifano*? Der Pfeifer. Warum ausgerechnet dieses langweilige Bild?

Wieder zu Hause bekam ich hohes Fieber. K., die sich zwei Wochen lang sehr hartleibig gegen mich gezeigt hatte, verschaffte mir sofort einen Termin in der Universitätsklinik, einen Rundum-Termin mit allen Schikanen. Jetzt war ihr mulmig.

Die Diagnose lautete: Pfeiffer! Ich hatte ein Pfeiffersches Drüsenfieber, auch Kusskrankheit genannt. Die behandelnde Ärztin studierte mein Blutbild und murmelte fast ein wenig anerkennend:

»Ihnen muss es sehr schlecht gegangen sein. Die Entzündungswerte haben es in sich.«

K. war peinlich berührt. Aber in ihrer Freizeit wollen Ärzte mit Krankheit nichts zu tun haben. Ich kanns verstehen, eine unglückliche Konstellation.

Das Drüsenfieber zog sich hin, hinderte mich aber nicht daran, die Arbeit an *Es geht uns gut* fortzusetzen, ich griff auf meine letzten Reserven zu, was irgendwann mehr mit Sturheit zu tun hatte als mit unerschöpflichen Kräften. Bei den Runden hingegen musste ich passen, ich versuchte es zweimal und stieß physisch an meine Grenzen. Ich muss sagen, so eine Krankheit nimmt einen ganz schön her. Also verordnete ich mir strengen Hausarrest und schrieb, ohne mich zu waschen und ohne zu essen, nur immer darauf bedacht, mit dem Roman zum Ende zu kommen.

So kannte K. mich nicht, ich arbeitete jeden Tag, immer am Anschlag. Die Tastatur meines Laptops bekam Patina wie eine oft geküsste Reliquie. Nach Fertigstellung des Romans waren auf der Tastatur die meisten Buchstaben unleserlich. K. fand sich an meinem Laptop nicht mehr zurecht, sie vertippte sich ständig. Wenn das Gespräch auf K.s Freizeit kam, sagte ich, ich könne mich jetzt wirklich kein zweites Mal aus der Arbeit reißen lassen, ich würde viel zu lange brauchen, um wieder hineinzufinden. Das stimmte. Doch noch viel mehr hätte gestimmt, dass ich Angst vor dem Scheitern hatte. Jetzt, wo die Anlage sich formte und sichtbar wurde, wie der Roman bestenfalls werden könnte, wollte ich möglichst rasch Klarheit. Brachte ich diese Arbeit in die Höhe, oder hatte ich mich übernommen?

Leider fing K. im Frühjahr wieder davon an, dass wir wegfahren sollten. Und leider hörte ich auf diesem Ohr jetzt gar nichts mehr.

Unser Problem bestand darin, dass wir uns an unterschiedlichen Punkten unseres Lebens befanden. Obwohl K. zwei Jahre jünger ist als ich, hatte sie ihre Aufbaujahre hinter sich. Sie war Assistenzärztin, verdiente gut, arbeitete hart und war ständig konfrontiert mit den schwierigsten Fällen: sterbende Kinder, tote Kinder. Überforderte Eltern, unfähige Eltern. Eltern, die nicht kamen, obwohl klar war, das Kind stirbt in der Nacht. Eine Krankenschwester und eine Ärztin sitzen am Bett des Kindes, halten ihm die Hände und streicheln es, solange es noch lebt.

In ihrer Freizeit wollte K. raus und weg.

Bei mir dauerten die Aufbaujahre an. Ich war weiterhin mit dem Durchbruch ins Leben beschäftigt. Viel Freizeit, wie ich sie mir in den Jahren davor gegönnt hatte, schien mir im Moment nicht das Geratene. Und obwohl es zwischen K. und mir grundsätzlich stimmte, warf uns diese Ungleichzeitigkeit aus der Bahn. Es trat überdies mein altes Problem hinzu, dass ich mich nicht gerne zwingen lasse. Wenn man mich zwingen will, gebärde ich mich wie eine Katze am Strick. Heute, wenn jemand mich zu etwas drängen will, nachdem ich bereits Nein gesagt habe, lacht K. ein wenig hämisch, denn sie weiß, es ist hoffnungslos.

Hätte bloß auch sie selbst die Hartnäckigkeit in meinem Charakter früher bemerkt. Denn sie startete einen Feldzug gegen meine Arbeitsgewohnheiten, führte bei jeder sich bietenden Gelegenheit Grundsatzdiskussionen. Sie setzte mir zu, wollte mir Versprechen und Zusagen abluchsen, es ließ ihr keine Ruhe, sie begann immer wieder von vorn.

Hickhack, der chronisch wird, vertrage ich nicht, zu sehr klingen in mir die Auseinandersetzungen meiner Eltern nach. Aber vor allem stellte K.s Verhalten in meinen Augen die Beziehung in Frage. Ich meine, ich erwarte mir keine große Hilfe, ich gehöre zu dem Schlag Mensch, der sich sagt, du musst es alleine ausfechten. Aber was ich nicht vertrage, ist, wenn man mir Knüppel zwischen die Beine wirft. Da stehe ich auf dem Standpunkt, dass der Mensch auch Pflichten gegen sich selbst hat, und ich mag zuweilen untreu sein, aber nicht treulos, weder gegen andere noch gegen mich selbst.

Ich sagte zu K.:

»Du verstehst offenbar nicht oder willst nicht verstehen, dass diese Arbeit für mich eine Sache auf Sein und Verrecken ist.«

»Du tust grad so, als seist du Robert Scott in seinem letzten Biwak.«

»Ja, genau, Robert Scott in seinem letzten Biwak, das trifft die Sache sehr gut.«

»Wie kann man nur so verbohrt sein!«

»Da redet die Richtige!«

K. bockte. Ich bockte. Sie knurrte und murrte. Ich knurrte und murrte zurück. Wir waren beide verblüfft über den Starrsinn des anderen. Sollte K. angenommen haben, dass ich den Griffel brav beiseitelege, hatte sie sich geirrt. Und sollte ich angenommen haben, dass sie mich brav in Ruhe lässt, hatte ich mich geirrt. Ja, tatsächlich, wir sind beide stur, zäh, halsstarrig, wir bräuchten zuweilen jemanden, der uns den Nacken massiert.

Oft ist es in Beziehungen so, dass eins dem andern beweisen will, dass es stärker ist, nicht stark, sondern stärker. Das ist der große Fehler, dass eins nicht stark sein will, sondern stärker. Aber genau so legten wir es an. Und der Streit ging rasch dem Höhepunkt entgegen. Und auch das Schreiben an *Es geht uns gut* ging dem Höhepunkt entgegen. Da tat ich etwas, was ich schon einmal getan hatte, ich bewarb mich für ein Stipendium, diesmal in Polen, dort, wo das Land am weitesten ist. Es war die Rede von verschiedenen Annehmlichkeiten, viel Platz, Provinz und Ruhe.

Im Mai 2004 fuhr ich nach Pommern, polnische Seenplatte. Ich hatte die Absicht, frei von häuslichen Anfechtungen an *Es geht uns gut* die Feinarbeit zu machen. Doch zwei Wochen nach meiner Ankunft begann ich eine Affäre mit einer mexikanischen Malerin, die als Jugendliche mit ihren Eltern nach New York übersiedelt war, the smartest person I've ever met. Nochmals zwei Wochen später fuhren K. und ich an die Ostsee, ein Urlaub, der von langer Hand geplant gewesen war. Der sachte Wellenschlag der Ostsee hatte keinerlei besänftigenden Einfluss auf unsere Gemüter. Und weil ich mit O., der Mexikanerin, nicht nach den gebotenen Standards verhütet hatte, bekam ich von K. solche Rüffel, dass ich in der Nacht vom Teufel träumte. K. sagte, es gebe siebzehn Geschlechtskrankheiten. »Mindestens!« Zu Recht schimpfte sie tagelang mit mir, sie sagte, ich sei ein Idiot und ein Arschloch, sie sei ein gutmütiger Depp, eigentlich sollte sie gar nicht mehr mit mir reden. Sie sagte sehr streng, es sei ihr Vorrecht, ohne Kondom mit mir zu schlafen. Und später drückte sie sich zu mir Ausgescholtenem her und sagte, es sei zwar absurd, dass sie ausgerechnet bei mir Trost suche, aber sie habe halt niemand anderen.

Wir lagen an der Ostsee in einer Sandmulde, erschöpft und frustriert, ein scharfer Wind ging über uns hinweg. Wir starrten hinauf zum Himmel, an dem rasch die weißen Wolken zogen, alles wortlos, nicht wissend, dass die in Gang gesetzte Eskalation vier Jahre dauern würde. Vier Jahre!

Mein vorweggenommenes Fazit ist: Man müsste mich von Beziehungskrisen fernhalten, ich bekenne es, ja, wahrlich, es ist darin von mir nichts Brauchbares zu erwarten.

In Pommern wohnte ich in einem Schloss, das ein Verwandter von Jan Potocki hatte erbauen lassen. Es steht so abgelegen, dass ich das Taxi, wenn ich eins bestellt hatte, zwei Minuten vor seinem Eintreffen hörte. So flach und still ist es dort. Einmal wartete ich auf einer steinernen Bank vor dem Schloss auf die Ankunft von O. Der Wind stand günstig, und ich hörte das Taxi fast drei Minuten vor seiner Ankunft. Ich hatte mir zur Gewohnheit gemacht, beim ersten hörbaren Geräusch auf die Uhr zu schauen. O. sprang aus dem Wagen, noch ehe sie das Taxi bezahlt hatte. Die Taxifahrerin musste lange warten, bis sie ihr Geld bekam. O.s Küssen verwirrte mich. Ich drängte sie, der armen Frau ihr Geld zu geben. O. sagte:

»Du bist viel zu gewissenhaft für dieses Narrenhaus hier.«

Tatsächlich machte es den Eindruck, als seien die aktuellen Bewohner des Schlosses eigens aus der Psychiatrie entlassen worden, um ihre Stipendien wahrnehmen zu können. Nervenzusammenbrüche waren an der Tagesordnung. Einer der Maler versteckte eine Frau in seinem Zimmer in und unterm Bett, ein anderer setzte sein Atelier in Brand. Eine Komponistin kam ganz aufgelöst zu mir, sie habe einen toten Igel gesehen. Ich tröstete sie mit dem mir zu Gebote stehenden

Zartgefühl. Meine Zimmernachbarin, als ich die Frau ihres Liebhabers mit Namen erwähnte, fragte, von wem ich eigentlich redete. »Oh!« Sie wisse zwar, dass es die Person gebe, der Vorname sei aber noch nie gefallen.

Und dann gab es noch eine junge litauische Fotografin, sie sagte immer:

»Oh, my gods!«

Ich selber hatte ständig Fieberblasen, weil ich das Ausmaß an Leidenschaften, wie es in dem pommerschen Schloss vorherrschte, schlecht vertrug. Ich fühlte mich als großer Schwächling und dachte, ich werde nicht alt. Manchmal machte ich einen Abstecher nach Österreich zu K. Dann konnte ich ein Wochenende lang an ihrem zarten Busen liegen und weinen. Es gab unendlich viel zu weinen! Und wenn ich genug geweint hatte, fuhr ich dorthin zurück, wo man das Taxi, mit dem ich kam, zwei Minuten vor seinem Eintreffen hörte.

Wenn ich zu K. sagte, es gehe mir schlecht, fragte sie spöttisch, ob sie mich etwa bemitleiden solle. Und wenn ich sagte, es gehe mir gut, sagte sie, ich sei ein Schwein und würde das Messer auch noch umdrehen.

Es stimmt also gar nicht, was man außenstehend eventuell annehmen könnte: dass es sich zwischen zwei Frauen recht gut leben lässt. Und auch das Leben in der Horizontalen, das O. und ich einige Wochen lang ausprobierten, ist weniger stabil, als man annehmen möchte. O. nannte es »a mess disaster«.

Unter den Zwetschgenbäumen im hinteren Garten des Schlosses wuchsen Brennnesseln, die mir bis zum Bauch reichten, manche bis unter die Schultern. Die Zwetschgen waren Ende August noch nicht ganz reif, aber schon ein bisschen süß.

Im späteren Herbst kletterte O. jeden zweiten Tag in einen der verwilderten Apfelbäume und warf Äpfel herunter, sie behauptete, sie sei dazu verurteilt, in diese verdammten Bäume zu klettern, denn ich könne besser fangen. Es war ein gutes Gefühl, wenn ich unter dem Baum stand und ein Apfel in meine linke Hand fiel und die Finger der rechten sich um den Apfel schlossen. Dann spürte ich, wie kalt der Apfel war.

Auf dem Rückweg sagte ich zu O., ich müsse ihr ein Geheimnis erzählen.

»Hältst du das aus?«, fragte ich.

O. sagte:

»Ich bin in Tijuana aufgewachsen zwischen Drogenbaronen und Prostituierten. Ja, ich glaube, ich halte dein Geheimnis aus.«

Die Situation war dann unpassend, wir wurden von einem finnischen Mitstipendiaten gestört. Am nächsten Morgen machten wir einen unserer langen Spaziergänge zwischen den kilometerlangen Äckern. Ich erzählte O. von meinen Runden, von meinen *field studies* – und dass ich mich die ganze Woche darauf freute, »the whole week«.

O. sagte:

»That's fantastic!«

Und sie sagte noch andere Dinge, wie sie von Menschen, die in den USA leben, gesagt werden, wenn sie konventionellerweise ihren schönsten Gefühlen Ausdruck geben wollen.

O. war ganz fassungslos, dass die Leute all diese Briefe und Tagebücher wegwerfen.

»Are you sure? Cardboards of letters?«

»Old letters and new letters.«

Ihr Bruder in Tijuana, ein Journalist, der ebenfalls versuche, an Alltagsdokumente heranzukommen … er wäre erschüttert, sagte O. Er habe sich an Verbrecher und Rechtsanwälte wenden und um die Abhörprotokolle der mexikanischen Bundespolizei bitten müssen.

Wir lachten.

Später gestand sie mir, nach meiner Ankündigung, ich wolle ihr von einem Geheimnis erzählen, habe sie damit gerechnet, dass ich ihr eine chronische Krankheit beichten werde oder eine Drogensucht. Wenn sie das Wort Geheimnis höre, denke sie an dunkle Geheimnisse, nicht an glückliche Geheimnisse. Eine Professorin an der Akademie habe einmal gesagt, jeder Mensch brauche ein Geheimnis, wer keines habe, sei so gut wie tot. O. sagte:

»Dann lieber ein glückliches Geheimnis.«

Sie wiederholte es auf Spanisch:

»Un secreto feliz.«

Sie sagte, sie beneide mich, dass ich sechsunddreißig Jahre alt sei und noch immer ein glückliches Geheimnis besäße, als Kind habe sie ebenfalls glückliche Geheimnisse gehabt, jetzt nicht mehr.

Ich berichtete von den zahllosen, in den Jahren zuvor gelesenen Briefen, und dass ich viel gelernt hätte, sprachlich, denn die Sprache erzähle von ihrem alltäglichen Gebrauch, im Guten wie im Schlechten. Und handwerklich: Die Selbstverständlichkeit, mit der Dinge vorausgesetzt würden, weil der Adressat über Grundsätzliches Bescheid wisse. Die begleitenden Informationen, die in Romanen oft geliefert würden, untergrüben die Lebendigkeit des Textes, sie seien ein Element der Ordnung. Doch das beherrschende Prinzip im Leben der Menschen sei Unordnung. Man müsse so schreiben, als sei das, was beschrieben werde, schon da. Die meisten Texte ließen sich anmerken, dass Geschichte und Figuren zuerst erschaffen werden müssten. Große Kunst setzte später an, wenn alles schon existiere.

O., wie gesagt, the smartest person I've ever met, schaute mich mit in die Seiten gestemmten Fäusten an und nannte mich »young man«. Das tat sie immer, wenn ich mir gerade Respekt verschafft hatte.

Sie sagte:

»Man müsste darüber einen Vortrag vor Studenten halten.«

Das freute mich. Das empfand ich als Bestätigung.

Und O. fügte hinzu:

»Take care of your thoughts.«

Als ich während dieser Zeit wieder einmal nach Innsbruck fuhr zu K., wollte sie zu meiner Überraschung sofort mit mir schlafen. Wir gingen ins Bett. Nach dem Sex lagen wir beieinander, K. hinter mir, fest an meinen Rücken gepresst, wir redeten entspannt. Mir fiel ein, dass ich beim Hereinkommen in der Küche unabgewaschene Gläser gesehen hatte, und kurz darauf, dass kein Müllbeutel in den Mülleimer gespannt war. Um etwas Nettes zu sagen, erkundigte ich mich, ob sie am Vorabend Besuch gehabt habe. Sowie ich gefragt hatte, spürte ich an meinem Schulterblatt, dort wo K.s Herz lag, ihren beschleunigten Puls. Der rannte nur so: bummbumm!

Ich sagte:

»Dein Puls geht plötzlich viel schneller.«

»Schon möglich«, murmelte sie.

Ich dachte angestrengt nach. Dann platzte es aus mir heraus:

»Sag bloß, du warst gestern mit einem anderen Mann im Bett?«

»Ja«, sagte sie.

»Und deshalb wolltest du heute gleich mit mir schlafen?«

Sie schwieg. Ich konnte es ihr nicht verdenken.

Bis heute frage ich mich: War K. mir diesen Sex am Abend danach schuldig? Oder ich ihn ihr? Es war alles äußerst rätselhaft.

Am nächsten Morgen sagte ich:

»Wenn deine Kolleginnen und Kollegen fragen, warum du so gut aufgelegt bist, sag ihnen, du habest viel guten Sex.«

Beschwingt stolzierte sie davon. Ich konnte durch ihre Kleidung hindurch ihren Körper sehen, sehr genau, den Körper einer glücklichen Frau. Uns war wirklich nicht mehr zu helfen!

Also hatte auch K. sich in die Arme eines anderen Mannes geworfen. Und auch O. hatte einen anderen. Er kam aus Buenos Aires, die beiden trafen sich in Warschau. Sie besuchten das

KZ Auschwitz, in dem der Vater des Liebhabers geschunden worden war. Und gleichzeitig versuchte der Liebhaber zu bekommen, was er unbedingt wollte, nämlich O. Aber O. wusste so wenig wie ich, was sie wollte. Und wir alle waren kurz vor dem Überschnappen oder hatten das Überschnappen bereits hinter uns. Auf der Oberlippe stieg mir erneut eine Fieberblase auf. Und in der Nase hatte ich auch eine. Und die Sache wurde noch komplizierter dadurch, dass ich inmitten dieses Wildwuchses an *Es geht uns gut* die letzten Handgriffe erledigte, ich verrichtete diese Arbeit mit einer guten Portion Galgenhumor. Alles ein einziges Chaos.

»A mess disaster!«

An einem Vormittag Mitte November, nach einem unserer stundenlangen Gespräche, gelangten O. und ich zu der Ansicht, dass es möglicherweise besser war, wenn wir uns eine Pause gönnten. O. sagte, ich müsse schwören mit der einen Hand auf einem Buch von Philip Roth und mit der anderen Hand in der Höhe, dass ich nicht mehr mit ihr schlafen werde, egal, was sie versuchen und welche Ansprachen sie an mich richten werde.

Ich legte die Hand auf *Sabbath's Theatre* und sagte:

»Ich schwöre bei Philip Roth und seiner sexuellen Weisheit und seinem sexuellen Humor, dass ich in den nächsten zwei Wochen, bis zum Ende meines Stipendiums, nicht mehr mit O. schlafen werde.«

Die Situation spitzte sich daraufhin nochmals zu. Und die junge litauische Fotografin sagte noch oft:

»Oh, my gods!«

Jahre später sagte O., sie bewundere meine Charakterstärke, sie zolle mir echten Respekt, dass ich trotz ihres heftigen Werbens nicht mehr mit ihr geschlafen hätte, das sei eine reife Leistung, das mache mir so leicht keiner nach.

»Es war wegen Philip Roth und seiner sexuellen Weisheit«, erwiderte ich.

Während der Tage, die O. in Tijuana verbrachte und mit ihrem anderen Liebhaber Osteuropa bereiste, war ich ganz absorbiert von der Arbeit an *Es geht uns gut*. Jetzt, da der eigentliche Abschluss der Arbeit unmittelbar bevorstand und damit die Aussicht, mein berufliches Schicksal zu wenden, befiel mich der schon zu anderer Gelegenheit an mir beobachtete letzte Biss. Ich kniete mich in die Arbeit und beendete sie mit einem verrückten Beharrungsvermögen, das mir auch als etwas Menschliches vorkommt, nicht nur als etwas Persönliches. Ich meine, es braucht schon ausgesprochen viel, bis ein Mensch sagt: Ich gebe auf, ich erkläre mich für gescheitert.

Das Ergebnis betrachtend, befand ich, dass der Roman das Zeug hatte, mir den ersehnten Befreiungsschlag zu ermöglichen. Das hieß nicht, dass ich mir neuerdings einen billigen Optimismus zu eigen machte, dazu waren die Umstände zu heikel. Aber ein Mensch, der schreibt (oder was immer er zu seiner Sache macht), muss irgendwann Kriterien entwickeln, die es erlauben, die eigene Arbeit mit einem gewissen Abstand zu beurteilen. Auf dieser Basis kam ich zu der Einschätzung, dass ich einen großen Schritt nach vorn gemacht hatte.

Im Verlag war *Es geht uns gut* seit zwei Jahren für Herbst

2005 angekündigt. Ich schickte das Manuskript nach München, und siehe da, auch diesmal hieß es, kein Platz, wir bedauern, das Programm ist schon voll, wie traurig, wir müssen das Buch verschieben. Mein Lektor, Wolfgang, teilte es mir schonend mit.

Mir war, als wolle hier jemand besonders penibel beweisen, dass Pierre Bourdieu recht hatte mit dem, was er über Herrschaftsverhältnisse sagt: dass die Alten die Jungen töten wollen, und dass die Alten einander gegenseitig beschützen und fördern. Sie tun sich zusammen, um die etablierten Herrschaftsverhältnisse und Besitzverhältnisse zu untermauern und um die Jungen zu töten. Und das alles mit einem freundlichen Lächeln, das einem die Sprache verschlägt. Das Verschlagen der Sprache war in gewisser Weise die Zielsetzung.

Wolfgang entschuldigte sich, er sagte, es liege nicht an ihm. Wenn es nach ihm ginge, würde er das Buch in die allererste Reihe stellen, bedauerlicherweise habe er Vorgesetzte. Und als ich sagte, ich hätte keine Lust, ein weiteres Jahr mit dem Ofenrohr in den Mond zu schauen, sagte er, ihm sei ebenfalls mehr geholfen, wenn das Buch in einem anderen Haus erfolgreich sei, als wenn es hier aufgrund von Vernachlässigung unterginge. Wolfgang und ich waren mittlerweile Freunde geworden, er kramte in seinen Unterlagen, versorgte mich mit Adressen, führte zwei Telefonate. Er spielte hier ernsthaft mit seinem Job, denn hätte der Verlag davon erfahren, wäre das ein Kündigungsgrund gewesen.

Ich schickte Ausdrucke von *Es geht uns gut* an drei namhafte Häuser. Wieder warte ich teils bis heute auf Antwort.

Von Rowohlt bekam ich ein Vertragsangebot, aber ebenfalls für einen späteren Zeitpunkt, denn der Platz für den deutschsprachigen Spitzentitel war bereits vergeben. Als ich in München verlauten ließ, dass ich die Möglichkeit hatte, zu Rowohlt zu wechseln, klappte es auf einmal, da lenkten sie ein. So ist das Leben, immer ein wenig seicht.

Anfang Dezember 2004 endete meine Zeit in Polen. Ich verbrachte ein paar Wochen allein in Wien, wo ich *Krieg und Frieden* las. Meine Runden nahm ich allmählich wieder auf. An Weihnachten trafen K. und ich uns in Wolfurt. Wir wohnten in meinem Elternhaus, dort leistete ich meinem Vater Gesellschaft. Auf leisen Sohlen schlich er durchs Haus auf der Suche nach einem bekannten Gesicht oder wenigstens jemandem, der ihm Auskunft geben konnte. Gefragt, was er suche, antwortete er entschuldigend:

»Wenn du mich so direkt fragst … ich will nur sicherstellen, dass ein Bett für mich vorhanden ist.«

»Im ersten Stock, die zweite Tür links.«

Mir kam vor, die Anwesenheit so vieler Menschen im Haus verwirrte ihn: meine Mutter, Werner, mein jüngerer Bruder, und seine neue Freundin, K. und ich. Mein Vater konnte sich nicht vorstellen, in dieser merkwürdigen Gesellschaft zu Hause zu sein. Und bestimmt spürte er die miese Stimmung. K. und ich lagen uns ständig in den Haaren.

Am Weihnachtsabend hatten wir eine Aussprache. K. sagte, sie wolle ihre Ruhe, sie wolle mit *Ärzte ohne Grenzen* nach Afrika, sie wolle sich wieder mehr ihren Freundinnen widmen. Sie habe genug von dem Schlamassel.

»Ich kanns nachempfinden«, sagte ich.

Ich schaffte es immer schlechter, mein Herz zweimal am Tag zu verkaufen, ich hatte nicht die Kapazitäten für so viele Empfindungen gleichzeitig. O. und ich telefonierten oft und redeten über meine Auswanderung, ohne Anstalten zu treffen. Und am Ende lieferte ich nur weitere Beweise für meine Untauglichkeit zum Leben, so kam es mir vor.

K. und ich lagen auf dem Bett, in Kleidern. Ich sagte, dass ich es als schmerzhaft empfände und beschämend, wie sehr ich sie in letzter Zeit von oben herab behandelte. Der Abstand zwischen uns stehe mir ständig vor Augen. Ich empfände diesen Abstand als befremdlich und traurig, könne im Moment aber nichts daran ändern.

Wir kamen überein, dass wir uns trennen sollten. Wir schauten uns an und bekräftigten, dass eine Trennung das Beste, ja Allerbeste sei, besser als alles andere. Und kaum war die Trennung vollzogen, waren wir entspannt wie seit Monaten nicht mehr, in der Wohnung war wieder Lachen zu hören. Und als Zeichen schüchtern wiederkehrender Vernunft schliefen wir miteinander, grad so, als wollten wir die Trennung würdig begehen. Am Abend buken wir Brot, weil es in der Wohnung nicht warm werden wollte. Die ganze Wohnung roch nach frischem Brot. Über dem Rheintal zogen einige von der längst untergegangenen Sonne sacht beschienene Wolken. Und während das Brot auskühlte, schliefen K. und ich nochmals miteinander, weil es uns zuvor so gut gefallen hatte.

Die Wochen vergingen, und trotz der Turbulenzen in meinem Leben sah ich zu, dass ich möglichst oft meine Runden machte. Ich fuhr von einer Altpapiertonne zur andern als mein eigener Gehilfe, als der zweite im Bunde, der Zugang hatte zu Räumen, die dem anderen verschlossen blieben. Die vielen Stunden auf der Straße verschafften mir einen unkonventionellen Schliff. Und die vielen gefundenen Briefkonvolute, die ich las, schärften meinen Wirklichkeitssinn. Die Vielfalt der Stimmen, die Vielfalt der Perspektiven, die vielen unterschiedlichen Vergleichsmaßstäbe: sie bildeten ein ständig wachsendes Nervengeflecht. Eine Zunahme an Quantität war hier ausnahmsweise gleichbedeutend mit einer Zunahme an Qualität. Je mehr solcher Konvolute ich las, desto stärker trat das Gemeinsame und Grundsätzliche im Leben der Menschen zutage, in Summe eine Art Schwarmintelligenz.

Ich wusste jetzt besser, wohin die Menschen gingen, die ich auf der Straße sah. Es war immer jemand dabei, der zu Hause eine kranke Mutter pflegte, und jemand, der nicht ahnte, wie wenig ihn sein Partner liebte. Und sie alle schmiedeten Pläne für die Zukunft, wie auch ich.

Jedes Konvolut, das ich nach Hause brachte, behandelte ich als Ehrengast. Ich stellte fest, dass mir die Toten nicht weniger zu sagen hatten als die Lebenden. Als Lebender ist man geneigt, sich einzubilden, dass man mehr weiß als die Toten im Leben je gewusst haben können. Denn ich lebe, und die Toten sind tot, also bin ich klüger als sie. Wie man als Lebender geneigt ist, sich einzubilden, dass jemand, der schon tot ist, zum komplizierten Jetzt nicht viel beitragen kann. Aber auch hier irrt man sich leicht. Oft fühlte ich mich unmittelbar angesprochen.

Auf die eine oder andere Art sagte mir jedes Konvolut, auch Fotokonvolut: Du musst dein Leben ändern.

Eine harte Nuss zu knacken gab mir die in Österreich lange gebräuchliche Kurrentschrift. An der Wand über meinem Schreibtisch hing eine alphabetische Gegenüberstellung von Kurrent und der heute gebräuchlichen Normalschrift. Bei manchen Handschriften war ich mehr mit Entziffern als mit Lesen beschäftigt, mit krummem Rücken, die Nase über dem Papier, wie ein Spürhund hinter Wörtern, verfolgte ich die mir fremden Schlingen und Zacken. An einzelnen Sätzen rätselte ich herum, bis mir die Augen überliefen. Manchmal haperte die Entzifferung an etwas so Banalem wie einem Rechtschreibfehler, der meine Vorstellungskraft überstieg. Als ich die Kurrentschrift endlich flüssig zu lesen gelernt hatte, erfüllte es mich mit grimmiger Genugtuung.

Den allermeisten Menschen ist es heute nicht mehr möglich, altdeutsche Schreibschrift zu lesen. Es ist, als wäre eine wichtige Brücke zwischen zwei Stadtteilen gesprengt. Auch deshalb wird viel weggeworfen.

Die Reste einer weiteren Biografie versinken zwischen benutzten Papiertaschentüchern, Broschüren und Möbelkatalogen, Briefe, die jemand tagelang in der Rocktasche mit sich herumgetragen hat. Indem ich diese Briefe aus dem Altpapier herausnehme, bewahre ich sie fürs erste davor, dass sie zu Brei geschlagen werden. Sie tragen jetzt noch deutlicher den Schrecken der Existenz in sich, den Schrecken der drohenden Vernichtung. Ich empfinde für diese Dinge so etwas wie Zärtlichkeit.

Was ich an solchen Briefen besaß und was sie mit mir machen würden, erfuhr ich erst, wenn ich sie las. Auch dies ein latentes Geheimnis. Wie die Runden ein latentes Geheimnis waren, unvorhersehbar, was sie bringen würden, offenbarten auch die Konvolute sich nur zögerlich. Monate, teils jahrelang lag ein Briefkonvolut im Schrank, eine prall gefüllte Tasche mit Papier, ein Geheimnis im Geheimnis. Doch in dem Moment, in dem ich zu lesen anfing, erwachte das Papier zum Leben. Es war, als könne ich tatsächlich, wie es in *Es geht uns gut* heißt, liegengebliebene Zeit berühren und sie durch das Berühren zum Verstreichen bringen. Die Zeit verging im Moment des Lesens. Die Stimmen wurden im Laufe des Lesens charakteristisch.

In meiner Wohnung war es, als unterhielte ich mich auf einem riesigen Schuttplatz mit Gespenstern. Manche Schriften gingen wie Personen durch mich hindurch. Mit den Vorfahren anderer Menschen war ich besser vertraut als mit meinen eigenen. Manchmal hatte ich das Gefühl: Ich bin der eigentliche Nachkomme, der einzig Verbliebene.

Es geht uns gut hatte ich mit offenen Türen geschrieben: Höre ich Schritte auf der Treppe? Wer kommt? Ich weiß es nicht. Damen und Schicksen, Herren und Primitivlinge, Backfische und Greise. Ein wachsendes, immer feiner werdendes Gespinst aus Stimmen ... Stimmen ... Stimmen. Und ich der gelehrige Schüler dieser Stimmen. Die Konvolute wirkten wie eine Stimmgabel.

Das Geschriebene spricht, solange jemand zuhört. Vielleicht spricht das Geschriebene sogar, wenn niemand zuhört. Vielleicht ist das einer der Gründe, warum Geschriebenes weggeworfen wird. Zu sehr flüstert es in den Schubladen.

Auf der Bettkante sitzt eine Frau mittleren Alters, die in den siebziger Jahren des vergangenen Jahrhunderts einen egozentrischen Industriellen geheiratet hat. Am Schrank lehnt ein junger Mann, der nach dem Ersten Weltkrieg mit großen Erwartungen als Polizist aus Mähren nach Wien gekommen ist. Ein dreizehnjähriges Mädchen schreibt auf dem Fensterbrett Tagebuch, sie ist im selben Jahr geboren wie ich.

In vielen Briefen stieß ich auf eine beiläufige Offenheit, die mir gefiel, eine gänzlich unverkrampfte Direktheit, die mich zuerst beeindruckte, dann beeinflusste und schließlich mein Schreiben veränderte. Meine Offenheit in diesem Buch steht damit in direktem Zusammenhang. Diese Offenheit passiert mir nicht einfach, ich entscheide mich bewusst für sie, weil ich glaube, dass sie das Leben sichtbar macht. Das ist es, worum es mir in der Literatur geht: das Leben sichtbar und dadurch verständlicher machen. Ich versuche, meinen Verpflichtungen als Schriftsteller nachzukommen. Das Leben ist ein Versuch. Und auch das Schreiben ist ein Versuch. Ginge, was ich schreibe, nur mich etwas an, bestünde der Fehler nicht in der Offenheit, sondern in meiner schriftstellerischen Unfähigkeit, dem Persönlichen grundsätzliche Bedeutung zu geben. Dieser Vorwurf hätte Gewicht. Hingegen wenn ich aufgrund meiner Offenheit da und dort scheel angeschaut werde, ist das nicht angenehm, vom künstlerischen Standpunkt aus jedoch irrelevant.

Die Konvolute räumten mit jeder Menge Klischees auf, die ich über die Vergangenheit besaß. Einen starken Eindruck auf mich machte eine Briefstelle aus den fünfziger Jahren des zwanzigsten Jahrhunderts, die angeblich bieder gewesen sein sollen. Eine Neunzehnjährige schrieb an ihren gleichaltrigen Freund:

Mein Busen ist oftmals recht traurig, dass er keine Küsse bekommt, und weil es sonst so langweilig ist, wächst er halt ein bisschen.

Die Entspanntheit, mit der das geschrieben war, fand ich frappierend. Die fünfziger Jahre hatte ich mir anders vorgestellt, etwas gezwungener bitte.

Solche Stellen schulten meinen Blick für das Untypische, für das Individuelle, für das Zufällige und Widersprüchliche. Ich begegnete der Französin in ihrem Gefängnis und der Ägypterin in ihrer Freiheit. Alles hatte Anteil am Einmaligen, und alles hatte Anteil an der endlosen Wiederkehr. Ich prüfte das Gelesene auf versteckte Bedeutung. Auch das Abgedroschene, Banale, Seichte beobachtete ich genau. In allem findet sich neben Leere auch Fülle. In ihren Persönlichkeiten zeigten sich mir die Menschen weniger fest umrissen, als die meisten Romane glauben machen wollen. Die Menschen sind gescheiter und begabter, als man vermuten müsste, aber meistens auf geradezu unwahrscheinliche Art inkonsequent, unordentliche Charaktere in mehrfacher Hinsicht. Die Männer furchtbare Narren, und die Frauen um kein Haar besser. Nur Naivität und äußerster Mangel an Einbildungskraft rechtfertigten es, dass ich einmal geglaubt hatte, einiges über das Leben der Menschen zu wissen. Die Konvolute widersprachen mir. Bis heute bin ich damit beschäftigt, ernsthafte Nachforschungen anzustellen auf diesem Gebiet. Und egal, wie weit ich vordringe, es bleibt eine große Reserve an Unbekanntem.

In einem im Altpapier gefundenen Buch von Blaise Cendrars stieß ich auf die Verse:

"Und was ist denn schon ein altes Dokument? / [...] / Ein Trampolin. / Von dem man in die Höhe schnellt. / In die Wirklichkeit und in das Leben. / In das Herz der Sache."

Die Verhältnisse zwischen K. und mir waren trotz zwischenzeitlicher Versöhnungen nicht besser geworden, eher schlechter, die Stimmung gereizt und gedrückt. Wir durchliefen ein Neuordnungs-Drama, mussten die Machtverhältnisse sortieren, Verbindlichkeiten neu verhandeln, Einschätzungen überdenken, herausfinden, was eins vom andern wollte und was realisierbar war. Wie beim Aufräumen zu Hause, wenn alles aus den Schränken gerissen wird, wurde die Unordnung zunächst größer.

Manchmal befanden wir uns in so einer Seifenoper, dass ich nicht glauben konnte, dass es mein Leben war. K. sagte, ich sei an allem schuld, ich hätte sie betrogen, belogen, hintergangen und schlecht behandelt. Und dann fragte sie mich herausfordernd, wie eigentlich der Sex mit O. gewesen sei. Ich solle nach Amerika übersetzen, nicht wiederkommen und dort verrotten. Ich sagte, das stimme doch alles gar nicht, es sei nicht ich, der mit den Problemen angefangen habe, ich hätte kein Problem gehabt, bis sie einen Feldzug gegen meine Arbeit begonnen hätte, das seien alles ihre Probleme.

K. sagte, das sei die Höhe, das lasse sie sich nicht gefallen, sie trenne sich von mir. Und ich sagte, sie könne sich nicht trennen, denn wir seien schon getrennt. Die Tatsache, dass sie sich trennen wolle, obwohl wir schon getrennt seien, beweise nur, dass wir noch immer ein Paar seien.

Sie sagte:

»Du bringst mich ganz durcheinander. Ich kenne mich nicht mehr aus.«

Dann fuhr sie zurück in ihr Innsbruck an ihre Universitätsklinik. Und ich blieb in meinem Wien bei meinen Universitäten: Ich machte Runden und baute auf diese Weise Frust ab. Notfalls machte ich mich zweimal in der Woche auf den Weg mit dem Effekt, dass ich mehr Brauchbares nach Hause brachte. So war ich beschäftigt.

In der Nacht telefonierte ich mit O. Ich sagte, K. und ich seien doppelt getrennt, ich käme nach New York. Sie erwiderte, im Moment sei es nicht günstig, sie habe von all dem Durcheinander Hautausschlag, sie wisse, kein Mensch wolle einen Partner, der kurz vor einem Nervenzusammenbruch stehe und auch so aussehe. Ich glaubte, mich verhört zu haben, spielte O.s Bedenken herunter, ich könne mir schwer vorstellen, dass sie schlecht aussehe, sie solle sich zwei Tage ausschlafen. Doch in der Woche darauf sagte O., sie stehe immer noch kurz vor einem Nervenzusammenbruch, a nervous breakdown. Seit November habe sie kein einziges Bild gemalt.

Zwischendurch ging O. hinaus auf die Feuertreppe, the fire escape, eine Zigarette rauchen. Ich hörte die Kälte, wenn sie ausatmete. Sie beschrieb mir, was sie von dem Platz, wo sie saß, sehe. Sie sagte, sie habe zwei solche Feuertreppen, eine vorne und eine hinten. Sie sei jetzt auf der hinteren und von Wohnblöcken umgeben. Sie erzählte mir einen Traum, den sie von mir gehabt habe.

Eine halbe Stunde lang betrank ich mich an ihrem

Charme. Gleichzeitig wurden mir diese Telefongespräche unheimlich, sie waren wie ein kurzer Blick ins Paradies, damit ich nachher meine Tristesse umso deutlicher empfand. Während des Gesprächs hatte ich das Gefühl, O. sehr nahe zu sein. Aber mit dem Auflegen wusste ich, wie furchtbar weit weg wir voneinander waren und dass kein noch so intelligenter Draht die Verbindung zwischen uns auf Dauer halten konnte.

Dann erreichte ich mein transatlantisches Liebesleben wochenlang nicht. Ständig die Mailbox. Oft war ich froh, dass O. nicht zurückrief. Aufgrund der Zeitverschiebung griff O. fast immer zum Hörer, wenn ich bereits im Tiefschlaf war. Und wenn man mich aus dem Tiefschlaf reißt, wird mir schlecht.

Im März sagte O., es ginge ihr besser, jetzt müsse sie ein neues Bett kaufen. Wenn man ein neues Leben beginne, benötige man ein neues Bett. Kurz darauf teilte sie mir mit, sie habe jetzt endgültig einen Nervenzusammenbruch, im Moment sei sie zu nichts zu gebrauchen. Sie erzählte, dass sie in der Früh im Park gesessen sei und den Passanten zugesehen habe. Das sei ihr alles so traurig vorgekommen. Sie habe sich gefragt: Wie schaffen die das? Wie kommen sie in der Früh aus dem Bett? Wie schaffen sie es, in ihre Kleider zu schlüpfen? Wie bewältigen sie den Weg zu ihren Büros? Wie bewältigen sie ihr Leben?

O. sagte, sie sei in Schwierigkeiten, sie sagte es auf Spanisch:

»Estoy en problemas.«

Dann wieder zwei Wochen nichts, ihre Mailbox voll, sodass ich keine Nachricht hinterlassen konnte, hey, honey, where are you, are you lost …? Plötzlich rief sie an und erzählte mir aus ihrem Leben, eine stete, ebenso bezaubernde wie bedrückende Mischung aus Tragik und Komik. Sie lese gerade ein Buch über Depression, nur so, aus Interesse, kein tieferer Grund. Vorhin habe sie im Bett gelesen, und dann sei ihr Kopf in das Buch gefallen, und sie habe es nicht mehr geschafft, sich zu rühren. Ihr Kopf sei in dem Buch über Depression gelegen, und sie habe sich gedacht, ist das verrückt, hier liege ich mit diesem verfluchten Buch, es ist unbequem, ich verwende ein Buch über Depression als Kissen und schaffe es nicht, es aus dem Bett zu werfen. So fertig bin ich.

»Ich bin eine gebrochene Frau«, sagte O. Ich solle es mir in mein Tagebuch schreiben, in Großbuchstaben: O. ES UNA MUJER ROTA. Sie sei nicht gebaut für diese Welt. Das Beste wäre, sie suchte sich einen Job als Kassiererin in einem Supermarkt, einen Job, der es ihr erlaube, wieder glücklich zu sein.

Wenn sie sich nach zwei Wochen wieder meldete, fragte ich, was sie die ganze Zeit gemacht habe.

»Nachgedacht«, sagte sie.

»Und? Auf etwas draufgekommen?«, fragte ich.

Sie lachte:

»No! Never!«

Kann ich den Rest meines Lebens auf diese Weise verbringen? Wohl kaum. Deshalb hatte ich Affären mit anderen Frauen. O. erzählte ich davon, ich sagte: »I wished it were you.« Das brachte sie zum Lachen. Zu K. sagte ich gar nichts, von ihr war ich schließlich doppelt und dreifach getrennt.

K. saß ebenfalls nicht schön solid zu Hause. Auch sie hatte Affären, wenn sie nicht grad Leben rettete. Sie war zufrieden mit sich, sie baute ihr Selbstbewusstsein auf, und es amüsierte sie, dass jetzt ich verunsichert war. Sie sagte herausfordernd:

»Ich werde auf dich warten, aber nicht besonders lange.«

Da fingen bei mir die Nerven zu flattern an. K. sagt heute (nicht ohne Genugtuung in der Stimme), einmal hätte ich sogar geweint. Geweint? Stimmt, jetzt, wo sies sagt, erinnere ich mich. K. hat es sich besser gemerkt. Blutige Tränen habe ich vergossen, weil meine Nerven für derlei nicht ausgelegt sind. Gerade, dass K. sich nicht die Hände reibt, wenn sies mir in Erinnerung ruft, sie grinst über das ganze Gesicht.

K. und ich lieben einander sehr. Trotzdem, wenn es um Vergangenes geht, sind wir nicht ohne Schadenfreude dem andern gegenüber. Es amüsiert uns, wie tollpatschig wir uns zwischendurch angestellt haben. Und es beruhigt uns auch voreinander, dass wir Fehler gemacht haben. Ein weiterer Nebeneffekt: Wir haben uns in den Jahren des Durcheinanders erst richtig kennengelernt.

Schließlich rief O. wieder an, sie komme nach Wien. Ich freute mich. Aber gleich darauf verschob sie ihren Flug, ein ums andere Mal. Die kurzfristigen Flüge waren zu teuer, langfristig wollte sie nicht planen. Schließlich sagte sie, sie komme im September.

Ich warnte sie, sie solle diesen *fucking flight* sofort buchen, und kein Zurück. Sie lachte, ich solle nicht so streng sein, sogar der wichtige Start des Space Shuttle sei verschoben worden.

»Versprich mir, dass du diesen verdammten Flug buchst, sowie du aufgelegt hast, ohne Möglichkeit zum Rücktritt.«

»I promise!«

Am nächsten Tag meldete sie sich, es tue ihr leid, sie schaffe es nicht, beim Buchen des Fluges auf die Bestätigungstaste zu drücken. Tough luck!

Was dann passierte, war etwas anderes. Im Sommer 2005 veröffentlichte ich *Es geht uns gut*, meinen vierten Roman. Die Erwartungen waren nicht allzu hoch gesteckt. Gleichzeitig wäre es gelogen, wenn ich behaupten würde, dass ich gar keine Hoffnung hatte. Man kann nicht genug darüber staunen, ja, am Ende eines jeden Tages findet der Mensch einen Grund, weiter an die Zukunft zu glauben.

Bereits im Frühling hatte ich in Bad Homburg den Förderpreis zum Friedrich-Hölderlin-Preis erhalten, der Beginn meines beruflichen *annus mirabilis*. Jetzt erfuhr ich, dass es einen vom Börsenverein des Deutschen Buchhandels neu aus der Taufe gehobenen Preis gab, den Deutschen Buchpreis für den besten Roman des Jahres. Mein Verlag hatte *Es geht uns gut* nicht vorgeschlagen, wenig überraschend. Vorhersehbar. Aber Wolfgang, mein Lektor, hatte das Manuskript an zwei Jurymitglieder geschickt, und das Buch wurde nachnominiert. Groß war die Wahrscheinlichkeit nicht, dass ich den Preis erhielt, denn das Buch war eins unter zwanzig. Aber mir war natürlich schon einmal zu Ohren gekommen, dass das Unwahrscheinliche im Randbereich des Möglichen eintreten kann.

Ich habe immer ein günstiges Vorurteil gehegt gegen mein Glück, ich wollte nie ausschließen, dass es mir *hold* sein werde, gerade so, wie ich als Kind davon ausgegangen war, dass man mir nichts zuleide tut. *Ob auch tausend fallen an deiner Seite, dich wird es nicht treffen.*

Zwei Wochen vor der Vergabe des Preises entstand eine Atmosphäre, wie soll ich sagen, es braute sich etwas zusammen, es war wie das Einschwingen von Glocken. Plötzlich hieß es, ich hätte gute Chancen. Und in der Woche vor der Verleihung des Preises sagte Wolfgang, der zuvor ebenfalls versucht hatte, etwaige Erwartungen zu dämpfen:

»Arno, ich rieche Menschenfleisch.«

In seinen verfeinerten Betriebsnerven regte sich etwas, es war der sechste Sinn des Verlagslektors. Und Wolfgang fügte hinzu, er habe im Verlag schon während der ersten Sitzung gesagt, was er von *Es geht uns gut* halte, aber Ende Oktober werde er nochmals darüber Auskunft geben mit dem Unterschied, dass ihn dann niemand mehr auffordern werde, sich hinzusetzen und ein Glas Wasser zu trinken.

Wolfgang:

»Ende Oktober werden sie sichs nochmals anhören müssen, und sie werden mir nicht mehr widersprechen.«

Es schien, als würde die Wiese grün, gewisse Verdachtsmomente ließen es möglich erscheinen. So ganz traute ich den Vorzeichen dann aber doch nicht, und das Ergebnis war, dass ich mich nicht dazu durchringen konnte, einen Anzug zu kaufen auf die Gefahr hin, dass mir zuerst Hoffnungen gemacht wurden und ich mir nachher die Nase wischen musste. Lieber wollte ich darauf warten, was sich als Tatsache einstellen würde. Einen Anzug lieh ich mir von K.s Bruder.

Die Tatsachen ereigneten sich an einem Montag. K. und ich standen um halb fünf in der Früh auf, ich fuhr sie nach Bregenz zum Bahnhof, damit sie rechtzeitig in Innsbruck ihren Dienst an der Universitätsklinik antreten konnte. Am Bahnhof stand seitlich bei der Rolltreppe ein Schild, das verkündete, wegen einer Sperrung der Arlbergstrecke sei der Zug heute schon um halb fünf statt um fünf abgefahren. Wie originell! Ich sagte zu K., ich fahre sie nach Bludenz. Ein neben uns stehender Mann fragte, ob er mitfahren dürfe. Ja, klar. Nach wenigen hundert Metern, im Citytunnel, sagte der Mann, ich könne ruhig schneller fahren. Ich gab zu bedenken, dass hier im Tunnel mit einem Radar zu rechnen sei. Er winkte ab, hier sei keines, er sei Polizist. An der Autobahnausfahrt Feldkirch sagte der Polizist, ich solle in den Winkel aus Sperrlinien zwischen Autobahn und Ausfahrt fahren und ihn dort aussteigen lassen, er autorisiere mich. Okay, wenn das so ist, gut. Dann weiter nach Bludenz und Abschied von K. Sie wünschte mir alles Gute, viel Glück, sie sagte, in ihrer Kindheit sei Frankfurt die schrecklichste Vorstellung gewesen, der schlimmste Ort der Welt, weil: *Heidi*. Asphalt und Gefangenschaft zwischen den Häusern. Sie hoffe, dass ich von dort schönere Eindrücke nach Hause brächte.

Ich fuhr nach Wolfurt, wo mein Vater noch im Bett lag. Er stand gerade auf, als ich mit Packen fertig war und das Haus wieder verließ. Auch er wünschte mir alles Gute und schüttelte mir die Hand.

Im Zug nach Frankfurt machte ich mir eine Notiz ins Tagebuch, dann erst wieder Tage später. Es gab von da an keine leere Minute. Trotzdem vermag ich mich nicht an viel zu erinnern, denn das Gesehenwerden ist eine ernsthafte Angelegenheit, die einen ganz in Anspruch nimmt.

In zu weiten Hosen und zu engem Kragen, durstig und hungrig, nahm ich im Frankfurter Rathaus Platz. Das Rathaus heißt *Der Römer*, das ist der Spitzname von Richard in *Es geht uns gut*. Der Lärm im vollen, ungeduldigen Saal wuchs immer mehr, und mein neben mir sitzender Verleger murmelte mir zu mit halbem Mund, ohne ihn eigentlich zu öffnen, in einer Vorstufe zur Bauchrednerei:

»Es hat geklappt mit dem Preis.«

Ich spürte den Puls im Hals. Der Verleger und ich waren nicht immer nur Freunde gewesen, ich dachte, am Ende foppt er mich. Oder es ist ein Irrtum. Und ich murmelte mit halbem Mund, ohne ihn eigentlich zu öffnen:

»Wer sagt das?«

Er antwortete auf die beschriebene Art:

»Der, der das Geld gibt.«

Ganz sicher war ich mir trotzdem nicht, weshalb ich auch diesen Moment rückblickend zu den Vorzeichen zähle.

Der Erfolg kam wie durch den Kamin, mit Poltern und Getöse. Er stellte sich hin und war mein neuer Herr, ein anspruchsvoller Herr, er lässt sich gerne bedienen. Ich bediente ihn. Wie ein Zirkuslöwe sprang ich durch brennende Reifen, gab dutzende Interviews, trat im Fernsehen auf, beteiligte mich an Podiumsdiskussionen, ich machte hundert Veranstaltungen, ein ungeheures Pensum für einen wie mich. Dabei hielt ich mich an einige für meine bäuerlichen Vorfahren essenzielle Redensarten: Das Heu muss man machen, wenn das Wetter schön ist. Hoffe nicht auf Wasser im nächsten Brunnen. Und so weiter. It's now or never.

Weil alles äußerst schnell gehen musste, war ich gezwungen, mehr aus mir herauszugehen. So viel Neues. Zum langen Nachdenken war keine Zeit. Dadurch war ich verletzlicher und wirkte in der Not authentisch. Das steigerte den Erfolg. In mancher Hinsicht tat es mir auch persönlich gut, dass ich keine Kontrolle hatte. Manchmal wird man in etwas hineingerissen, das mehr verlangt als das bisher Gewohnte. Im ersten Moment ist das Ungewohnte furchteinflößend. Dann gehts aber doch irgendwie.

Beim Schreiben mache ich die gleiche Beobachtung: Die im ersten Moment furchteinflößenden Projekte, bei denen klar ist, dass ich keine Kontrolle habe, sind diejenigen, die sich am meisten lohnen.

Im Herbst 2005 verkaufte sich *Es geht uns gut* pro Tag so oft wie *Schöne Freunde* insgesamt. Auch im Winter verkaufte sich *Es geht uns gut* pro Tag so oft wie *Schöne Freunde* insgesamt. Auch in den ersten Monaten des neuen Jahres ... pro Tag ... pro Tag ... pro Tag. Das stand alles in keinem Verhältnis. Hatte ich bisher so gut wie keine Veranstaltungen angeboten bekommen, konnte ich jetzt Veranstaltungen machen, bis ich tot umfiel. Sechs Monate lang war ich fast ununterbrochen auf Lesereise und dadurch von allem abgeschnitten, was mir wichtig war. Es begann für mich ein neues Leben, es waren ganz andere Kräfte am Werk. Und zu dieser Zeit begann im eigentlichen Sinn mein Doppelleben. Denn meine Runden gab ich nicht auf. Hier das Leben als öffentliche Person. Dort das Leben als Lumpensammler in den Straßen Wiens. Meine neue Normalität.

Truman Capote sagte in einem Interview: "Alle Künstler sind Kälber mit zwei Köpfen."

Ende des Frühlings 2006, zurück in Wien, bekamen die Runden wieder etwas Regelmäßiges. Ich intensivierte sie in der Annahme, dass es früher oder später vorbei sein werde mit meinem Geheimnis. Ich hatte jetzt einen Namen und ein Gesicht, und mir war klar, manche Dinge kann man nicht fortsetzen ab dem Moment, in dem die Zeitungen darüber schreiben – mit Paparazzi-Fotos von meinen Beinen, die aus einer Abfalltonne ragen.

Ich fürchtete mich weiterhin davor, dass ich bloßgestellt wurde, gleichzeitig wuchs meine Gelassenheit. Ich fand mich nicht nur als Schriftsteller bestätigt, sondern auch als Mensch, war unabhängig wie niemand in meinem Umfeld, ökonomisch und künstlerisch. Manchmal dachte ich an eine kleine Dialogszene in Rainer Werner Fassbinders *Die Ehe der Maria Braun*. In dieser Szene sagt anerkennend der Mann einer Freundin zu Maria Braun:

»Maria, du hast dich gemacht!«

Maria reckt das Kinn und antwortet selbstbewusst:

»Ja, ich habe mich gemacht!« Die Betonung auf dem ich, unmissverständlich, ich aus eigener Kraft, durch eigene Begabung.

So hatte auch ich mich gemacht. Und die Diskrepanz zwischen dem Erfolg von *Es geht uns gut* und meinem geheimen Leben als Lumpensammler war gewaltig. Ich speiste an hohen Tafeln, speiste mit Präsidenten. Mein bisheriges Leben war nicht dazu angetan gewesen, mir einen höheren gesellschaftlichen Schliff zu verpassen. Ich schaute mir alles rasch bei den Nachbarn ab, und es sah bei mir, was andere mit Leichtigkeit betrieben, entsprechend nachgemacht aus. Es hieß auch hier ständig: Die Augen offen! Zurück im Wiener Alltag pumpte ich die Reifen an meinem Fahrrad auf und verließ in der Früh das Haus, um für vier Stunden einer Tätigkeit nachzugehen, die der untersten sozialen Schicht zugeordnet ist. Dort hatte ich mir alles Zimperliche längst abgewöhnt, dort war ich in Berührung mit allem, was schmutzig ist und stinkt. Viele Menschen bringen in ihrer Herrlichkeit nur ein laues Interesse auf für die Frage, wo ihr Dreck landet, Hauptsache, sie sind ihn los, der Rest ist buchstäblich scheißegal. Daher stieß ich im Altpapier oft auf Unerfreuliches, auf volle Windeln oder Hundekacke oder kiloweise verdorbenen Fisch.

Dieses Spannungsfeld hatte sein Gutes. Eins spiegelte sich im andern. Die Runden relativierten, dass ich plötzlich herumgereicht wurde. Und der Erfolg gab dem Gossenhaften meines anderen Lebens Glanz.

Als junger Mann hatte ich mich geschämt für meine geheime Tätigkeit. Jetzt wuchs das Selbstvertrauen. Nicht nur die Zeiten und Konventionen hatten sich geändert. Heute ist es in mancher Hinsicht *hip*, sich nach Weggeworfenem zu strecken. Vor allem aber hatte sich meine Lebenssituation verändert. Einige Jahre zuvor hatte noch die Möglichkeit bestanden, dass ich auf ganzer Linie Schiffbruch erlitt. Solange es diese Möglichkeit gab, waren meine Runden Sinnbild gewesen für den drohenden Schiffbruch. Durch den sich nun einstellenden beruflichen Erfolg und den damit verbundenen gesellschaftlichen Aufstieg veränderte sich die Perspektive, veränderte sich das Sinnbild. Jetzt standen die Runden für Eigensinn, waren Ausdruck der Fähigkeit, unkonventionelle Wege zu gehen. Der Schmutz unter den Fingernägeln wurde sozusagen respektabel.

Hier tauchte jemand nach Abfall nicht, weil er ganz unten angekommen war, sondern weil er sich diese Freiheit nahm. Und selbst die Frage nach dem Dürfen stellte sich nicht mehr so dringend, ich warf mir kein Wenn und Aber mehr zwischen die Beine. Die Sache war einfach die, dass sich mir die Möglichkeit bot, einen Erfahrungsraum zu erkunden, also erkundete ich ihn und blieb dabei, weil ich fand, dass es Früchte trug. Meine Entwicklung als Mensch und als Schriftsteller machte das sichtbar.

Wer sich in dem Beruf, den ich gewählt habe, damit begnügt, nur immer geladener Gast zu sein, statt ins Leben der Menschen auch manchmal ungebeten hineinzuplatzen, bekommt vieles nie zu Gesicht.

Ganz nebenbei gesagt, die Runden empfand ich immer als etwas Ehrliches. In Konflikt mit mir selbst kam ich hauptsächlich in der Öffentlichkeit. Dort fühlte ich mich nie ganz wohl, nie ganz in meiner Haut. Beim Schreiben kann man alles immer anders ausdrücken, anders angehen, es ist nie ganz zufriedenstellend, nie uneitel, immer anmaßend, egal wie mans anfängt. In meinem Beruf als Schriftsteller verspüre ich immer einen Stich der Unzulänglichkeit. Auftritte kosten mich Überwindung, weil ich mich selbst darstelle auch dann, wenn ich versuche, einfach ich selbst zu sein. Vor Publikum ist auch Ehrlichkeit ein Trick, eine Pose. Bei den Runden hingegen spielte ich selbst keine so große Rolle, es lag nur wenig an mir, was dabei herauskam, ob ich etwas fand oder ob ich nichts fand. Weder mit Charme noch mit Redegewandtheit war das Geringste zu erreichen. Das mochte ich. Wenn man keine Verantwortung hat, fällt es leichter, sich selbst treu zu sein.

In den Jahren darauf wurde ich noch erfolgreicher, und meine beiden Leben entfernten sich immer weiter voneinander, sie gingen ihrer eigenen Wege, das eine oben, das andere unten. Ich staunte mit jedem Jahr mehr, dass ich damit durchkam.

Wie kann das sein? Wie kann es sein, dass ich während meiner Runden nie als die öffentliche Person, die ich gleichzeitig war, angesprochen wurde? Ich habe mich nie verkleidet, mich nie getarnt im herkömmlichen Sinn. Ich trug eine Mütze, wie ich sie auch im Alltag fast immer trage gegen die Sonne oder den Regen oder die Kälte. Meine Schutzwälle waren lächerlich niedrig, trotzdem hielten sie allen Anbrandungen stand.

Es ist ein bizarrer Widerspruch in dem, was ich zu erzählen habe, dass mein glückliches Geheimnis so viele Jahre in der Öffentlichkeit stattfand, auf offener Straße. Es konnte mir nicht hell genug sein für meine geheime Tätigkeit. Die Dunkelheit hat ihren eigenen Zauber, da stimme ich zu. Aber die Sichtverhältnisse, wenn es dunkel ist, sind bekanntermaßen schlecht, weshalb sie für mein Tun nicht den passenden Rahmen lieferten. Weder war es mir möglich, mein Geheimnis zu verstecken, noch konnte ich es in geschlossenen Räumen ausüben, es vollzog sich unter aller Augen. Dennoch blieb mein Inkognito all die Jahre gewahrt.

Man könnte sagen, das unterstreicht, wie unbedeutend Schriftsteller in unserer Gesellschaft geworden sind. Oder wie wenig Anteil die Menschen an ihrer unmittelbaren Umgebung nehmen. Aber in der U-Bahn und in Restaurants wurde und werde ich erkannt. Und die Welt, zumal in Wien, ist nicht so groß, wie man vielleicht annehmen möchte. Die Welt ist ein Taschentuch, sagen die Spanier.

Wie klein dieses Taschentuch auch sein mag, jemand, der im Abfall nach Verwertbarem sucht, bewegt sich in einer anderen Sphäre. So jemandem schaut man nicht ins Gesicht mit der Frage: Kommt mir dieses Gesicht bekannt vor? So jemand ist ganz unten angelangt, ein armer Teufel oder psychisch krank oder beides. So jemand hat kein Ansehen. Und wer kein Ansehen hat, der ist unsichtbar.

Dabei ist es keineswegs so, dass die Gesellschaft für Außenseiter grundsätzlich kein Interesse aufbringt. Sehr vieles, was Außenseiter tun, erweckt Interesse, aber nur, wenn es eine gewisse Aura hat. Ist dieses Tun mit Armut, Schmutz und psychischen Problemen assoziiert, bleibt das Interesse aus.

Würde ich mich als Obdachloser vor das Burgtheater setzen, würde mich niemand erkennen, auch nicht diejenigen, mit denen ich oft zu tun hatte. Man denkt für gewöhnlich nicht über Menschen nach, an denen nichts ist, worum man sie beneiden könnte. Ob sich je jemand bei meinem Anblick gedacht hat: So frei wie er wäre ich gern! Ich bezweifle es. Denn die anderen wissen ja nichts von meiner Freiheit, können keine Ahnung haben, so weit sind sie in diesem Moment von meiner Freiheit entfernt.

Ein weiterer Faktor innerhalb meiner Schutzwälle war, dass man sich durch die Körpersprache absondern kann. Im Lauf der Jahre hatte ich mir eine Technik angeeignet, konzentriert oder zerstreut zu erscheinen, jedenfalls so, dass es den Eindruck erweckte, ich nähme an meiner Umgebung keinen Anteil. Ich hatte das vollendete Leck-mich-am-Arsch-Gefühl entwickelt. Ich schaute nicht zurück, wenn jemand hersah. Ich machte mich unsichtbar allein dadurch, dass ich für mich blieb. Meine Unsichtbarkeit entsprang der Konzentration auf die Sache, ich tat, als könnte mich nicht einmal eine Schießerei am anderen Ende der Straße von meiner Beschäftigung ablenken. Vielleicht funktioniert doch, was als kindlicher Denkfehler abgetan wird: dass das Kind im Angesicht des großen Hundes die Hände vors Gesicht schlägt in der Hoffnung, auf diese Weise den großen Hund zum Verschwinden zu bringen. Bei Menschen klappt es. Man muss so tun, als würde man sie nicht sehen, dann sehen auch sie einen nicht.

Ich lernte, die Menschen auf der Straße früher zu bemerken als sie mich. Und ich lernte, so zu tun, als würde ich nichts auf sie geben. Ich suchte keinen Blickkontakt, das ist die einfachste Methode, Gesprächen aus dem Weg zu gehen. Ich möchte fast sagen, ich entwickelte eine Art Instinkt, der mir rechtzeitig mitteilte, wenn jemand den Kontakt suchte. Die meisten Menschen brauchen einen Blickkontakt, bevor sie sich den letzten Ruck geben. Dieser Blickkontakt kam nicht zustande. Und weil die meisten Leute ein gutes Gespür haben für die Körpersprache des Gegenübers, nahmen sie von einer Kontaktnahme Abstand. Schon war ich um die nächste Ecke verschwunden.

Wenn mich jemand, was einmal in fünf Jahren vorkam, anschnauzte aufgrund von Vorbehalten gegen das, was ich tat, stand es ihm frei. Es gibt genug Gründe zu Vorbehalten, und jeder und jede mag sich die seinen suchen. Dass ich diese Vorbehalte nicht zu meiner Sache machte, sei ebenfalls beiläufig notiert. Bekam ich ein grobes Wort, schaute ich kurz auf und reagierte mit einem erstaunten, schafsköpfigen Blick. Ich habe die Beobachtung gemacht, wenn die Menschen das beträchtliche Ausmaß an Wurstigkeit erkennen, mit dem sie es aufnehmen müssten, verlieren sie die Lust, sich mit einem auseinanderzusetzen.

Ich war ein Vagabund, ein Stadtstreicher, ein Lumpensammler, ein Niemand und weiter nichts. Ein ostasiatisches Sprichwort sagt: Bereue nicht, unbekannt zu sein, sondern bereue, nicht zu kennen.

Am Abend machte ich im Schauspielhaus eine Veranstaltung vor vollem Saal und Fernsehkameras. Zwei Tage später schlüpfte ich in Arbeitskleidung, und dann konnte ich wieder auf dem Rad beobachtet werden als anonymer Irgendwer, der dreckig seine Runde dreht. Je erfolgreicher ich wurde, desto weniger beunruhigt war ich bei dem Gedanken, wie wundersam die Haltbarkeit meines Doppellebens war, wie doppelt genäht. Ich konnte es selbst kaum glauben, aber es war so. Ich sagte mir: Was zehn Jahre gut gegangen ist, sollte eigentlich auch ein weiteres Jahr gut gehen können.

Ich tauchte in einen Behälter mit Altpapier, nur meine Beine schauten oben heraus. Dann radelte ich geschwind weiter. Die Vögel zwitscherten, die Spechte klopften, Eichkatzen sprangen. Menschen gingen Kaffee trinkend und telefonierend die Gehwege entlang. Und manchmal, wenn ich einen guten Tag hatte, überkam mich ein Gefühl unbeschreiblichen Glücks.

Mein Bemühen, mich auf unabhängige Beine zu stellen mit festem Boden darunter, war endlich erfolgreich gewesen. Jahrelang war ich wie gegen eine Mauer gelaufen. Die Mauer hatte verschiedentlich gestöhnt. Jetzt war sie eingestürzt.

Das Leben als Mensch mit Ansehen hat zweifellos Vorteile gegenüber dem zermürbenden Dasein als Versager. Misserfolg zersetzt auf Dauer die Knochen. Aber auch beim Erfolg gibt es Schattenseiten genug, was mir sogleich vor Augen geführt wurde.

Mein Kopf wusste bald nicht mehr, wohin mit den vielen Eindrücken. Ich war überfordert mit dem Platz im Mittelpunkt, ich fühlte mich dort nicht wohl. Am Rand kannte ich mich aus, aber nicht in der Mitte. Unbeholfen hinkte ich als Mittelpunkt umher, ohne mich mit der Situation wirklich anzufreunden. Zum Beispiel gelang es mir nicht, mich damit abzufinden, dass sich plötzlich so viele Menschen zu meiner Arbeit äußerten, auch solche, die noch nie eine Zeile von mir gelesen hatten. Das galt nicht zuletzt für einzelne Buchhändler, die mich zu Veranstaltungen einluden. Sie sparten sich die Zeit des Lesens, denn das Buch war ein Selbstläufer, so oder so. Ich selber empfand das als kränkendes Desinteresse, die sollen doch Holzschuhe verkaufen, schimpfte ich. Und vor allem verwirrte es mich, dass ich beruflich meine Freiheit erlangt hatte und gleichzeitig ins Joch gespannt war wie noch nie. Ständig saß mir etwas im Nacken.

Nach Veranstaltungen war ich aufgeputscht und schlief schlecht. Am nächsten Tag abermals neue Gesichter und neue Orte, ein neues Hotelzimmer. Blendend weiße Bettwäsche, die nach nichts Vertrautem roch. Ungeduldig sehnte ich die Wochenenden herbei. Aber am Wochenende saß ich zu Hause und verrichtete Büroarbeit in beklommener Vorbereitung der nächsten Veranstaltungen.

Die Flugzeuge landeten stets auf die bekannte ganz scheußliche Art, ohne die Flügel zu schließen.

Während dieser Zeit verdiente ich sehr viel Geld, das war nicht zu verachten. Um mich mit den Umständen versuchsweise auszusöhnen, zählte ich das Geld öfter, als nötig gewesen wäre. Ich saß im Hotelzimmer und zählte mein Geld.

Nach drei Monaten bekam ich Probleme, mich zu konzentrieren. Ich verlor im Vortrag den Faden. Nach der Veranstaltung nahm ich die Gesichter, die auf mich einredeten, so wenig wahr wie das Gesagte. Von da an rauschte es manchmal tagelang leer in meinem Kopf, wie wenn ich als Kind eine Muschel ans Ohr gelegt hatte, um die Geräusche des Meeres zu hören. Von morgens bis abends ein leeres Rauschen im Kopf. Die Arbeit spulte ich zuverlässig herunter, bewegte mich zuverlässig von einem Fleck zum andern, wechselte auf Bahnhöfen zuverlässig die Gleise. Am Nachmittag im Hotel stierte ich auf das Zoo-Fernsehen. Hauptsache, die Zeit verging, Hauptsache, das leere Rauschen wurde übertönt.

Das Totschlagen der Zeit ist eine besonders trostlose Spielart seelischer Erschöpfung. Ich war wirklich völlig ausgebrannt.

Mein Gesicht wurde immer blasser. Als Person verlor ich an Substanz. Ich hatte nicht mehr viel Realität und verwahrloste innerlich. Hoffentlich merkte man mirs nicht zu sehr an.

Wenn ich von einer mehrtägigen Lesereise nach Hause kam, war mein Anrufbeantworter voll: Anfragen zu weiteren Lesungen. Alte Bekannte, von denen ich seit Jahren nichts gehört hatte, oder Menschen, die sich einbildeten, sie seien alte Bekannte, wollten mit mir auf einen Kaffee gehen. Schüler, die *Es geht uns gut* hatten lesen müssen, teilten mir mit verstellter Stimme mit, dass man mich ins KZ werfen solle. Dann folgte der Hitlergruß. Frauen ließen mich mit schwerer Zunge wissen, dass sie mich kennenlernen wollten. Ältere Männer hatten Detailfragen. Einer behauptete, er erkenne sich selbst auf dem Cover des Buches.

K. erzählte ich nichts von diesen Dingen, weil ich mich schämte. Ich erzählte niemandem davon. Was ich tat: Ich besorgte mir eine Geheimnummer. Trotzdem passierte in diesem Jahr etwas mit mir, das unumkehrbar scheint: Ich wurde ängstlich bis an den Rand der Paranoia.

Als ich Anfang Dezember beim Nachhausekommen den Anrufbeantworter blinken sah, bekam ich meinen ersten nervösen Anfall. Ich hatte das Gefühl zu schwitzen, ohne zu schwitzen, ich zitterte, die Beine trugen mich nicht mehr, und ich hatte so ein Gefühl des Irrealen.

An Weihnachten 2005 sagte K., ich hätte ein Burnout. Sie mutmaßte, ich verspürte wohl eine unbestimmte Angst, jetzt, wo ich erfolgreich sei. Der Druck sei mir zu groß. Offenbar übersteige, was mit mir passiere, meine Verarbeitungskapazitäten, ich bräuchte eine längere Pause.

»Unmöglich!«, sagte ich.

Zuweilen absolvierte ich an den Wochenenden eine Runde. Die Straßen Wiens waren für mich ein Rückzugsraum, Teil meiner Privatsphäre, absurderweise. Nur musste ich aufpassen, dass sich meine Gedanken nicht allzu weit von dem, was ich tat, entfernten. Ständig war ich damit beschäftigt, Situationen durchzudenken, in denen ich allenfalls mit knapper Not mein Leben rettete. Oft verhedderten sich meine Gedanken, wie man über die eigenen Beine stolpert. Dann fing ich an zu zittern.

Ausgerechnet ich, der so schwer zu erschrecken gewesen war, war schreckhaft geworden. Es erstaunte mich. Ich war also auch nur, wie die allermeisten, ein Nervenbündel.

Als einmal ein Hubschrauber über mich hinwegflog, musste ich absteigen und das Fahrrad nach Hause schieben. Zu Hause läutete das Telefon, der Schreck fuhr mir ins Mark. Noch in der Nacht hörte ich körperlose Zungen, die in der Dunkelheit flüsterten, sie seien mein Führer und würden mich ins KZ stecken. Und auch in den Hotels schlief ich schlecht. Die Geräusche in den Wänden hörten sich an, als wolle jemand gewaltsam eindringen oder heimlich zu mir durchbrechen. Ich war in einem Zustand, in dem ich horchte und wartete. Wenn man wachsam ist, empfindet man mehr Schmerzen, das ist der Preis.

Die Liebesverwicklungen, in denen ich mich befand, schob ich beiseite, so gut es ging. Damit würde ich mich auseinandersetzen, wenn der Rummel vorbei war. Auch heute noch vertrete ich den Standpunkt, niemand soll eine schwerwiegende Entscheidung treffen, der gerade den Deutschen Buchpreis erhalten hat, man verliert das Gefühl für die Situation. Wäre K. nicht gewesen, die während dieser Zeit auf mich aufpasste, hätte ich mein kleines Gehirn verloren – *somewhere along the way*. Was für ein Durcheinander!

Mit O. hatte ich weiterhin Kontakt. Manchmal telefonierten wir und redeten eine Stunde über Malerei und über Literatur. Sie sagte, eine mit ihr befreundete Sammlerin moderner Kunst, eine sehr reiche Frau, besitze eine leerstehende Wohnung im Dakota Building, die Freundin stelle mir diese Wohnung zur Verfügung, ich solle nach New York kommen. O. sagte, im Dakota Building hätten die Wände zwischen den Wohnungen und sogar die Decken breite Zwischenräume, die mit Sand gefüllt seien, sodass nicht das geringste Geräusch von einer Wohnung in die andere dringe. John Lennon habe im Dakota Building gewohnt und sei vor dem Gebäude erschossen worden.

Das Angebot schmeichelte mir, allein durch die Vorstellung fühlte ich mich aufgewertet. Einige Tage spielte ich mit dem Gedanken, ins Dakota Building zu ziehen, wo es zwischen den Wänden zwanzig Zentimeter breit Sand gibt, in dem alles versickert. Ich war von der bildlichen Vorstellung beseelt, dass ich im zwanzigsten Stockwerk saß (das Gebäude hat nur zehn), ich wäre nicht mehr der kleine Arno aus Wolfurt, ich würde dort wohnen wie John Lennon, das Idol meiner Jugend. Ich dachte an die Filmaufnahmen des Rooftop-Konzerts, an die Souveränität, mit der John Lennon *Dont't let me down* gesungen hatte, schon mehr Person als Musiker. So schreiben können, das wärs! Doch letztlich blieb ich in Wien. Ich war nicht mutig oder nicht dumm genug oder beides.

K. schaute kopfschüttelnd zu. Heute sagt sie:

»Ich hätte dich auf den Mond schießen können.«

In Wahrheit wusste, glaube ich, K. so gut wie ich, dass mein Wunsch nach einem größeren Leben wieder abgelöst worden war vom Wunsch nach einem kleineren Leben. Aber vor allem sahen K. und ich einander jetzt wieder klarer. Wenn wir auch weiterhin stritten und uns auf die Nerven gingen und dicke Luft erzeugten und uns im Bett die Rücken zukehrten und uns trennten und sogleich wieder miteinander schliefen, so hatten wir doch die Idee zurückgewonnen, dass wir – theoretisch –, wenn wirs nur zuließen, zusammen glücklich sein konnten. Ich sagte zu K., ich hätte keine Pläne für die Zukunft, nur den, so weiterzumachen wie in der Zeit vor der Niederschrift von *Es geht uns gut*. Ich wolle mein – wenn man es von außen betrachte – von Wiederholungen geprägtes Leben zurück. Ich wolle dort weitermachen, wo wir glücklich gewesen seien. Ich wolle nicht nach New York.

Und K. sagte:

»Es würde mir besser gehen, wenn ich wüsste, dass ich weiterhin zu dir gehöre.«

Das berührte mich, und ich musste mich zusammenreißen, dass ich nicht etwas sagte, was ich möglicherweise nicht würde halten können oder nach einigen Tagen wieder in Frage stellte.

Denn ich hatte weiterhin Frauengeschichten oder besser gesagt, Geschichten mit Frauen. K. hatte Männergeschichten oder, besser gesagt, Geschichten mit Männern. Die ganze Wahrheit wollten wir einander nicht anvertrauen. Später hat dann sporadisch eins zum andern gesagt:

»Bestimmt hast du mir nicht alles erzählt.«

Was das jeweils Angesprochene energisch in Abrede stellte, womit die Sache wieder für einige Zeit ruhen durfte.

K. hat nicht alles erfahren. Und ich habe nicht alles erfahren.

K. sagt:

»Weil man nicht jede Dummheit erzählen muss.«

Oft waren wir getrennt. Und um es uns selbst zu bestätigen und besser begreiflich zu machen, hängten wir es an die große Glocke. Trotzdem steckten wir ständig die Köpfe zusammen.

Wenn wir Freunde trafen, fragten die besonders Mutigen:

»Zum Teufel, was ist jetzt mit euch zweien? Seid ihr noch ein Paar oder nicht?«

Feste Punkte in meinem Leben waren nicht in dem Ausmaß vorhanden, wie ich es mir gewünscht hätte. Das betraf auch die Familie.

Meinen Vater hatte ich einige Jahre lang alleingelassen. Doch beim Schreiben an *Es geht uns gut* war der Mahnruf an mein Ohr gedrungen, ich solle mich nicht nur schreibend, sondern auch im Leben um meine Angelegenheiten kümmern. Mein Vater war alt geworden, vergesslich, verletzlich, das fand in *Es geht uns gut* in der Figur Richards einen Niederschlag. Alma und Richard, den Romanfiguren, war ich nahegekommen. Zu Hause ließ ich eine vergleichbare Bereitschaft zur Nähe vermissen.

Ich will hier nicht Kleinholz aus mir selbst machen, ich muss aber zugeben, es gab Zeiten, da wollte ich mit den Problemen meiner Eltern nichts zu tun haben. Wenn ich von ähnlichen Problemen in Briefkonvoluten las, war meine Neugier sofort geweckt, und ich ließ mich darauf ein. Auch vor Problemen in Büchern fürchtete ich mich nicht. Aber ich fürchtete mich vor den Problemen meiner Eltern.

Das war eine schwer zu verdauende Einsicht. Eine Zeitlang zögerte ich, das Ungleichgewicht zu beheben. Es war aber klar, dass es mich nach Jahren des Distanznehmens wieder nach Hause zog. Ich glaube, es hatte unter anderem damit zu tun, dass auf dem Umweg über die Briefe und Tagebücher, die ich im Altpapier fand, in mir ein größeres Verständnis für meine Eltern erwacht war. Wie soll ich sagen? Jedes fremde Leben ist eine Variante des eigenen Lebens, und es ist leichter, seiner selbst im anderen gewahr zu werden, wenn man dieses andere nicht kennt.

Die Leiden und spärlichen Freuden der Menschen hört man sich am liebsten aus sicherer Entfernung an und noch lieber, wenn sie schön geschildert sind. Ich meine annehmen zu dürfen, dass dies einer der Hauptgründe ist für den unverwüstlichen Erfolg literarischer und filmischer Produktion. Zu Hause sträubt es einem die Haare und überläuft einen kalt, und zum Vergleichbaren im Roman zieht es einen unwiderstehlich hin.

Ich glaube, die Fremden, mit denen ich in Kontakt gekommen war, hatten mich mir selbst gegenüber unbefangener gemacht. Die eigene Seltsamkeit war gewöhnlicher geworden.

In Polen hatten O. und ich viel über ihre drei Jahre davor gestorbene Schwester gesprochen. Als festgestanden habe, dass ihre Schwester unmittelbar im Sterben lag, habe sie sich von allen verabschiedet. Zu ihrem Mann habe sie gesagt, Antonio, tu einige der Dinge, die du immer tun wolltest, aber nicht alle, es sind zu viele. Und zu ihrem Bruder habe sie etwas Witziges gesagt, sie habe ihn ein wenig auf den Arm genommen, sehr nett. Und zu O. habe sie gesagt:

»Mit dir bin ich noch nicht fertig.«

Das war der Satz, den ich insbesondere hörte:

»I'm not done with you.«

Ich dachte an meinen Vater, ich wusste, die Beziehung

zwischen ihm und mir war ebenfalls noch nicht abgeschlossen.

In immer regelmäßiger werdenden Abständen fuhr ich nach Wolfurt, ich pendelte mich rasch bei einem 3-bis-4-Wochen-Rhythmus ein. Wie in den guten Momenten mit K. und wie bei den Runden, wenn es gut lief, hatte ich im Elternhaus das Gefühl, mich in dem Leben zu befinden, für das ich bestimmt war.

Wenn sonst nichts zu tun war, saß ich am Küchentisch, der mittlere der Söhne, dem in der Kindheit immer das Unterhemd aus der Hose gehangen war, und arbeitete Briefkonvolute auf. Zwischendurch kam mein Vater zu mir her und fragte:

»Wer hat das geschrieben? Wer hat so eine schöne Schrift?«

Ohne Zugang zu Alltagstexten, wie ich sie im Altpapier fand, hätte ich mein Leben schlechter gelebt. Und meine Bücher hätte ich nicht geschrieben in der Form, in der sie erschienen sind. *Es geht uns gut* ist fiktiv, wie gesagt, die Handlung erfunden, alle Charaktere von mir erschaffen. Aber beim Schreiben bewegte ich mich in einem Erfahrungsraum, dessen hinterste Winkel mir mehrfach gefundene Briefe und Tagebücher ausgeleuchtet hatten. Manchmal machten mir einzelne Sätze die Räuberleiter zu einer Idee. Oft verarbeitete ich Details. Und vor allem hatte ich Zugriff auf das, was aus dem Gelesenen in die Person übergegangen war. Man kann nicht zehntausende Seiten Privatbriefe lesen über so ziemlich alles, was vorkommt, ohne dass die Lektüre etwas mit einem macht. Irgendwann weiß man über das Leben der Menschen einfach mehr als andere, das geschieht beiläufig, man könnte sich dem schwer entziehen. Nach und nach sinken die Dinge ab in den festen Bestand, das Wissen verwandelt sich in Gespür und Haltung. Dann betrifft es die ganze Person. Heute, selbst wenn ich über sehr Persönliches spreche, gibt es eine Verbindung zu dem, was ich dem Abfall verdanke.

Die vielen Metamorphosen im Arbeitsprozess sind schwer nachzuzeichnen. Die Lumpen, die ich nach Hause brachte, mussten zerrissen und in Fasern aufgelöst werden, damit daraus neuer Stoff entstehen konnte. Mein Schreibtisch war das Spinnrad, auf dem ich die Bruchstücke aus Fremdem und Eigenem zu neuen Fäden spann. Ich erfand zwei Dutzend Hasenfelle (Orte, Charaktere, Handlung), benutzte mein künstlerisches Talent als Nadel und nähte mit den gesponnenen Fäden und den erfundenen Fellen einen Mantel: das Kunstwerk.

Ungefähr so hat es sich zugetragen. Und wers versteht, der verstehts. Und wer findet, dass meine literarischen Leistungen jetzt geschmälert sind: Na wennschon. Mein Glück hängt nicht davon ab, ich lege keinen Wert darauf, Leistung zu erbringen, ich lege nur Wert darauf, mein Leben besser zu verstehen. Ich mag meine Bücher, ganz bestimmt, sie sind aus nichts anderem hervorgegangen als meinem Leben. Aber sie sind nicht das Wesentliche. Ich lebe, um zu leben. Und neben diesem Leben, das zu leben ist, ist das Werk ein Nichts. Schwerer, als ein gutes Buch zu schreiben, ist es, nicht verbittert zu werden. Ich habe mich umgesehen.

In *Seelandschaft mit Pocahontas* schreibt mein Namensheiliger Arno Schmidt: "Der Künstler hat nur die Wahl, ob er als Mensch existieren will oder als Werk; im zweiten Fall besieht man sich den defekten Rest besser nicht."

Der Künstler, der sich nur über das Werk begreife, schreibt Arno Schmidt, löse sich langsam auf. Ich schließe daraus, dass die größte Kunst des Künstlers darin bestünde, als Mensch kompakter zu werden, obwohl er seine Tätigkeit ernst nimmt.

In dem Kurzroman *Schwarze Spiegel* malt Arno Schmidt sich aus, nach einer atomaren Kriegskatastrophe weit und breit der einzig überlebende Mensch zu sein. Er haust allein in der Lüneburger Heide. Aber einmal fährt er mit dem Fahrrad nach Hamburg, um sich dort mit Lesestoff einzudecken. Er dringt in bedeutende Bibliotheken und Kunstkammern ein und besorgt sich Bücher und Kunstwerke. Ich selber, in der gleichen Situation, hätte mir den weiten Weg bis Hamburg gespart, wäre nach Lüneburg, dort in die verwaisten, leerstehenden Häuser, hätte Schränke durchsucht, Koffer unter den Betten hervorgezogen, hätte mit Haarnadeln die Schlösser der Schreibtischschubladen geöffnet. Auch wäre ich auf Dachböden gestiegen, ja, so hätte ich das gemacht. Ein Buch von Arno Schmidt und einige Nachschlagwerke hätte ich im Vorbeigehen ebenfalls gefunden.

Meine Meinung ist, man müsste mehr Alltägliches lesen, Zweitrangiges, Vorläufiges, Verworfenes, es hat uns in vielerlei Hinsicht etwas zu sagen. Das Alltägliche und Beiläufige zeigt uns tendenziell eher so, wie wir sind, nicht so, wie wir gerne wären. Das Raue tritt in den Vordergrund, das unvermittelt Ehrliche, das Verzweifelte, das Niederträchtige, das Zärtliche, vermischt mit Unbeholfenheit. Denn unbeholfen sind alle Menschen, das zeigt sich in den Funden deutlicher als in den allermeisten literarischen Texten. Im Alltäglichen spielen auch Abgehobenheit, Formstrenge und Logik eine weniger bedeutende Rolle als in der Kunst.

Das größte Tagebuchkonvolut, das ich gefunden habe, fünfunddreißig Bände, habe ich subjektiv mit mehr Gewinn gelesen als *Auf der Suche nach der verlorenen Zeit*. Ich empfand es als kraftvoller, intensiver, wenn auch weniger reflektiert und stilistisch weit entfernt von Prousts grandios gelassener Prosa. Doch obwohl stilistisch hemdsärmelig und weniger reflektiert, haben mir diese Tagebücher durch ihre Unmittelbarkeit ebenso tiefe Einblicke ermöglicht, ich war stärker involviert. Das liegt zwar auch an meinem so gänzlich anderen Zugang, an der Exklusivität der Lektüre, am Wissen, dass ich der einzige Mensch bin, der diese Zeilen je zu lesen bekommt. Aber vor allem hat es mit der Unverstelltheit und Unbeholfenheit zu tun, mit dem Rauen und Widersprüchlichen in diesen Tagebüchern. Bei aller intellektuellen Qualität und genauen, beinahe überwirklichen Beobachtungs- und Darstellungskunst: *Auf der Suche nach der verlorenen Zeit* halte ich für tendenziell zu abstrakt, tendenziell zu konstruiert und tendenziell zu absichtsvoll in der Gestaltung der teilweise fetischhaften Figuren.

Der Wille zur Logik in der Literatur ist nichts anderes als ein Vorurteil gegen das Leben. In den vielen Brief- und Tagebuchkonvoluten ist mir nie ein logischer Mensch untergekommen, erst recht kein logischer Lebenslauf, weder in meinem Alltag noch in einem der großen Konvolute. Die Herzogin von Guermantes ist in meinen Augen zu sehr Repräsentantin. Sie ist mir zu logisch. Albertine ist mir zu logisch. Viele Dinge im Leben ergeben sich durch Zufall, vieles ist in sich widersprüchlich, sprung- und wechselhaft. Sie existiert natürlich, die menschliche Mathematik, aber sie fußt nur zum Teil auf Zwangsläufigkeit. Der andere Teil gründet auf etwas Rätselhaftem, auf etwas Beunruhigendem: auf Widerspruch und Willkür.

Die menschliche Mathematik rechnet auf krummen Wegen, und das Einzige, was mir sonst noch dazu einfällt, ist, dass ein Fehlen von krummen Wegen einer der Gründe ist, weshalb mir so viele Bücher vorhersehbar und papieren vorkommen.

Jetzt aber langsam, langsam! Hängst du die Sache nicht ein bisschen höher als nötig? Okay, ich lasse es mir noch einmal durch den Kopf gehen. Vielleicht ist ungerecht, was ich sage. Vielleicht leide ich an einer Deformation durch den Sonderweg, den ich eingeschlagen habe. Der Mensch ist die Summe aus allem, was ihn geprägt hat. Da ist es nur natürlich, dass jemand wie ich eine eigene Wahrnehmung entwickelt, andere Zugänge und Vorlieben.

Meine künstlerische Entwicklung wurde nicht nur von Weltliteratur vorangetrieben, sondern ganz wesentlich auch von Abfall, von Hingeschmiertem und Verworfenem. Es wäre ein Fehler, das eine gegen das andere auszuspielen, denn das eine ersetzt nicht das andere. Wichtig sind die vielen Wechselwirkungen zwischen Alltagsschreiben und Literatur. Festzuhalten ist aber auch: Ich habe ein besonderes Faible für das spontan Hingeschmierte, wohingegen das Konstruierte, das zu lange Überlegte mir oft unzureichend vorkommt. Manchmal, in schwachen Momenten, neige ich dazu, mich Lew Tolstoi anzuschließen, der seinerseits in einem schwachen Moment behauptet hat, die Aufsätze der Bauernkinder, die er unterrichtet habe, seien besser als alles, was er selbst je zu Papier gebracht habe (was natürlich nicht stimmt).

Aber tatsächlich gelingt Kindern zuweilen und teilweise auch Erwachsenen, wenn sie für den Hausgebrauch schreiben, das einzulösen, was Ludwig Börne in einem Aufsatz vorschlägt. Der Aufsatz trägt den Titel: *Die Kunst, in drei Tagen ein Originalschriftsteller zu werden*.

Ludwig Börne beteuert, dieses Unterfangen sei eigentlich simpel, man habe nichts zu lernen, nur vieles zu verlernen, nichts zu erfahren, nur manches zu vergessen. Sich unwissend zu machen sei in der Kunst die große Kunst. Denn an nichts herrsche größerer Mangel als an Büchern ohne Verstand. Das Geburtsland des Gedankens sei das Herz, aus dieser Quelle müsse der Arm des Geistes schöpfen. Nicht an Geist, an Charakter mangle es den meisten Schriftstellern und Schriftstellerinnen. Es fehle ihnen an Mut zur Ehrlichkeit, ihre Eitelkeit stehe ihnen im Weg, Anbiederung bestimme die Tagesordnung. Aufrichtigkeit sei die Quelle aller Genialität.

Das gefällt mir. Damit kann ich etwas anfangen. Ich weiß genau, wovon Ludwig Börne spricht. Und nicht, dass die meisten Alltagsbriefe in hohem und höchstem Maß aufrichtig sind. Doch oft genug kommt es vor, dass Menschen, die gerade eine halbe Stunde Zeit haben, zu einem Blatt Papier greifen und mit großer Unbekümmertheit hinschreiben, was ihnen durch den Kopf geht. Dann kommen sie Ludwig Börnes Idee vom Originalschriftsteller erstaunlich nahe. Sie haben es nicht auf den Nobelpreis für Literatur abgesehen. Sie schreiben, ohne sich in besonderem Maß beim Schreiben beobachtet zu fühlen, mit wenig Verstand und viel Charakter, immer der eigenen Nase nach.

Lieber Konrad, hättest du eine Frau und ein paar Kinder, dann würde es dir vergehen, nach dem Sinn des Lebens zu fragen.

Ich selber fühle mich beim Schreiben fast immer beobachtet, es fällt schwer, dieses Gefühl ganz auszuschalten, obwohl ich mich sehr bemühe. Dann lange ich nicht ganz so weit, wie ich könnte und müsste, in die Tiefe meines Lebens und meiner Person hinab. Aber bestimmt lässt sich, wenn ich aufmerksam bin, aus dem beiläufig Geschriebenen etwas lernen. Zumindest schaffe ich es, herauszufinden, wie ein unbeobachtetes Schreiben aussehen kann. Und wenn ichs mir oft genug bewusst mache, es mir ständig und eindringlich vorsage, mir angewöhne, nichts darauf zu geben, was andere über mich denken: Vielleicht gelingt es mir dann, ein Originalschriftsteller zu sein.

Ich müsste so schreiben können, wie ich zuletzt meine Runden absolviert hatte, mit einem ganz natürlichen Leck-mich-am-Arsch-Gefühl.

Ich war jetzt achtunddreißig Jahre alt, eine kleine Berühmtheit, hatte viel Arbeit, viele Ängste, zwei Frauen und unabhängig davon zwei Leben. Ich hatte einen dementen Vater, eine rastlose Mutter, lebte mittlerweile in einer 80-Quadratmeter-Wohnung. Und manchmal weinte ich bittere Tränen, weil mir alles zu viel war.

O. besuchte mich eine Woche lang in Wien, sie begleitete mich, als ich loszog, um mir einen Anzug zu kaufen. Sie sagte:

»Now you are finally a man.«

Die Wohnung im Dakota Building stand weiterhin leer. Aber ich verspürte keinen Wunsch mehr, mich aus meinem kleinen Revier hinauszuwagen. O. sagte lachend, jetzt müsste ich im Dakota Building unter falschem Namen wohnen, und wir müssten uns heimlich treffen, denn ihr neuer Freund, ein Orchestermusiker, sei nicht nur eifersüchtig, sondern wäre ebenfalls gerne ein Schriftsteller, deshalb sei er nicht gut auf mich zu sprechen.

K. beendete ihre Ausbildung zur Kinderärztin und kam zurück nach Wien. Sie zog bei mir ein. Für einige Wochen, bis sie ihre neue Stelle antreten konnte, hatte sie nichts zu tun. Da fügte ich den vorhergehenden nicht ruhmreichen Kapiteln in unserer Beziehung ein nächstes hinzu.

Von der ersten Sekunde an erzeugte K.s Anwesenheit bei

mir ein Gefühl von Enge, das sich langsam steigerte. Ihre Anwesenheit, ihre Blicke, ihr Lachen, wenn sie mit Freundinnen telefonierte: Alles an ihr reizte mich. Gleichzeitig nervte mich meine Gereiztheit, oft hätte ich aus der Haut fahren wollen.

Heute, wenn ich zurückblicke, verstehe ich besser, wie schlecht es mir damals ging. K. besteht darauf, dass ich ein Burnout hatte, obwohl ich bestreite, ein Burnout gehabt zu haben. Aber erschöpft und überreizt war ich in einem Ausmaß, das die Verwendung des Wortes, das oft nur ein Wort ist, rechtfertigen mag. Leider ließ ich meine Überforderung an K. aus. Sie war sehr unglücklich und hatte allen Grund dazu. Zuweilen schaute sie mich in solcher Bestürzung und Verwirrtheit an, als begriffe sie nicht, was aus ihrem Leben geworden war.

Wenn auch ich ausreichend vor mir selbst erschrocken war und mich entschuldigte und K. offen begegnete, ging sie mir an den Kragen, dann zahlte sie mir alles zurück.

Sie sagt zufrieden:

»Manchmal war ich richtig gemein zu dir!«

Zimperlich waren wir beide nicht, das stimmt. Dass mir K. nichts schuldig geblieben ist, macht es auch mir leichter. Doch der Hauptgrund, weshalb K. und ich heute darüber lachen, ist der, dass wir seit bald fünfzehn Jahren auf eine fast unzulässige Weise glücklich sind. So werden die schlechten Jahre rückblickend zur Episode. Nur jetzt, wenn ich darüber schreibe, empfinde ich deutlich, wie elend und einsam wir beide waren und dass ein späteres Glück keine ausreichende Entschuldigung darstellt für ein solches Versagen.

Jedem Geräusch, das K. in der Wohnung machte, horchte ich argwöhnisch hinterher. Wo sie ging und stand, war falsch. Sie drückte sich von einem Zimmer ins andere und musste sich trotzdem sehr harte Deutungen ihrer Alltagsgewohnheiten gefallen lassen.

Beziehungskrisen bringen an den Beteiligten hässliche Gesichter zutage, besonders an mir. K. hat sich besser geschlagen. Sie sagt, sie sei damals zu der Erkenntnis gelangt, dass sie etwas aushalte, jedenfalls mehr als ich. Da ist wohl etwas Wahres dran. Und sie sei obendrein weniger neurotisch als ich. Das stimmt mit Sicherheit. Aber sie sagt auch:

»Nie, aber auch *nie!* hätte ich gedacht, dass ich wenige Jahre später, während du schreibst, ganz selbstverständlich in deinem Arbeitszimmer sitzen, Zeitung lesen und dich jederzeit völlig zwanglos beim Schreiben unterbrechen kann. Das widerspricht jeder Logik und jeder Wahrscheinlichkeit.«

»Es ist mir selber unverständlich«, sage ich, »vielleicht muss man es einfach nur zulassen.«

K. zog in eine eigene Wohnung, in zwanzig Minuten Fußdistanz zu meiner Wohnung. Sie fuhr mehrfach allein in den Urlaub, ausgesprochene Vergnügungsreisen seien es nicht gewesen. Ich selbst machte regelmäßig meine Runden, erzählte K. von dem, was ich erlebte. Sie erzählte von dem, was sie erlebte. Jeden Monat fuhr ich für eine Woche nach Wolfurt zu meinem Vater. Ich schrieb Erzählungen, schrieb Artikel, arbeitete im Elternhaus im Garten. Die nervlichen Ruhetage wurden wieder häufiger, und die Anspannung ließ nach.

Mein Vater hatte jetzt Ganztagsbetreuung durch Frauen aus der Slowakei. Die eine weinte, wenn sie kam, die andere weinte, wenn sie ging, ein bisschen unübersichtlich. Auch konnte mein Vater jetzt Dinge abstreiten, noch während er sie tat und indem er damit fortfuhr.

Wenn ich am Küchentisch saß und arbeitete, irritierte ihn neuerdings mein Tippen. Er begriff nicht, woher das Geräusch kam, denn der Bildschirm des Laptops verdeckte die Tastatur. Als ich mich umsetzte, damit er das Tippen sehen konnte, klopfte er nicht länger gegen den Heizkörper oder schaute unter den Tisch.

Wir redeten über meine Arbeit und über seine frühere Arbeit als Gemeindeschreiber. Aber meistens kam er rasch vom Thema ab. Er hatte Halluzinationen, denen er auf den Grund zu gehen versuchte. Mitten im Gespräch sagte er zu sich selbst:

»Was ist das?«

Dann schaute er seinem ausgestreckten Finger hinterher, stand auf und folgte dem Finger. Wohin? Das blieb ein Rätsel.

Was mich verblüffte: So verwirrt er war, er blieb ein kluger und witziger Mann. Als in den Nachrichten eine Meldung über die Finanzkrise gebracht wurde, sagte er:

»Das ist auch so ein Saftladen. Mit denen kannst du nichts mehr anfangen. Mit mir wenigstens noch mehr.«

Er wusste nach wie vor Bescheid. Und auch Daniela, die er von allen Betreuerinnen am liebsten mochte, sagte, es sei erstaunlich, dass er gewisse Dinge intuitiv wisse. Am Tag vor meiner Ankunft habe er ständig den Hals gereckt, wenn er im Haus etwas zu hören meinte, und dann gefragt:

»Ist das Arno? Kommt Arno?«

Und wie sie selbst vor zwei Wochen ihren Dienst angetreten und Sonja abgelöst habe, habe er sie angeschaut und gesagt:

»Wo warst du so lange?«

Sie habe gesagt:

»Ich war hier.«

Aber er habe gesagt:

»Nein, du warst nicht hier.«

Im Dezember, vor ihrer Abreise in die Slowakei, habe er, schon im Bett, Daniela dreimal zurückgerufen und sie gefragt, wohin sie gehe. Er habe genau gespürt, dass sie nach Hause fahre.

So war es auch, als ich ihn vor meiner Abreise in die Tagesbetreuung des Seniorenheims brachte, er war nervös und sagte, ich würde ihn alleinlassen. Es tröstete ihn nicht, dass ich sagte, ich würde wiederkommen. Er wollte mir folgen, und ich hörte eine Pflegerin sagen:

»August, du kannst nicht mitgehen, Arno muss Dinge erledigen.«

Er stand in der Tür, sah mir hinterher, und ich meinerseits sah, dass er festgehalten wurde. Schließlich gab er dem Ziehen an seinem Arm nach, und die Tür wurde geschlossen.

Manchmal, beim Essen, hielt er mich mit der einen Hand fest, damit ich nicht weggehen konnte. Mit der anderen Hand aß er.

Deshalb kam ich so oft wie möglich nach Wolfurt. Ich muss sagen, diese Aufenthalte haben auch meinem eigenen Gleichgewicht viel geholfen.

Die Beziehung zu K. drehte sich zurück auf die lichte Seite. Aus Streit wurde Reden, aus Reden wurde Gespräch. Dass bei K.s Mutter ein unheilbarer Gehirntumor diagnostiziert wurde mit der Gewissheit, dass sie, die jüngste unserer Eltern, bald sterben werde, trug zu den Veränderungen bei. Nach dem Scheitern der Ehe meiner Eltern stand nun auch die Ehe von K.s Eltern vor einem krankheitsbedingt jähen Ende. K. sagt, dieses Unglück habe bei ihr vieles angestoßen und vieles relativiert. Sie habe sich gefragt: Wie stelle ich mir meine Zukunft vor? Worüber streiten wir eigentlich die ganze Zeit? Wollen wir noch ein weiteres Jahr über solchen Scheiß streiten? Doch wohl nicht?

Zehn Jahre zuvor waren M. und ich aus unserer Liebe zueinander herausgewachsen. Jetzt wuchsen K. und ich in unsere Liebe zueinander hinein.

Krisen bekommen ihre Bedeutung erst vom Ende her zugewiesen. Dass K. und ich trotz der schlechten Jahre, die wir hatten, noch ein Paar sind, gibt unserer Beziehung Stabilität. Es mag seltsam klingen, wenn ich schreibe, dass auch die gemeinsam durchgestandenen Miseren zum Kitt gehören, der eine Beziehung zusammenhält. Bei uns ist es so.

Wir lernten einander besser kennen. Das gegenseitige Verständnis bekam eine feinere Abstimmung. Wir wissen heute auf konkretere Weise aufgrund der Enttäuschungen, die wir einander zugemutet haben, dass Vertrauen ein wertvolles Gut ist, zu schade zum Verschleudern.

Meinen vierzigsten Geburtstag verbrachte ich in Wolfurt. Ich saß über der Niederschrift von *Alles über Sally*, drittes

Kapitel. Da das Schreiben gut lief und ich körperlich in guter Verfassung war, verschwendete ich kaum einen Gedanken an meinen Geburtstag. Meinen Vater beschäftigte derlei ohnehin nicht. So verstrich der Tag ohne Besonderheiten. Nur am nächsten Morgen, beim Aufwachen, dachte ich: Schade, ein Dreier vorne war schöner.

Dann ging ich in den oberen Stock und weckte meinen Vater. Ich half ihm beim Anziehen. Als ich ihm die Hosenträger befestigte, fragte er, wofür das sei, und ich sagte, damit er die Hosen nicht verliere. Er schaute mich traurig an und sagte:

»Mir wäre lieber, ich würde meinen Verstand nicht verlieren.«

Das machte mich betroffen. Da stand ich, vierzig Jahre alt, halb so alt wie mein Vater, auf sehr schmerzhafte Art mit Alter und Krankheit konfrontiert. Aber diese Konfrontation verrückte auch in meinem Gehirn einige Dinge. Restbestände an Jugendlichkeit, die es an mir lange gegeben hatte, blieben zurück. Das Spielerische, das mich lange charakterisiert hatte, *spielte* keine Rolle mehr. Ich war ein ernsthafter Mensch geworden.

Meine Runden absolvierte ich während dieser Zeit selten, es entstanden teils monatelange Pausen. Das bedauerte ich. Aber vor die Frage gestellt, ob ich weniger Zeit mit meinem Vater verbringen solle, verdrängte Achselzucken das Bedauern. Man kann nicht alles haben.

Immerhin schloss sich im Jahr 2008 bei den Runden ein Kreis. Erstmals fand ich im Altpapier ein Buch von mir, eine schiefgelesene Taschenbuchausgabe von *Es geht uns gut*. Im ersten Moment wusste ich nicht, was ich davon halten sollte. Ich blickte mich verstohlen um in einem Moment der Entfremdung, seltsam, dass der preisgekrönte Autor des Buches und der Mülltaucher, der das Buch aus der Tonne fischt, ein und dieselbe Person sind. Da stimmt doch etwas nicht, das ist wie *Dr. Jekyll & Mr. Hyde*. Außerdem war ich ein bisschen gekränkt. Da wirft doch tatsächlich jemand ein Buch von mir weg. Sauerei! Dann rief ich mir in Erinnerung, dass das Wegwerfen auch in *Es geht uns gut* thematisiert wird. Der Protagonist, Philipp, räumt das Haus seiner Großeltern aus, wirft Bücher weg, wirft Fotografien weg, wirft Korrespondenzen weg. Und als ihn das schlechte Gewissen packt, läuft er hinaus auf die Straße, um das Weggeworfene zurückzuholen. Zu spät. Jemand ist ihm zuvorgekommen, das Weggeworfene hat den Interessenten gefunden, der Philipp nicht gewesen war.

Als wir im Jahr darauf, nachdem mein Vater ins Seniorenheim übersiedelt war, in Wolfurt das Elternhaus entrümpelten, empfand ich es als bedrückend, wie viele Dinge meine Eltern gehortet hatten, nutzlose, wertlose Dinge, die sie in einer nie eintretenden Zukunft nochmals zu brauchen meinten. Davon, dass ich zum Spezialisten fürs Wegwerfen geworden war und es als unverzichtbaren Vorgang betrachtete, wussten meine Mutter und meine Geschwister nichts. Aber es fiel doch auf, dass ich wie mit der Mistgabel durchs Haus fuhr, glücklich, wenn ich etwas aufgespürt hatte, von dem ich mich nun auf ewig trennen würde. Mehr Platz, mehr Licht, mehr Leben. Und weg damit! Auf Nimmerwiedersehen! Sic transit gloria mundi!

Im Bett, kurz vor dem Einschlafen, sagte K.:

»Während die andern reden, ob man etwas noch brauchen kann, hast du es schon in den Container getreten.«

Wegwerfen ist eine Kulturtechnik, die zum Führen eines Lebens dazugehört wie die Fähigkeit zu Ja und Nein. Es schafft Platz für Veränderung, für Verbesserung oder für nichts. Das Nichts ist erstrebenswerter als Berge von unnützem Kram.

Die einen Menschen werfen weg, wenn sie glücklich sind, die andern werfen weg, wenn sie deprimiert sind. Manche besitzen ein ausgeglichenes Naturell und werfen weg, wenn die Umstände es erfordern. Und wer nicht wegwirft, ist krank, vielleicht nicht buchstäblich krank, aber doch krank und jedenfalls nicht zu beneiden. Am Ende häuft sich immer das Schlechte an, Schulden, Sünden und Gerümpel.

Lebe ich ein erfülltes oder ein angefülltes Leben? Das ist eine Frage, die ruhig öfter gestellt werden dürfte. Wenn ich mehr mit der Organisation als mit dem Gebrauch meines Besitzes zu tun habe, geht ein Zugewinn an Besitz mit einem Verlust an Lebensqualität einher. Ein bis zum Platzen angefülltes Leben kann niemals ein erfülltes Leben sein.

Fast alle Häuser und Wohnungen, die ich kenne, sind vollgestopft mit Dingen, zehntausend Gegenstände, die Wohnraum beanspruchen, beheizt und zwischendurch neu organisiert werden müssen, damit hinzukommende Dinge ebenfalls Platz beanspruchen können. Meist folgt dem Fehler, Unnötiges angeschafft zu haben, der nächste Fehler: dass man sich von dem Unnötigen nicht augenblicklich wieder trennt.

Wie im Leben die Funktionen des Vergessens besorgt werden müssen, müssen die Funktionen des Wegwerfens besorgt werden, sie sind unverzichtbarer Bestandteil der menschlichen Kultur. Wer klug ist, befreit sich, so rasch es nur geht, von ungenutzt herumliegendem Besitz. Denn es macht einen Unterschied, zwischen welchen Dingen ich meinen Alltag verbringe. Jeder Besitz verändert das Umfeld, verlagert den Schwerpunkt, beeinflusst die Person.

Früher, wenn ich im Altpapier etwas Schönes fand, war ich fassungslos, dass jemand die zum Wegwerfen nötige Herzenskälte besessen hat, den erforderlichen Mangel an Interesse. Ich fragte mich, ob man so was an Blödheit schon gesehen hat. Bei den nordamerikanischen Ureinwohnern hieß es, wer die Knochen seiner Vorfahren verkauft, also das Land, in dem die Vorfahren begraben sind, ist nicht besser als ein wildes Tier. Das traf in meinen Augen auch zu, wenn jemand sich eines Gedichtbandes von Sergej Jessenin entledigte.

Mittlerweile habe ich ein natürliches Verständnis dafür entwickelt, dass Wegwerfen etwas Unverzichtbares ist. Ich denke nicht mehr viel darüber nach, warum jemand etwas wegwirft. Vor allem mache ich es nicht mehr zu meiner Sache, darüber zu urteilen. Manches wird über zwei oder drei Generationen weitergegeben. Aus der vertrauten Person wird ein entfernter, dann unbekannter Vorfahr. Man schiebt das Erbe von einer Ecke in die andere, bis auch der letzte Kontakt abreißt. Die Dinge verdämmern noch einige Jahre wie tot in einer Schublade "bei gelöschtem Licht", ein Andenken an …

An wen eigentlich? Wer waren diese Menschen? Keine Ahnung. Hat hier jemand noch Interesse? Nein. Jetzt liegen drei Bündel Briefe am Grund eines 800 Liter fassenden Behälters für Altpapier.

Ein Alltagsbrief trägt seine Vergänglichkeit von Anfang an in sich. Er ist zu einem bestimmten Zweck geschrieben und wird in den meisten Fällen weggeworfen, sowie dieser Zweck erfüllt ist. Manche Briefe werden aufbewahrt, meistens hat das emotionale Gründe. Handelt es sich um eine größere Anzahl von Briefen, findet sich eine passende Schuhschachtel oder ein buntes Stoffband, mit dem die Briefe geschnürt werden können. Manche Briefsammlungen werden gelocht und in Mappen geordnet. Allen gemeinsam ist, dass sie in Schränke oder Schubladen kommen. Dort nistet sich bald auch der Staub ein.

Letztlich muss jeder Mensch für sich entscheiden, ob ein Besitz für ihn noch Bedeutung hat. Manche Menschen verspüren keine Lust mehr, ihre Vorfahren zu ehren, zumal wenn sie deren Handschrift nicht entziffern können. Niemand ehrt gern, was er nicht versteht. Manche werden mit ihrer Vergangenheit nicht fertig. Andere sind mit ihrer Vergangenheit fertig, und zwar ganz. Was ehedem der schönste Tag war, verwandelt sich in den größten Fehler. Nach der Scheidung landet nicht nur das Album mit den Hochzeitsfotos im Altpapier, sondern auch die gewechselten Liebesbriefe. Nur weg damit, jetzt bin ich's los! Die Altpapiertonne ist ein Friedhof der geplatzten Träume. Und eine Zweigstelle des echten Friedhofs. Mit dem Sterben der Menschen geht das große Aufräumen einher. Die Toten lassen viel zurück, und das Zurückgelassene nimmt Platz in Anspruch. Kann auch sein, dass die Toten Platz in Anspruch nehmen, solange das Zurückgelassene an sie erinnert.

Auf dem Friedhof wird der Toten gedacht. Die Altpapiertonne hingegen ist eine Auslöschungsanstalt. Indem das Papier zerstört wird, verschwindet auch der auf dem Papier festgehaltene Geist. So entsorgt man seine Toten ganz.

Die Person ist weg, und ihre Hinterlassenschaft ist weg. Und jetzt ist alles Übrige weg. Es bleibt nur zu sagen: Das wars! Mitdenkend mein eigenes Schicksal.

Es gibt hundert und mehr Gründe, Dinge wegzuwerfen. Meistens sind es, glaube ich, gute Gründe, auch dann, wenn ich als Außenstehender das Weggeworfene großartig finde. *Großartig* ist in diesem Zusammenhang ein teilweise missverständliches Wort, denn aus grundsätzlich menschlichen und eigennützig beruflichen Motiven fällt unter großartig hier auch das Traurige, das Konfliktbehaftete, das Schäbige und Schreckliche.

Die drei Bündel Briefe, die am Boden eines 800 Liter fassenden Behälters liegen, sind jetzt nichts mehr, was Dauer haben soll. Sie befinden sich ganz unten, am Grund. Die ursprüngliche Bedeutung der Briefe ist erloschen, etwas Persönliches ist zu Abfall geworden. Der Abfall soll zu Brei geschlagen werden, damit aus dem Brei Neues entstehen kann.

In der Abfalltonne ist alles reduziert auf seine materielle Natur: Papier. Das Papier wird nach Gewicht bemessen, es soll zirkulieren, aus Papier wird wieder Papier. Der geistige Gehalt, der mit dem Papier verbunden ist, hat kein Gewicht.

Die Gratiszeitung von gestern, die mir die Sterne deutet, wiegt mehr als ein zehnseitiger Brief, auf dem das Wunder der Handschrift schimmert. Deshalb ist die Gratiszeitung mehr wert als der Brief. Und der überraschende Satz in diesem entwerteten Lebenszeugnis wiegt gar nichts. Er schickt sich stumm in sein Los.

Wenn ich komme und den Brief mit dem überraschenden Satz aus dem Behälter nehme, kehrt sich das Verhältnis wieder um. Dann ist der Brief mehr wert als die Gratiszeitung, dann ist der Inhalt mehr wert als das Trägermaterial. Und der Satz in dem Brief wird womöglich verwandelt in einen ganz anderen Rohstoff, in Rohstoff für etwas, dessen Gewicht von keiner auf Gramm und Kilo geeichten Waage gemessen werden kann: Literatur.

Recycling, das ist, was Beat Wyss in einem anderen Zusammenhang die Rückverzauberung entzauberter Dinge nennt.

Der Baron empfing uns in einem prachtvollen, fast bodenlangen Hasenfellmantel.

Der aus der Überflussgesellschaft fortwährend sich ergießende, nie abreißende Strom aus Papier flutet an mir vorbei. Manchmal kommt es mir vor, als sähe ich wochenlang immer dasselbe Papier, ununterscheidbar, ein Wirrwarr aus ödem Zeug, bei dem ich mich nur frage, warum die Menschen es je besessen haben. Und auch das Wetter ändert sich wochenlang nicht. Das Licht blendet, der Schweiß brennt in den Augen. Hunde scheißen auf die Straße. Autos werfen

Staub darauf. Ich fahre durch den Sand, der an einer Unfallstelle ausgestreut wurde. Da gab es nicht nur Öl, sondern auch Blut. Und die Blätter der Bäume wechseln von Grün auf Gelb, fallen herunter, das Rot wird ganz vergessen, das wars. Wie ein wüst hingeschütteter Misthaufen ist die schönste, vollkommenste Welt.

Und das? Was ist das? Was leuchtet da hervor zwischen Reklame, Gratiszeitungen und armdicken Möbelkatalogen? Eine von einem Kind gezeichnete Schatzkarte mit der durch ein ☒ bezeichneten Stelle, an der ein Schatz vergraben ist, linker Hand beim Bach unter dem großen, allein stehenden Baum.

Manchmal wurde mir langweilig, wenn ich die vielen Gratiszeitungen und Weinkartons sah. Manchmal bekam ich eine richtige Wut vom vielen Dreck im Altpapier, dann wollte ich heraus aus meiner Tretmühle und fuhr nach Hause, um mich hinter den Schreibtisch zu klemmen. Manchmal war es umgekehrt, da empfand ich den Schriftsteller, der versucht, Kunstwerke zu schaffen, als einen größenwahnsinnigen, auf der Stelle tretenden Strohkopf, und es kam mir sinnvoller vor, eine Runde zu machen, raus an die frische Luft.

Im Jahr 2007 hatte ich einen schweren Fahrradsturz, doch kam ich glimpflich davon mit großflächigen Abschürfungen im Gesicht und Prellungen entlang der rechten Seite. An den ersten beiden Tagen konnte ich den rechten Arm nur unter großen Schmerzen bewegen und ließ mich von K. bedienen. Die Krusten im Gesicht fielen nach einer Woche ab, und ich kehrte auf meinen Parcours zurück. Fortan stürzte ich mich nicht mehr mit Todesverachtung die steilen Straßen hinunter, und ich bemühte mich um die Verbesserung meiner Kurventechnik. Immer Vorsicht! Gemach, gemach!

Ende 2009 vergriff ich mich beim Längsseitsgehen an einer Müllstation, stürzte um ein Haar und verrenkte mir den Ringfinger der rechten Hand. Der Finger stand ganz schief. Ich musste ihn mit Gewalt in die gewohnte Position bringen, was unter hörbarem Knirschen gelang. Ein Geräusch wie beim Zähneziehen. Im ersten Moment tat es höllisch weh, zu meiner Überraschung konnte ich den Finger anschließend wieder normal bewegen. Ich redete mir gut zu und fuhr die Runde zur Gänze aus.

Innerhalb von fünfzehn Monaten schrieb ich zwei Bücher, *Alles über Sally* und *Der alte König in seinem Exil*. Ich hatte *Der alte König in seinem Exil* kurz zuvor abgeschlossen, da starb K.s Mutter während eines Urlaubs, den sie mit K. verbracht hatte. K. rief mich aus dem Hotel an, schilderte, wie sie die Tür zum Zimmer ihrer Mutter vom Hotelpersonal habe öffnen lassen. Sie habe schon geheult, noch ehe die Tür geöffnet worden war. Eine schwierige Zeit. Aber wie gesagt, auch wenn es kein Ruhmesblatt ist, dass wir die Warnungen durch die Krankheiten der Eltern nötig hatten, K. und ich rückten wieder eng zusammen.

Über Jahre hinweg war K. mir gegenüber sehr empfindlich gewesen. Sie hatte dafür gesorgt, dass ich meine Verfehlungen aus früheren Jahren nicht vergaß. Jetzt sagte ich zu ihr, diese Dinge lägen hinter uns, wir seien noch immer ein Paar, und sie solle sich entscheiden, ob sie die alten Geschichten als Durch- und Ausgestandenes zu unseren Gemeinsamkeiten legen oder sich trennen wolle. Sie schaute mich forschend an, und schließlich nickte sie. Was gewesen war, war gewesen.

Als im Februar 2011 *Der alte König in seinem Exil* erschien, das Buch über meinen Vater, hielten K. und ich uns in Wolfurt auf. Das Buch war vom ersten Tag an ein großer Erfolg, es verkaufte sich innerhalb eines Jahres fast eine halbe Million

Mal. Für mich war es wichtig, dass ich das Erscheinen des Buches in Wolfurt erlebte. Ich hatte keine Veranstaltungen, keine Interviews. Stattdessen besuchten K. und ich meinen Vater, wir scherzten und lachten. Wir machten lange Spaziergänge in der warmen Wintersonne. Im Lauteracher Ried, wo es flach und übersichtlich ist, sah ich mich um, ob jemand in der Nähe ist, dann machte ich Luftsprünge.

Mein Vater, den das Leben in den Vorjahren grob zur Seite geschoben hatte, stand für einige Zeit im Mittelpunkt. Die Menschen in Wolfurt hatten wieder etwas, worüber sie mit ihm reden wollten, sie gratulierten ihm, klopften ihm auf die Schulter. Zuvor war er auch von ehemals guten Bekannten wegen seiner Krankheit gemieden worden. Die kurzen Gespräche, die zustande gekommen waren, hatten in einer Atmosphäre der Befangenheit stattgefunden. Jetzt spürte mein Vater den Unterschied nicht nur thematisch, es gab da etwas Tieferes, aus dem Respekt und Zuneigung sprach, im Tonfall, in der Körpersprache. Das linderte seine Irritiertheit, das linderte die Krankheit, mein Vater war gelöst und guter Stimmung.

Wenn ich zu ihm sagte, wir bekämen einen Preis, der Preis werde in Weimar vergeben, sagte er:

»Gut, aber ich fahre nicht hin.«

»Das erledige ich. Ich fahre auch nach Zürich und nach Bad Homburg.«

Ich zeigte ihm ein großes Foto von sich in der Zeitung. Daran fand er nichts Besonderes, er sagte:

»So etwas mache ich öfters.«

Sein wiedergewonnenes Selbstbewusstsein wertete ich als

Erfolg. Später am Tag redete er über Pläne und wie er dieses und jenes einrenken werde. Er sagte:

»Andere machen nur Schmus.«

Die Kritik zu *Der alte König in seinem Exil* war 95 Prozent Lobgesang. Doch es begegnete mir auch der Vorwurf, ich hätte meinen Vater nicht mit den Augen des Sohnes betrachtet, sondern mit den Augen des Schriftstellers, das sei verwerflich. Mich erstaunte diese Argumentation, denn ich bin nicht Schriftsteller, weil ich krampfhaft nach einem Beruf gesucht habe, sondern weil das genaue Hinsehen und Nachdenken und Schreiben meinem Wesen entsprechen. Sohn und Schriftsteller sind nicht zwei Personen, ich bin beides zugleich und vieles andere obendrein. Mein Empfinden und Denken hat sich vor dem Hintergrund des Schreibens ausgeformt, zwanzig Jahre Schreiben und Lesen und Umgang mit Sprache prägen und fügen etwas Einschlägiges zur Person hinzu. Früher oder später wird alles zur Existenzform. Auch jetzt, während ich schreibe, gibt es nichts auf einfache Art Einheitliches. Schreibend bin ich mehr als nur Schriftsteller, ich bin Lebensgefährte, Sohn, Künstler, Lumpensammler, Gauner, Bruder, guter und schlechter Freund. Alles in einem.

K. sagt, sie sei ihrer todkranken Mutter nicht nur als Tochter begegnet, sondern auch als Ärztin. »Ich bin nun einmal Ärztin, ich kann es nicht abschalten.«

Rückblickend mir vorzustellen, dass ich nicht Schriftsteller geworden wäre, hieße, mir vorzustellen, dass ich nicht ich bin. Das gilt nach so vielen Jahren auch für meine Runden. Und es gilt für die Beziehung mit K. Es bleibt etwas haften, das nicht auszulöschen ist. Spurenelemente von K. sind in jeder meiner Äußerungen verborgen. Auch meine Mutter und mein Vater haben versteckten Anteil an dem, was ich schreibe. Ich habe schon an anderer Stelle gesagt, nur weil man etwas nicht sieht, heißt das nicht, dass es nicht da ist.

Unterschiedliche Seiten einer Person treten einmal in den Vordergrund, einmal in den Hintergrund, aber weder dominieren sie je uneingeschränkt noch ist ihre Abwesenheit je vollkommen. Jede Seite ist flankiert, wird ergänzt, in Frage gestellt durch die anderen Seiten, das schafft einen Ausgleich, das gibt einer Persönlichkeit die nötige Stabilität. Ein Mensch mit nur einer Seite ist ein Monster.

Bei den Runden entstand als Begleiterscheinung des enormen Erfolgs von *Der alte König in seinem Exil* eine lange Pause, sie dauerte fast ein Jahr. Meine Präsenz in den Medien war mir nicht geheuer. Ich traute mich nicht auf die Straße aus Angst, die Leute zeigten mit den Fingern auf mich. Die Lesereise verging ohne größere Schmerzen, alles überschaubar, gut dosiert. Ich ließ mich nicht noch einmal vom Betrieb hin- und herzerren wie 2005, als mich der Erfolg von *Es geht uns gut* an den Rand des Zusammenbruchs geführt hatte. In den Hotels arbeitete ich Briefkonvolute auf, dadurch blieb die Verbindung zu meinem Doppelleben geknüpft, ich hatte meinen Schatten neben mir. Ich schrieb mehrere Preisreden. Zwischendurch schaute ich aus Hochgeschwindigkeitszügen auf die langsam wieder grün werdende Landschaft.

Auf einen Anschlusszug wartend, stand ich in Kassel auf dem Bahnsteig in der Sonne und hatte Sehnsucht nach Wolfurt. Die Vorstellung, Papa sitzt allein an seinem Tisch und die Zeit vergeht, machte mir ein schlechtes Gewissen. – Am Wochenende trafen K. und ich uns im Elternhaus.

Ende des Sommers war ich zurück im gewohnten Leben, endgültig einer, der nach der eigenen Trommel marschiert. Es stimmt nicht, dass Ruhm und Ruhe niemals zusammengehen. Mit dem Buch über meinen Vater hatte ich ein berufliches Hochplateau erreicht, auf dem das weitere Fortkommen einfacher war. Ich sagte alle Anfragen ab und lebte in einer Klarheit der Verhältnisse, wie ich sie seit der Kindheit nicht mehr verspürt hatte. Die Runden nahm ich im späteren Herbst wieder auf, von einem Tag auf den andern, zum Glück haben Muskeln ein gutes Gedächtnis. Wenn die Zudringlichkeiten des Alltags es zuließen, verletzte ich die feinen Regeln des Anstands zweimal in der Woche, so wollte ich das Versäumte des vergangenen Jahres kompensieren. Aber vor allem erholte ich mich körperlich, war psychisch stabiler. K. sagte, das liege auch daran, dass ich Besitzer eines glücklichen Geheimnisses sei.

Immer deutlicher wurde mir bewusst, wie ungewöhnlich meine Streifzüge waren und wie viele Besonderheiten mein Geheimnis barg. Erstmals hatte ich den Gedanken, dass es irgendwann möglich sein sollte, davon zu erzählen. Wie ich von meinem Vater erzählt hatte, würde ich von den Runden erzählen, bei beiden war ich in die Lehre gegangen.

K. kündigte im Krankenhaus. Lange hatte sie die Nachtdienste als Teil der Arbeit akzeptiert, ihr Glück war, sie brauchte sich nur hinzulegen, schon war sie eingeschlafen, für eine Krankenhausärztin ein wertvolles Talent. Trotzdem entwickelte K. mit den Jahren eine innere Ablehnung gegen die Nachtdienste, und sie sah es immer weniger ein, dass sie in der Nacht um halb zwei geweckt wurde, weil jemand in die Notfallambulanz kam, dessen Kind seit zwei Wochen hustete. Auch hatte sie die Nase voll von der ständigen Beschäftigung mit Team-Befindlichkeiten.

Sie wechselte in eine Kinderarztpraxis: Kassenordination. Gleichzeitig begann sie eine Ausbildung zur Psychotherapeutin. Wir stellten unseren Alltag um, K. half mir bei meiner Arbeit, ich half ihr bei ihrer Arbeit. Wir verbrachten mehr Zeit miteinander.

Es war eine interessante Sache für uns, wie sich unsere Beziehung entwickelt hatte. Wir liebten uns mehr als vor unserer Krise, ich beobachtete an mir eine Intensität der Gefühle, wie man sie, glaube ich, nur empfindet, wenn man schon so lange zusammen ist und sich nochmals verliebt. Wie es uns gelungen war, zuvor die Zweifel an der Beziehung jahrelang aufrechtzuhalten, wurde zum Rätsel. Und wie es uns gelungen war, uns nach mehr als zehn Jahren nochmals ineinander zu verlieben, war ebenfalls geheimnisvoll. Sicher, wir standen aufeinander. Wir gingen ein ähnliches Tempo. Und wir hörten nie auf, miteinander zu reden, auch als wir aneinander vorbeiredeten. Wir redeten ständig. Irgendwann versteht man einander dann doch.

Ich glaube, es ist schmerzvoller, von Beziehung zu Beziehung zu leben und sich ein ganzes Leben lang eine Hintertür offen zu halten, als sich für jemanden zu entscheiden. Es hat auch etwas Schmerzvolles, sich vorzustellen, jetzt für immer an eine bestimmte Person gebunden zu sein. Das macht die Perspektive in mancher Hinsicht eng, und das fehlende Weite muss durch Tiefe ersetzt werden, das ist im Alltag nicht immer leicht zu bewerkstelligen. Aber ich empfand etwas Unwiderrufliches, das Gefühl, ich werde mit K. zusammenbleiben. Außerdem kam ich zu der Überzeugung, dass es nicht reicht, solche Gedanken unter der Dusche zu denken, Dinge brauchen einen äußeren Ausdruck, eine greifbare Form. Deshalb beschloss ich, K. einen Heiratsantrag zu machen. Und obwohl ich mich dann gleich wieder über sie ärgerte, blieb das Gefühl des Unwiderruflichen bestehen.

Dank meiner Feldstudien besitze ich tieferes Wissen, zum Beispiel, dass Frauen es einem jahrzehntelang nachtragen, wenn man Dinge sagt wie: *Jetzt wird geheiratet!* Oder: *Ich finde, es hätte gewisse Vorteile, wenn wir heiraten würden …* Aus diesem Grund und trotz K.s Abneigung gegen bürgerliche Konventionen formulierte ich meinen Antrag schmucklos, auf neutralem Terrain, einer Brücke über den Wienfluss. Dort fragte ich K., ob sie mich heiraten wolle. Statt eines lauten, vernehmlichen *Ja* erhielt ich einen überraschten Blick. K. war perplex. Sie sagte, sie sei überfragt, sie habe über diesen Punkt bislang nicht nachgedacht. Seit ihrer Jugend empfinde sie ein Unbehagen beim Gedanken an die Ehe, sie wisse, das sei kindisch, und sie frage sich, ob sie, seit sie dreizehn sei, etwas dazugelernt habe. Und dann, meine ganze Strategie auf den Kopf stellend, sagte sie:

»Aber vielleicht sollten wir es doch tun.«

Nach allen gewonnenen Erkenntnissen durfte ich ihr dieses *Vielleicht* nicht durchgehen lassen. Wenn ihr etwas daran liege, solle sie Ja sagen, sonst Nein. Und da murmelte sie nochmals, sie sei überfragt, sie denke darüber nach. Anschließend gab es kein Gespräch mehr darüber für das nächste halbe Jahr.

Was solls! Ob eine Frau einen Heiratsantrag annimmt oder ob sie ihn nicht annimmt – ich bin überzeugt, ein Mann erholt sich nicht von dem Schreck, er wird ein anderer Mensch.

Die Anwendung des Erlernten scheiterte in diesem Fall an der fehlenden Mitarbeit von K. Doch insgesamt profitierte ich oft und in vielfältiger Weise von meinen Feldstudien. Ich gebe gerne zu, dass der persönliche Vorteil, den ich aus meinen Runden zog, immer der Hauptgrund war, warum ich so großen Gefallen daran hatte.

Erfahrungen, die außerhalb meiner Reichweite lagen, wurden mir zugänglich. Die Runden eröffneten mir Einblick in Bezirke des menschlichen Lebens, denen ich sonst nicht so nahe gekommen wäre. Ich war so ziemlich bei allem dabei, was das Leben hierzulande zu bieten hat, und setzte es in Beziehung zu meiner eigenen Wirklichkeit, zu meinen eigenen Wahrnehmungen.

Das Wort *Erfahrung* bezeichnet etwas, auf das sich nicht mit dem Finger zeigen lässt. Aber dass die Erfahrung bei mir vorhanden ist, das weiß ich, ich sage es mit einer gewissen Eitelkeit. Ich nehme für mich eine äußerst handfeste Menschenkenntnis in Anspruch und führe sie unter anderem darauf zurück, dass ich bei Hinz und Kunz durch die Schule gelaufen bin. Ich kenne Glück und Kummer aus zwei Jahrhunderten und bin, glaube ich, weniger überrascht als andere, wie merkwürdig die Menschen sind.

Früher hätte ich an diesem Punkt gesagt, mir sei nichts Menschliches fremd. Heute liegt es für mich näher zu sagen: Mir ist das eine Menschliche nicht fremder als das andere.

In einer Erzählung von Isaak Babel heißt es über eine Frau, sie habe nachts bei den Leichen gebetet und vom Leben alles gewusst. Im Großen und Ganzen habe auch ich bei den Leichen gebetet, um vom Leben möglichst viel zu wissen. Einer, der seinen Unterhalt damit verdienen will, dass er vom Leben der Menschen erzählt, tut gut daran, auf diesem Gebiet eine gründliche Spezialkenntnis zu erwerben. Um diese Spezialkenntnis habe ich mich jahrzehntelang bemüht. Gleichzeitig finde ich es naheliegend, den Menschen von dem Leben, das sie führen, Nachricht zu geben.

Nur wer eine Ahnung von sich hat, hat eine Ahnung von anderen, heißt es. Das stimmt natürlich. Aber es stimmt auch das Gegenteil: Nur wer eine Ahnung von anderen hat, hat eine Ahnung von sich, eins stärkt das andere.

Ich kam mit allen Altersgruppen und sozialen Schichten in Kontakt, ich war überall zu Hause und dadurch weniger abhängig von meiner Herkunft, von den Traditionen, in die ich hineingeboren wurde. Weniger gebunden. Vor allem wurde ich nicht ständig als der angesprochen, der ich bin, Arno Geiger, männlich, weiß, Schreibmaschinenbesitzer.

Der Pfarrer wird als Pfarrer angesprochen, die Psychotherapeutin als Psychotherapeutin, das führt zu einer gewissen Einseitigkeit. Der Pfarrer bekommt die Version für den Pfarrer, die Psychotherapeutin die Version für die Psychotherapeutin, niemals die Version für den Ehemann oder die Version für die beste Freundin. Aus dieser Zwangsläufigkeit habe ich mich befreit. Ich verschaffte mir die Version für die beste Freundin, für den Liebhaber, für den verhassten Ex-Mann (*mon con d'ex-mari*), für die Mutter, für die Rechtsanwältin, breit gestreut über alle Generationen hinweg, Tagebücher von Kindern und das Bilanzziehen von Menschen, die wissen, dass sie in absehbarer Frist sterben werden.

Ganz befreien von sich selbst kann sich keins, ich bin immer der, der liest. Aber wenn der Vierzehnjährige seine Erlebnisse dem Vierzehnjährigen schildert, kommt etwas anderes dabei heraus als im Gespräch mit der Lehrerin. Der Vierzehnjährige spricht nicht eine erwachsene Person an, sondern einen Freund auf gleicher Augenhöhe. Das verändert den Blickwinkel, das verursacht perspektivische Brechungen, die erhellend sind.

Heute verstehe ich besser, was man mir im Studium beigebracht hat: dass der eigene Blick auf die andern nur wesentlich ist, wenn wir wissen und begreifen, wie die andern leben. Zu diesem Verständnis zu gelangen, ist eine Herausforderung, die Ansprüche stellt. Da ist es bestimmt von Vorteil, wenn ich als Schriftsteller Möglichkeiten finde, mit den Menschen in Kontakt zu kommen auf eine Weise, bei der sie nicht mit Befangenheit reagieren.

Fernando Pessoa schreibt: "Wer am Rand des Tanzsaales steht, tanzt mit allen Tanzenden."

Der Mensch ist nicht frei, wenn er betrachtet, das ist mir klar. Aber mit Sicherheit freier, wenn er jemand Unbekannten betrachtet. Zu den Menschen, deren Lebenszeugnisse ich lese, stehe ich in keiner persönlichen Beziehung. Deshalb gehe ich an die Lektüre so unvoreingenommen heran, wie ich es nicht könnte, wenn es Aufzeichnungen aus der eigenen

Familie oder von Freunden wären. Da bekäme ich möglicherweise Kopfhautjucken. Im Alltag geschieht es oft, dass jemand sagt: Versuch es zu objektivieren, lass bitte außer Acht, dass du den Typen nicht ausstehen kannst und dass seine Kinder deine Äpfel stehlen. Aber so leicht ist das nicht. Auch ein Buch lese ich selten ohne Vorwissen und ohne Voreingenommenheit. Gleiches wird für die meisten Menschen gelten, die dieses Buch lesen: selten ohne Vorwissen und ohne Voreingenommenheit. Deshalb ist eins vom Wunderbaren an den Funden, die ich nach Hause brachte, dass ich nie wusste, was mich erwartet. Der Kontakt fand in einer Atmosphäre größter Freiheit statt. Und aus Freiheit entsteht Kunst.

In der Kunst ist Unbefangenheit ein außerordentlicher Wert. Ich besitze eine im besten Sinn unbekümmerte Freiheit im Umgang mit den Fundstücken, mit meinen Zufallsfunden. Es gibt keine Verpflichtungen mit Ausnahme der grundsätzlichen Verpflichtung gegen die Welt. Es gibt niemanden, der ruft, nein, so war es nicht! Niemanden, der behauptet, er wisse es besser. Weder will ich jemandes Gunst erringen noch steht ein fettes Erbe auf dem Spiel. Auch Rücksicht auf die Kinder wird nicht verlangt. Ich muss es niemandem recht machen, nehme mir kein *Blatt* vor den Mund. Denn die Fundstücke sind befreit aus den ursprünglichen sozialen Zusammenhängen, ich kann sie mir vorbehaltlos aneignen und erkläre konsequent nach meinem Interesse Dinge für relevant. Ob es sich bei dem, was ich lese, um faustdicke Lügen handelt, kann ich nicht beurteilen, das macht nichts, das Geschriebene bildet die einzig mir zur Verfügung stehende Realität, und solange mir die Lügen wesentlich vorkommen, haben sie ihre Richtigkeit. In gewisser Weise kann ich nicht einmal irren. Man irrt so leicht, wenn es um Menschen geht, die einem nahestehen. Dort irrt man besonders oft und schmerzhaft. Nicht weniger, wenn es, wie im vorliegenden Fall, um einen selbst geht. Ich kann über das eigene Leben nur schreiben, indem ich es verfälsche. Hingegen verschiebt sich das Nachdenken über mir völlig unbekannte Menschen auf die Ebene des Grundsätzlichen und auf die Ebene der Plausibilität. Etwaige Lücken fülle ich nach Belieben mit Hilfe von Ahnung und Intuition, als freier Künstler.

Die Kunst des Schreibens besteht unter anderem darin, einen souveränen Ort für sich zu finden und diesen souveränen Ort als Basis zu nutzen.

Wenn ich ein Briefkonvolut lese, nehme ich es nicht retrospektiv wahr, egal, vor wie langer Zeit die Briefe geschrieben sind. Meine Beziehung zum Gelesenen hat nur schwache Tentakel, die in die Vergangenheit reichen, die eigentliche Beziehung entsteht im Moment des Lesens und findet in der Gegenwart statt. Was ich lese, ist Teil meines jetzigen Lebens.

Das meiste, was ich in all den Jahren fand, hatte posthumen Charakter, wie gesagt, die Altpapiertonne ist eine Filiale des Friedhofs, wohin man die Leichen bringt. Doch dadurch, dass ich die Personen, deren Lebenszeugnisse ich las, nie kannte, spielte es keine Rolle, ob sie gestorben waren oder noch lebten. Das Geschriebene realisiert sich im Moment des Lesens, und die Personen werden lebendig im Moment des Lesens. In mancher Hinsicht können sie auch gar nicht sterben, solange das Geschriebene im Regal liegt, denn das Geschriebene steht für sich. Hingegen sind tote Freunde und Verwandte auf konkrete Weise tot, denn dadurch, dass sie gestorben sind, fehlt das Wesentliche.

Die Toten, die ich nie gekannt habe, sind lebendiger als die gestorbenen Freunde und Verwandten. So ist es auch mit Romanfiguren, wenn sie gut gezeichnet sind. Selbst wenn sie innerhalb der Romanhandlung sterben, bleiben sie lebendig, solange jemand den Roman liest.

Tot? Die Toten? K. sagt, die Frage, wann ein Mensch tot ist, lasse sich medizinisch beantworten: bei einem Nulllinien-EEG.

Das sterbende Kind im Krankenhaus, dessen Eltern nicht kamen, obwohl man sie vom Sterben des Kindes benachrichtigt hatte, habe ich erwähnt. Eine Ärztin und eine Krankenschwester saßen die ganze Nacht am Bett des Kindes, auch dann noch, als die Maschine ein Nulllinien-EEG anzeigte, das Kind nach medizinischen Gesichtspunkten also tot war. Aber die Beatmungsmaschine lief, das Herz schlug, das Blut floss, der Körper war warm, und die beiden Frauen streichelten die Hände des Kindes trotz Nulllinien-EEG. So viel zum Thema: Wann ist ein Mensch tot? Die Maschine sagt, das Kind ist tot. Aber nicht einmal die Krankenschwester und die Ärztin glauben es.

Auf ähnliche Weise bestehe ich darauf, dass die Menschen, deren Aufzeichnungen ich lese, nicht tot sind, obwohl sie auf dem Friedhof liegen. Das Herz schlägt, das Blut fließt, der Körper ist noch warm. Nein, sagen Sie? Aber ich spüre es, ich spüre den Pulsschlag. Ich vernehme die Lebenszeichen.

Ein halbes Jahr nach meinem Heiratsantrag kam K. darauf zurück. Zuerst wand sie sich, die Sache war ihr sichtbar peinlich, denn ein Ja passte nicht zu ihrem fortschrittlichen Selbstbild. Doch nachdem sie das schwierige Wort glücklich bewältigt hatte, strahlte sie, und in diesem Augenblick war sie noch schöner als sonst.

Heute sagt sie:

»Das war wirklich eine gute Entscheidung, wir hätten schon früher darauf kommen sollen.«

»Schön zu hören.«

Für mich ist die Ehe mit K. keine Einschränkung, sondern eine Befreiung. Meine in hohem Maß vorhandene Fantasie geht nicht länger nach außen und spielt mir dort Streiche, sondern trägt zum gemeinsamen Alltag bei.

Wir haben zwischen Weihnachten und Neujahr in Wien geheiratet. In dem großen, für mehrere Stadtbezirke zuständigen Standesamt am Schlesingerplatz waren wir das einzige Hochzeitspaar an diesem Tag. Ungewöhnlich war der gewählte Zeitpunkt auch deshalb, weil es heißt, dass an den Tagen zwischen den Jahren die Tore der Totenwelt geöffnet sind, Frau Holle und Frau Perchta, die Anführerinnen der wilden Heere, streichen auf der Erde umher, in ihrem Gefolge unsere toten Vorfahren.

Bei der Heirat ging es K. und mir nicht um eine Geste vor

der Gesellschaft, sondern um eine Geste voreinander. Für uns war die Heirat Ausdruck des Versprechens: Ich vertraue dir auch in Zukunft. Aus diesem Grund heirateten wir ohne Gäste, nur mit den obligatorischen Trauzeugen, zwei Freundinnen von K. Vielleicht kamen statt der Verwandten, die von der Heirat nichts wussten, die toten Vorfahren. Wenn ja, glaube ich, sie waren uns freundlich gesinnt. Von den Toten erwarte ich, dass sie Bescheid wissen über die Gewundenheit des Lebens.

Über meine Mutter habe ich mich bisher nicht so oft geäußert wie über meinen Vater. Sie ist fünfzehn Jahre später geboren als er. Als mein Vater dement wurde, waren die beiden bereits getrennt, und meine Mutter stand noch etliche Jahre im Beruf. Ungewöhnlich für eine Frau ihrer Generation, kann sie trotz der vier Kinder auf ein beinahe lückenloses Berufsleben verweisen. Im dörflichen Wolfurt war sie eine Exotin – sehr ungewöhnlich, dass sie ihre Berufstätigkeit gegen viele Widerstände durchzog in dem unbedingten Willen zur Selbstständigkeit. Mein Frauenbild ist davon geprägt, es schlägt sich in all meinen Büchern nieder.

Meinem Vater war die Berufstätigkeit meiner Mutter nicht ganz geheuer. Teils unterstützte er sie, teils schämte er sich vor dem Dorf, weil er fand, das Geld, das er verdiene, würde *eigentlich* reichen. Gleichzeitig überließ er meiner Mutter sogar das Autofahren, noch zehnmal ungewöhnlicher in der damaligen Zeit, der eigentliche Offenbarungseid. Mein Vater lehnte sich tief in den Beifahrersitz und träumte zum Seitenfenster hinaus.

Sowie das jüngste Kind in den Kindergarten aufgenommen war, fing meine Mutter wieder an, als Lehrerin zu arbeiten. Zwecks Übersichtlichkeit im Tagesablauf wurde sie zu meiner Erstklasslehrerin. So konnte sie nach der Schule mit dem zweitjüngsten Kind an der Hand das jüngste vom Kindergarten abholen. Den beiden älteren wurde zugetraut, dass sie von der Volksschule alleine nach Hause fanden.

Die eigene Mutter als erste Lehrerin? So richtig empfehlen kann ich diese Erfahrung nicht. Meine Mutter behandelte mich strenger als die andern Kinder, ich wurde benachteiligt, damit es nicht hieß, ich würde bevorzugt – das hieß es trotzdem. Die Folge war, dass ich, sechsjährig, mich darin üben musste, mich unauffällig zu machen, was mir schlecht gelang. Wohl hatte ich Instruktionen erhalten, mir alles Familiäre für zu Hause aufzusparen, doch war meine Lehrerin nun einmal mehr als meine Lehrerin, schwierig zu vergessen. Und zu Hause umgekehrt, dort war meine Mutter mehr als meine Mutter, ebenfalls schwierig zu vergessen. Zum Beispiel schrieb ich mir nie auf, was als Hausübung aufgetragen wurde. Ich konnte zu Hause fragen. Und wen ich fragte, die Mutter oder die Lehrerin, war nicht ganz klar. Aber fraglos haben mir Mutter und Lehrerin in Personalunion das Lesen und Schreiben beigebracht. Vielleicht bekam ich damals erstmals vor Augen geführt, dass man im Leben nicht nur eine Gestalt einnimmt, sondern mehrere gleichzeitig.

Dem Großziehen der vier Kinder und dem Unterrichten an der Dorfschule ordnete meine Mutter zwei Jahrzehnte lang andere Bedürfnisse unter. Es muss ein Alltag im ständigen Galopp gewesen sein. Während wir Kinder am Abend vor dem Fernseher *Die Waltons* schauten, machte meine Mutter am Küchentisch die Vorbereitung für den nächsten Tag, fleißig, ausdauernd, unglücklich. Die Trauer über das, was auf der Strecke blieb, machte sich von Jahr zu Jahr stärker bemerkbar. Die übliche Geschichte. Sie wartete, bis das jüngste Kind die Schule beendet hatte, dann zog sie aus Wolfurt fort. Gefragt nach den Gründen: »Abstand vom Bisherigen, etwas erleben, das große Gefühl.« Im ersten Moment bedauerte ich es, dass ich eine Mutter hatte, die ihre Freiheit suchte, denn somit fiel auch die Familie als möglicher Ort der Stabilität weg. Gleichzeitig sah ich die Notwendigkeit der Trennung ein.

Aus dem äußersten Westen Österreichs ging meine Mutter zurück in den Osten, wo sie geboren worden war, zuerst in ihre Geburtsstadt St. Pölten, später nach Wien. Sie arbeitete weiterhin als Lehrerin, reiste um die halbe Welt, notfalls allein. Wie mein Vater legte sie großen Wert auf Autonomie. Ich muss sagen, als junger Mensch habe ich behauptet, dass ich meinen Eltern nicht besonders gleiche. In Wahrheit bin ich vom selben Holz.

Sowohl in Wolfurt als auch in Wien trafen meine Mutter und ich uns regelmäßig. Nach ihrer Pensionierung half sie bei der Betreuung meines Vaters, solange er noch zu Hause lebte. Später besuchte sie ihn während ihrer Aufenthalte fast täglich auf der Pflegestation und führte ihm beim Abendessen den Löffel. Um sicherzustellen, dass möglichst oft jemand im Elternhaus war und meine Geschwister die nötige Entlastung hatten, lösten meine Mutter und ich uns in Wolfurt ab. Oft kam ich, wenn sie abreiste, oder umgekehrt. Viele Kontakte fanden telefonisch statt.

Auf den Tag genau fünf Wochen nachdem K. und ich geheiratet hatten, rief ich meine Mutter am frühen Nachmittag an, um zu fragen, ob sie gut in Wolfurt eingetroffen sei. Ich erreichte sie nicht, was nicht ungewöhnlich war. Am späten Nachmittag probierte ich es nochmals, jetzt kam eine Verbindung zustande, aber meine Mutter meldete sich nicht. Ich trennte die Verbindung, versuchte es noch einmal. Wieder kam die Verbindung zustande, aber kein Gespräch. Jetzt fiel mir auf, dass ich im Hintergrund Fernsehgeräusche hörte, gut verständlich, an der Qualität der Verbindung konnte es also nicht liegen. Ich fragte meine Mutter, ob etwas mit ihr sei. Als Antwort kam ein dumpfes, brummendes Geräusch, das ich als Stöhnen interpretierte, obwohl es nicht wie ein Stöhnen klang. Mein Puls schoss in die Höhe. Ich fragte nochmals. Wieder dieses dumpfe, brummende Geräusch. Ich fragte meine Mutter, ob sie Hilfe brauche. Stille. Ich fragte, ob sie in Wolfurt sei. Stille.

»Mama, bist du in Wolfurt?«

Nichts.

»Bist du in Wien oder in Wolfurt?«

Nichts.

»Mama, bist du in Wolfurt?«

»Ja.«

Das war das letzte Wort, das ich meine Mutter für die nächsten zwei Wochen reden hörte.

Ich rief Peter an, meinen älteren Bruder, der neben dem Elternhaus wohnt. Er lief hinüber und alarmierte die Rettung. Dann meldete er sich wieder und schilderte die Situation. Mama habe eine vollständige Halbseitensymptomatik, rede kein Wort, also Schlaganfall. Ich war wie vom Donner gerührt.

Zu meiner Mutter fällt mir das Wort lebensgierig ein. Ausgerechnet bei ihr wurden die Fäden durchgeschnitten wie bei einer Marionette. Sie saß im Rollstuhl, die rechte Seite lahm, und wenn sie den Mund öffnete, kam nichts heraus. Das kannte ich von meinem Vater, diesen trostlosen Griff ins Leere. Meine Mutter wusste nicht einmal mehr, dass Nicken ja bedeutet und Kopfschütteln nein, sie verwechselte es ständig. Das war ein Versagen, das meine Vorstellungskraft überstieg, und die Folge war, dass ich mich während der ersten Zeit hinten und vorne nicht auskannte, es ergab alles keinen Sinn. Und wenn ich nach dem Besuch bei meiner Mutter zu meinem Vater ins Pflegeheim fuhr und er ein paar Worte redete, dachte ich: Jetzt kann er mehr als Mama.

Zu Hause heulte ich mich aus, sagen wir, eine Viertelstunde pro Tag, bis mir ein bisschen besser war. Doch wie viel immer ich heulte, es war bei weitem nicht alles heraußen.

Meine Mutter besuchte ich jeden Tag und sagte ihr, dass wir zusammenhalten. Leider war das genau dasselbe, was ich zu meinem Vater ständig sagte. Er konnte mir ebenfalls meistens keine Antwort geben.

Das Schlimmste war, wenn ich im Elternhaus Mamas Dinge herumliegen sah, ihre Englischkurse, das Unterrichtsmaterial für die Asylbewerber, denen sie bei der Caritas

Deutsch beigebracht hatte. Ihre schöne saubere Handschrift, die Handschrift einer Lehrerin. Oder einfach nur ihre Zahnpasta und Hautcreme auf dem Regal im Bad. Das machte mich ganz elend. Einige Jahre davor, in die Werkstatt meines Vaters tretend, war mir schlagartig bewusst geworden, die Dinge hier sind verwaist. Jetzt hatte ich Angst, dass Mamas Dingen gerade das gleiche Schicksal widerfuhr. – Was, wenn auch Mama ihre Selbstständigkeit verliert?

Weil ich so aufgewühlt war und das Konzentrationsvermögen für die Arbeit am Schreibtisch gleich null, verwendete ich die wenigen freien Stunden, die ich hatte, zum Aufräumen. Ein ordentlicher Mensch im engeren Sinn war meine Mutter nie. Immer alles auf einen Stapel. Und wenn ein Schrank voll war, machte sie ihn am besten nicht mehr auf. Ich mistete den Schuhschrank und die Buchregale aus und trug Säcke mit Abfall und Altpapier weg in der Hoffnung, dass meine Mutter sich aufrappelte und wieder nach Hause kam.

Dann fing es an zu schneien. Es kam von einer Stunde auf die andere. Innerhalb kürzester Zeit herrschten tiefwinterliche Straßenverhältnisse. Nach einem Besuch bei meiner Mutter kam ich mit ihrem Wagen die Straße zum Elternhaus nicht hinauf. Beim Zurücksetzen blieb ich stecken und musste die hinteren Reifen freiräumen. Über Umwege schaffte ich es glücklich nach Hause, dort hatte ich am Vormittag geschaufelt. Jetzt lagen wieder zehn Zentimeter Schnee vor der Garage. Beim Anpeilen des offenen Garagentors kam ich gefährlich ins Schlingern.

Während des Schneeschaufelns erreichte mich ein Anruf

von K., sie sagte, sie komme am nächsten Tag. Das baute mich auf, sie fehlte mir.

Herr Bargehr, ein Nachbar, ging mit einer Schneeschaufel am Haus vorbei. Ich grüßte ihn und deutete fragend auf seine Schaufel, denn Herr Bargehr wohnte in der anderen Richtung. Er sagte, er müsse auf dem Friedhof den Zugang zum Grab freischaufeln, der Schneepflug werfe dort immer den Schnee hin.

Herr Bargehr war ungefähr im Alter meiner Mutter. Seine Frau war zwei Jahre zuvor nach langer Krankheit gestorben. Sein Sohn, den ich gut gekannt hatte, war im Alter von fünfundzwanzig Jahren beim Absturz der *Mozart* über Thailand ums Leben gekommen. Jetzt ging Herr Bargehr mit einer Schneeschaufel in der Hand durchs Dorf, um das Grab freizuschaufeln. Am liebsten wäre ich gleich auf dem Vorplatz vor dem Haus wieder in Tränen ausgebrochen.

Es schneite und schneite.

Einige Tage nach dem Schlaganfall hatte meine Mutter ihren zweiundsiebzigsten Geburtstag. Ich besuchte sie schon am Vormittag und gratulierte ihr, dass sie noch am Leben war. Eine Physiotherapeutin sagte, das rechte Bein komme wieder, es falle nicht um, wenn man es – im Bett liegend – aufstelle. Wenn das Bein lahm wäre, würde es einfach umfallen. Der rechte Arm mache mehr Sorgen.

Während der ersten Tage konnte meine Mutter nicht essen, hatte großen Hunger. Schlucken ging zwar, aber sie brachte nichts hinunter. Sie hustete alles wieder herauf. Gleichzeitig musste sie täglich zur Physiotherapie und Logopädie, also doppelt anstrengend. K. sagte, immerhin sei es ein gutes Zeichen, dass sie Hunger habe. Das heiße, der Körper arbeite und greife auf Reserven zurück. Deshalb müsse man sich diesbezüglich für den Moment keine Sorgen machen.

Nach dem Schneeschaufeln lagen K. und ich auf dem Bett. Wir spürten die Erschütterungen und das Rumpeln der Schneepflüge im Fundament des Hauses. Erschöpft redeten wir darüber, dass auch K.s Vater vergesslich wurde. Wir redeten viel über diese Dinge, Alter und Sterben. K. hatte noch die Erkrankung und den Tod ihrer Mutter in den Knochen. Krankheit spielt nun einmal nicht nur im Leben der Kranken eine beherrschende Rolle.

K. sagte:

»Manchmal denke ich, morgen bin auch ich alt.«

K.s Mutter war, wie gesagt, die jüngste unserer Eltern gewesen, das Unglück kommt selten aus der Richtung, aus der man es erwartet. Das machte uns misstrauisch.

Ich sagte, ich hätte keine unmittelbare Angst vor dem Alter, nur Angst davor, dass das Leben verfliegt. In meinen Augen sei es gut, dass wir uns Gedanken machten, es gehe alles so schnell vorbei.

»Aber es ist doch nicht normal, so viel darüber nachzudenken«, sagte K.

»Es ist wohl naheliegend nach allem, was passiert ist.«

Ich erwähnte eine Bekannte, zehn Jahre älter als ich, die zu mir gesagt hatte, sie habe nie Verantwortung für ihre Eltern übernehmen müssen und setze sich mit dem Thema Alter erst auseinander, wenn sie selber alt sei, keinen Tag früher, das halte sie jung. Ich lachte ein wenig spöttisch. Denn in meinen Augen war diese Bekannte eine rastlose, unzufriedene Person, und Unzufriedenheit ist wie Fäulnis in den Knochen. Das sagte ich zu K. Sie erwähnte einen Freund, der sich beklage, anlässlich seiner Besuche seien seine Eltern nicht in der Lage, die Sorte Joghurt zu kaufen, die er bevorzuge. Ebenfalls nichts, was uns Eindruck machte.

In der Nacht schliefen K. und ich erstmals seit bestimmt zehn Tagen miteinander. Ich war froh um jede Normalität. Denn viel Normalität gab es in diesen Tagen nicht. In der Früh lagen schon wieder zwanzig Zentimeter Neuschnee, und am Nachmittag wurde im Radio verkündet, Pfändertunnel und Citytunnel seien gesperrt, der Verkehr im Großraum Bregenz sei zum Erliegen gekommen. Ein Blick hinunter ins Dorf bestätigte es. Auf der normalerweise verkehrsarmen Straße, die am Großelternhaus vorbeiführt, standen die Autos Stoßstange an Stoßstange.

K. und ich schaufelten zwei Stunden lang Schnee, dann schob der Schneepflug eine halb Meter hohe Wand aus komprimiertem Schnee in die Einfahrt, und das Schaufeln ging von vorne los. Am Abend hatte ich Glück. Als K. und ich zum Abendessen aufbrachen, stand ein Straßenarbeiter der Gemeinde mit einer Schneefräse vor dem Haus, ich überredete ihn, mir den Vorplatz freizufräsen. Dauer: drei Minuten. Ich gab ihm zehn Euro. Ein Nachbar, der sich bei dem Straßenarbeiter für mich eingesetzt hatte, sagte:

»In Wolfurt hat es seit 1966 nicht mehr so viel geschneit.«

Das war zwei Jahre vor meiner Geburt.

Und dieser beschissene Schneefall hörte nicht auf, einmal kam er von rechts, einmal von links, einmal von vorne, dann von hinten und dann, als falle er auf einer imaginären Wendeltreppe in Spiralen herunter, immer weiter und immer weiter.

Der Schnee lag fast einen Meter hoch. Und fünf Kilometer von Wolfurt entfernt, in Dornbirn, auf gleicher Seehöhe, sah man stellenweise das Grün auf den Feldern.

K. und ich gingen rodeln nach Bildstein, in traumhaft schöner Winterlandschaft, blauer Himmel, Sonnenschein und Schneewolken, die aus den Bäumen fielen, manchmal im Gegenlicht. Das Rodeln ließ das grauenhafte Geschehen für Augenblicke in den Hintergrund treten. Und dann wieder der Gedanke: Papa sitzt im Pflegeheim im Rollstuhl, von der Krankheit ausgehöhlt, ein armer alter Mann. Und Mama sitzt im Krankenhaus im Rollstuhl und kann nicht reden, kann den rechten Arm nicht bewegen, wird möglicherweise nie mehr reden, nie mehr ohne Stock gehen können. Und K.s Vater wird auch dement. Lauter Beschädigte, Geflickte unter Geflickten.

Wir schossen auf der Rodel die Straße hinunter. K. bekam zwischendurch Angst, weil es so rasant dahinging. Der Fahrtwind trieb mir die Tränen aus den Augenwinkeln in die Ohren. Ich war überrascht, wie gut ich die Rodel unter Kontrolle hatte, aber gelernt ist gelernt. Nur einmal erwischte ich mit der Schuhspitze den Stamm einer am Wegrand stehenden jungen Fichte. Der trockene, flockige Schnee stäubte uns ein, als wären wir in einen Mehlsack gefallen. K. und ich klopften einander ab. Der festgefahrene Schnee auf der Straße war ebenfalls strahlend weiß, fast kein Schmutz dazwischen. Das Licht und die Reflexionen blendeten in den Augen.

Als K. und ich wieder nach Wien fuhren, ich lediglich für vier Tage, war die Sprachmotorik meiner Mutter weiterhin vollständig blockiert. In emotionalen Momenten machte meine Mutter kleine Geräusche, mehr nicht. Am übernächsten Tag rief mich Helga, meine Schwester, in Wien an, ganz euphorisch, Mama habe »Aua!« gesagt.

Unter Schmerzen sprossen also auch hier zarte Halme.

An meinem Schreibtisch machte ich erleichtert das Victory-Zeichen. Es fühlte sich an, als käme meine Mutter noch einmal mit einem blauen Auge davon, und wir mit ihr.

Ich fuhr dann gleich zurück nach Wolfurt, brachte meiner Mutter aus ihrer Wiener Wohnung Kleidung und einige CDs mit schottischer und irischer Musik. Sie war zurück unter den Fußgängern, wenn auch schief und wackelig. Sie freute sich über die CDs, nahm vom Mitgebrachten eine Jacke, ein T-Shirt und eine Bluse. Alles andere schien ihr nicht zu gefallen. Sie sagte:

»Diese Sachen sind fertig.«

Das war der erste Satz, den sie mir gegenüber herausbrachte. Es klang sehr nach Papa.

Ich fand es krass, wie sehr Phänomene, die meinen Vater betrafen, sich bei meiner Mutter wiederholten. Die Sprache wurde bei beiden zu Stückwerk. Ein zweites Mal bekam ich energisch vor Augen geführt, wie brüchig unsere Allianz mit der Sprache ist und wie heftig wir uns an sie klammern. Meine Mutter strahlte, wenn es ihr gelungen war, einen banalen Gegenstand zu benennen. Oft zeichnete sie mit ihren arthritischen Fingern Vierecke auf den Tisch auf der Suche nach einem Wort. Oder sie deutete mit einem krummen Finger ins Leere, als könne sie dort das gesuchte Wort sichtbar machen. Und oft schrieb sie ein Wort, das ihr partout nicht über die Lippen wollte, mit dem Zeigefinger in die Luft und las das in die Luft Geschriebene ab und sprach das Wort aus:

»S c h o t t l a n d ! Schottland! Ich will wieder nach Schottland!«

Wenn ich dann sagte, »Du redest gut!«, nickte sie unter Tränen und wiederholte es:

»Ja, ich rede gut.«

Sie war wirklich sehr tapfer.

Ich selber fand es hart, ihr Kämpfen um einzelne Wörter und ihr Ringen um Verständlichkeit mitansehen zu müssen. Ihr Schicksal erschütterte mich, als Sohn und als Schriftsteller. Es war beklemmend, auf so brutale Art daran erinnert zu werden, dass wir nur ein Gelegenheitsbündnis mit der Sprache eingehen und dass dieses ohnehin unzuverlässige Bündnis von heute auf morgen einseitig gekündigt werden kann.

Mein Vater redete nur mehr sehr wenig. Jetzt stand meine Mutter mit einem fast auf null hinuntergesetzten Wortschatz da. Es war, als würde mir täglich mit der Faust gegen die Brust geboxt, und dazu immer die Sätze: Nichts von alldem gehört dir. Nichts! Ich nehme es morgen weg!

Noch im Krankenhaus musste meine Mutter einen Antrag auf Reha stellen. Ich füllte das Formular für sie aus, unterschreiben musste sie selbst. Sie, die mir das Lesen und

Schreiben beigebracht hatte, setzte ohne zu zögern mit der linken Hand ihren Vornamen aufs Blatt, Buchstabe hinter Buchstabe. E r i k a. Dann wurde sie unterbrochen von einem Pfleger. Später, beim Nachnamen, haperte es, und ich musste einige Korrekturen anbringen. Ich flickte das *i* ein, hängte beim zweiten G unten eine Schlaufe an. Und dennoch, für den Moment, fand ichs ganz gut und lobte meine Mutter.

Vor meinem inneren Auge sah ich, wie sie die schönsten weißen Buchstaben, die man sich denken kann, vorne auf die Tafel malte, mit den leichthändigsten Aufstrichen, den souveränsten Unterlängen, Winkeln, Bogen, Schleifen und Schlaufen – diese mir groß erscheinende, schöne Frau, dreiunddreißig Jahre alt, meine Erstklasslehrerin, die ich mit dreißig anderen Kindern teilte. Wie schön sie mit der knirschenden Kreide diese geheimnisvollen Zeichen malte! Ein Schauder erfasste mich, rechts in der ersten Bank als der Zweitkleinste in der Klasse … A … B … C … Es war kaum mehr vorzustellen, wenn ich im Kontrast die von Arthrose gekrümmten Finger sah und auf dem Formular die mühsam gekrakelte Unterschrift. Niemand hatte eine schönere Schrift gehabt als meine Mutter. Verlorene Schätze.

Das Leben fand in keine geregelten Bahnen zurück, ein Ausnahmezustand löste den anderen ab, zuverlässig war nur, dass die Serie nicht abriss. Wie selbstverständlich kamen die Ereignisse heran, die einen plötzlich, die anderen langsam, fast träge.

Einer unserer liebsten Freunde starb, da war der viele

Schnee in Wolfurt noch nicht ganz geschmolzen. Werner hatte gemeinsam mit K. an der Uniklinik in Innsbruck die Ausbildung zum Kinderarzt gemacht, einer der wenigen Freunde, bei denen ich mich immer gefreut hatte, wenn ein Treffen bevorstand. Ich mochte seine aufrichtige Art und seine grundsätzliche Empörtheit. Schon vor seiner Krankheit war er auf eine staunende und sympathische Art fassungslos gewesen, mit welchen Zumutungen er sich ständig konfrontiert sah. Er konnte darüber lachen, aber es war auch klar, Werner trifft einen wunden Punkt: Das Leben ist eine Zumutung.

An Ostern, auf dem Weg nach Vorarlberg, hätten wir ihn noch einmal besuchen wollen. Aber er starb am Palmsonntag. Am Vortag habe er nicht mehr trinken können. Eva, seine Frau, habe ihm einen Zugang gelegt, damit er seine Medikamente bekommen konnte, er habe anschließend so ruhig geschlafen wie seit Tagen nicht. In der Früh sei er nicht mehr richtig wach geworden. Seine letzten Stunden seien friedlich verlaufen, er habe zwischendurch Atemaussetzer gehabt, dann habe er starkes Nasenbluten bekommen und sei kurz darauf gestorben. Sehr friedlich. Auch jetzt, sagte Eva am Telefon, schaue er aus, als schlafe er. Wenigstens das. Alles andere war schrecklich, schrecklich für ihn, schrecklich für Eva und schrecklich für uns, denen Werner fehlte.

Werner hatte mir die Geschichte erzählt, die den Kern bildete zu dem Roman, mit dessen Niederschrift ich im Sommer begann: *Selbstporträt mit Flusspferd*. Während des Schreibens hatte ich Angst, dass ich ebenfalls sterben werde, bevor ich den Roman fertig hatte. Aus diesem Grund schrieb ich sehr schnell. Ich fand ebenfalls, es war eine Frechheit, was uns zugemutet wurde.

Immer, wenn ich meine Mutter am Telefon nicht erreichte, weil sie gerade unter der Dusche stand oder beim Arzt war oder in der Kirche, erfasste mich Panik, die feste Überzeugung, dass wieder etwas Schreckliches passiert war. Ich stellte es mir vor in vielen Details. Auch wenn ich K. nicht erreichte: Horror! Und ich musste oft an Herrn Bargehr denken, der mit der Schneeschaufel zum Grab seiner Frau und seines Sohnes gegangen war. Ich lebte in einem Gefühl ständiger Bedrohtheit. Was kommt als Nächstes?

Wenn meine Mutter zum Einkaufen ging, sah ich ihr vom Fenster aus hinterher, wie sie ein wenig steif und hinkend, mit hängenden Schultern und hängendem rechtem Arm davonging. Bis vor einem halben Jahr hatten ihre Bewegungen etwas Leichtes und Geschicktes gehabt. Jetzt hinkte sie durchs Dorf, durch die Stadt, tapsig, gleichzeitig ausdauernd, störrisch. Den Erhalt von Pflegegeld hatte sie abgelehnt, sie erledigte alles selbst. Oft ging sie aus dem Haus für einen Behördengang in ihrem Wintermantel mit dem buschigen Pelzkragen an der Kapuze, der dunkelblauen Pullmankappe mit Schirm, und ich stellte mir vor, wie sie in Stiegenhäusern die Treppen hochstieg und sich am Geländer ein wenig hochzog, so, wie sie es zu Hause tat. Und wie sie versuchte, sich in den Ämtern verständlich zu machen mit den wenigen Wörtern, die ihr zur Verfügung standen.

Zweimal in der Woche ging sie zur Therapie. Hinterher saß sie am Küchentisch und machte Hausaufgaben. Zehn Verkehrsmittel, zehn Südfrüchte, zehn Werkzeuge.

Ich sagte, wenn ihr keine zehn Werkzeuge einfallen, solle sie hinunter in die Werkstatt gehen. Eine halbe Stunde später sah ich sie im Vorbeigehen in der Werkstatt auf dem Stuhl sitzen, auf dem mein Vater oft gesessen war, mit seinem Schicksal hadernd. Das war fünfzehn Jahre her. "Hammer" und "Nagel" hatte sie bereits geschrieben. Jetzt hielt sie mir den Tacker entgegen und fragte:

»Wie heißt das?«

Meine Runden machte ich dann und wann, zuweilen regelmäßig, dann wochenlang nicht, weil ich in Wolfurt nach dem Rechten sah oder angefüllt war mit Ängsten, die mich zu Hause hielten. Aber es änderte sich doch etwas in meiner Einstellung zu den Runden, sie wurden mehr und mehr zum Ausgleich. Immer öfter hatten sie einen Zweck in sich selbst durch die körperliche Betätigung im Freien. Hauptsache, Bewegung und frische Luft.

Eine weitere Änderung bestand darin, dass K. und ich uns nicht mehr auf den Flohmarkt stellten, manches läuft sich mit der Zeit tot. Aus diesem Grund nahm ich fast keine Bücher mehr mit, nur für den Eigenbedarf, erweitert um Familie und Freunde. Die Kinder von K.s Freundinnen waren im lesefähigen Alter, dorthin wanderte zuweilen umstandslos eine Tasche mit Lesestoff. Auskunft darüber, woher die Bücher stammten, wurde nicht verlangt.

Wenn ich bei einem bis zum Rand mit Büchern gefüllten Papiercontainer den Eindruck hatte, der Inhalt verspreche nichts, machte ich den Deckel rasch wieder zu und schüttelte mich, um die alten Jagdinstinkte abzubeuteln. Dann fuhr ich weiter und schüttelte mich ein zweites Mal. Es dauerte erstaunlich lange, bis die alten Gewohnheiten sich ausgelebt hatten und durch neue ersetzt waren, das geht nicht von heute auf morgen.

Fünf Bananenkartons mit Flohmarktbüchern, die noch in der Wohnung gestapelt waren, schenkte ich einer Bekannten. Alles Weitere warf ich weg.

Ich verkürzte die Verweildauer an der Altpapiertonne. Ich verschaffte mir nur rasch einen Überblick, suchte aber nicht gründlich. Dadurch war ich schneller unterwegs. Bestimmt übersah ich manches, aber es kam mir auf die großen Würfe an. Die Routine aus vielen Jahren half mir, die Lage schnell abzuschätzen. Schon war ich wieder weg. Passing by.

Der große Wurf? Alle zwei Jahre. Und alle fünf Jahre wirklich einer. Aufgrund der langen Durststrecken ist, wovon ich erzähle, eigentlich mehr eine Geschichte vom Durchhalten als vom Finden.

Man muss Wert und Bedeutung der Durststrecke für das Ganze erkennen. Die Durststrecke ist weder vertane Zeit noch nutzlos in der Sache. Ich behalte den Überblick und bin zur Stelle, wenn es darauf ankommt. Es ist ein Geduldsspiel, und dieses Geduldsspiel ist auf Dauer immer erfolgreich. Entweder man hat eine Leidenschaft oder man hat keine Leidenschaft, alles andere ist *Schmus*.

Es fällt schwer, literarische Mittel zu finden, die nachvollziehbar machen, wie lang die Wege waren, wenn ich ein Jahr lang auf rein gar nichts stieß, was von Bedeutung war. Das passierte immer wieder. Ein Jahr hat viele Wochen, viele Straßen, viele Kurven, viele blaue Flecken. Tausendmal mit dem Handrücken unter der laufenden Nase durch. In der Früh sind die Beine und Gedanken noch schwer vom Schlaf, vier Stunden später sind sie schwer von der Anstrengung. Arbeit ist Kraft mal Weg. Bei minus zehn Grad und scharfem Wind.

Bei fast dreißig Grad schon am Vormittag, es ist so heiß, dass die Bäume am Straßenrand keine Kühlung bringen, ihre Schatten sind nur aufgemalt. Nichts! Und die Straßen reißen nicht ab, rechts, links, und immer gut auf den Verkehr achten. Nichts. Der Schnee peitscht das Gesicht, eine alles behindernde, körperlich demütigende Kälte, ich muss die Änderung des Wetters durch eine Änderung der Kleidung zur Kenntnis nehmen. Manchmal erwischt mich eine Windböe von der Seite, dass es mich fast umwirft. Manchmal gehe ich aus dem Sattel im bockigen Wind. Wieder so ein Tag, an dem die Stadt den Elementen gehört und nicht mir. Dann sonnige Tage, windstill bei angenehmen Temperaturen. Die Luft ist kühl und frisch. Es fliegt der weiße Pappelflaum. Nichts. Jetzt wird die Hitze zur Hitzewelle. Jetzt wird der Regen zum Dauerregen. Alle verkriechen sich unter ihre Schirme, soll mir recht sein. Die ersten Laubhaufen tauchen auf, der Himmel ist fahl wie Asche. Bald macht sich der Winter wieder ins Land, der Schnee kriecht mir hinten in den Kragen. Die Finger schmerzen von der Eiseskälte und lassen sich kaum mehr bewegen. Nichts. Bloß nicht verkrampfen, ermahne ich mich im Dialog mit mir selbst. Immer vorwärts, lieber Freund, immer vorwärts!

An den mit einem Hahn versehenen Hydranten trinke ich vorgebeugt aus den hohlen Händen. Auf allen städtischen Friedhöfen gibt es Toiletten, ziemlich sauber sogar, weil die Menschen wissen, dass sie hier beinahe zu Hause sind. Noch nicht ganz. An manchen Stellen hängt Obst über die Zäune, Marillen, Zwetschgen, Äpfel. Aber ich esse nicht viel, während ich unterwegs bin, nur gerade genug, dass ich nicht vom

Fahrrad falle. Zu Hause verschlinge ich dreitausend Kalorien, ohne Fett anzusetzen.

Wochen und Monate vergehen, Leerfahrt hinter Leerfahrt. Einmal denke ich über mein Leben mit K. nach, einmal über meine Eltern, einmal über E-Mails, die ich am Nachmittag schreiben muss. Zwischendurch bleibt genug Zeit, mir etwas herbeizusehnen, von dem ich nichts weiß. Die Sehnsucht verlagert sich von einer Papiertonne zur anderen. Aber diese Sehnsucht gilt nichts Bestimmtem, sondern etwas Unbestimmtem, einem mir noch unbekannten Schatz. Ich weiß nicht, was für eine Art Schatz das ist, aber ich weiß, dass es ihn gibt. Wie ja auch Parzival nicht genau weiß, worum es sich handelt bei dem, wonach er sucht, er weiß nur, wie man es nennt.

Alles kann geschehen, aber nichts geschieht. Die auf meine Tour gefädelten Behälter kommen mir vor wie ein endloser Stollen durch taubes Gestein. Dunkle Wolken am Himmel. Ein Gefühl von Unterwelt. Zeigt euch, ihr Geister!

Das Glück ist die Fähigkeit zu wünschen. Aber das Wissen, dass ich nach aller Wahrscheinlichkeit auch diesmal leer ausgehen werde, fährt immer mit. Sinnbild des menschlichen Lebens. Immerhin komme ich gut voran, ich bin ein Stadtstreicher, wie es ihn unter allen Breiten gibt. Und alter Hase, der ich geworden bin, weiß ich: Das Nichtfinden endet, früher oder später.

Hier fährt einer, im Wissen um seine sterbliche Natur, von einer Stätte des Verschwindens zur andern, ein Experte für Fragilität und für *armes Material*. Weiterhin alles ruhig, nichts, was zu Unrecht weggeworfen wäre, dreckige Windeln und Weinkartons. Kaum dass ein Ding etwas Farbe hat. Hier ein Zettel, krakelig geschrieben: *Bitte klingeln! Wir sind zu Hause!* Der Zettel wurde weggeworfen, weil niemand mehr kommt oder niemand mehr zu Hause ist.

Manchmal hat es etwas Befreiendes, nichts zu finden, manchmal genieße ich es. Am unsichtbarsten bin ich, wenn ich auf nichts stoße, was von Interesse ist. Durch die Straßen fahren und am Leben teilnehmen ist an sich schon anregend. Und es ist ein Wert an sich, unabhängig zu sein von allen anderen, ein gesunder Mensch auf einem Fahrrad.

In den besten Momenten ist Radfahren gleichbedeutend mit Schweben.

Im Vorbeifahren höre ich, wie eine Mutter in den Kinderwagen hineinspricht:

»Dein Vater geht mir auf die Nerven.«

Dort kommt ein Paar aus einem Haus, die beiden gehen den Gehsteig hinunter. Die Frau will nach der Hand des Mannes greifen, aber er steckt die Hand rasch in die Hosentasche. Also hängt sich die Frau bei ihm ein.

Zwei Jugendliche küssen einander in einer Sackgasse.

Im zweiten Stock eines Wohnhauses hält ein Mann einen Säugling zum Fenster hinaus, damit eine Frau im dritten Stock sich das Kind ansehen kann.

Ich kenne alle entlaufenen Katzen und alle entflogenen Sittiche, Fotos der Lieblinge sind an Laternenmasten ausgehängt, unten die Telefonnummer zum Abreißen: Finderlohn. Zweimal befreie ich Katzen aus einem Papiercontainer. Das eine Mal zwei ganz junge, da rufe ich die Tierrettung.

Das andere Mal eine stinkende alte. Sie hält mich für die Fortsetzung ihres Unglücks, faucht wild und würde mich böse zurichten, wenn ich nicht Handschuhe trüge wegen der Scharfkantigkeit von Papier. Als ich die Katze auf dem Gehsteig absetze, schießt sie in den nächsten Garten, wie vom Teufel gehetzt.

Öfters Waffen, einmal eine handliche Schusswaffe, die ich geflissentlich ignoriere. Einmal ein skelettierter Pferdeschädel. Zum Glück nie eine Leiche. In der Zeitung hatte ich wiederholt gelesen, dass in einem Abfallcontainer eine Leiche gefunden worden war. Ich stellte mir vor, wie es wäre, wenn ich auf eine Leiche stieß oder auf ein weggelegtes Neugeborenes. Ich bereitete mich innerlich darauf vor.

"Ich begrabe die Toten in meinem Bauch", schreibt Arthur Rimbaud. Ich mache die Toten in meinem Bauch wieder lebendig, schreibe ich.

Zu meiner Rechten die Häuser, in denen die Menschen ihren ungeheuren Beschäftigungen nachgehen. Zu meiner Linken die Donau. Der Wind treibt mir Regentropfen ins Gesicht. Die Jahre vergehen. Manchmal ist schlechtes Wetter, manchmal gutes Wetter. Die Sonne verschwindet hinter Wolken, die Bäume verlieren ihr Leuchten. Manchmal muss ich mich unterstellen, manchmal ist mir zu heiß. Manchmal liege ich krank im Bett und sehne mich hinaus. Dann steige ich wieder aufs Fahrrad mit verkrusteten Nasenlöchern. Der Wind weht mir um die Ohren.

Etliche Häuser wurden abgerissen und noch mehr Häuser wurden gebaut, es wurde renoviert und aufgestockt. Kinder wurden groß. Singvögel wurden weniger. Spechte wurden mehr. Und wo sind die sommerlichen Insektenwolken hingekommen, durch die ich früher mit geschlossenen Augen und angehaltenem Atem fuhr? Die sind mir seit Jahren nicht mehr begegnet. Und wenn ich mich früher einem blühenden Kirschbaum näherte, erschrak ich von dem lauten Geräusch, so wild umsummt waren die Bäume, als komme von dort ein Flugzeug auf mich zu. Später hörte ich verschiedentlich auch bei schönem Wetter: gar nichts! Und warum legt niemand mehr die Federbetten zum Auslüften in die Fenster? Zuletzt, wenn ichs sporadisch gesehen hatte, hatte ich mich gefreut. Die widerlichen, an Balkonen erhängten Weihnachtsmänner aus aufblasbarem Plastik hingegen gingen mir nicht ab, die hatte ich nicht mehr oft gesehen in der letzten Zeit. Dafür tischgroße Adventskalender. Man würde es nicht für möglich halten: Adventskalender mit Fächern groß wie Schubladen, und vorne Werbung drauf. Viel leerer kann es im Leben der Menschen nicht werden. Und hässlicher auch nicht.

Fast alles änderte sich während der langen Zeit. Ich selber verwandelte mich mehrfach. Und nicht minder die Kartons, die Prospekte, die Kataloge, die Zeitungen. Auch im Abfall war der Umbruch im Zeitungswesen wahrnehmbar. Die Druckerschwärze wurde weniger. Die Pizzakartons wurden mehr. Handschriftlich Geschriebenes verschwand fast zur Gänze, ich wohnte dem allmählichen Untergang einer Kultur bei. Die Kinder wurden dicker. Die Autos wurden dicker. Die Luft wurde dicker. Frauen mit blond gefärbten Haaren fuhren ihre Einzelkinder jetzt nicht mehr mit Mittelklassewagen zur Schule, sondern mit 250 PS starken SUVs, deren Funktion darin besteht, die Kleinfamilie vor der Welt und vor der beschissenen Zukunft zu beschützen. SUV-Fahrer hassen die Welt und hassen die Zukunft. Der große Wagen ist Ausdruck der eigenen Machtlosigkeit, ja Nichtigkeit. Zu Fuß gingen nur noch die wenigsten. Immer mehr Menschen trugen auf der Straße Kopfhörer. Immer mehr Menschen tranken auf der Straße Kaffee oder schauten auf ihre Elektrogeräte, sie hoben kaum je die Köpfe. Trittroller für Erwachsene kamen in Mode, bald sah man die Trittroller als Schrott in den Winkeln liegen. Immer öfter heulten im Herbst die Laubbläser, sie wirbelten den Feinstaub, der sich gesetzt hatte, wieder auf. Die mit medizinischen Bildern und Warnungen gespickten Zigarettenschachteln verbreiteten auch im Altpapier miese Stimmung. Die Liebesromane wurden von Jahr zu Jahr weniger, die Kriminalromane von Jahr zu Jahr mehr. In den ersten Jahren hatte ich Liebesromane im Altpapier schubkarrenweise gesehen. Später nicht mehr. Auch darin machte sich bemerkbar, dass der gesellschaftliche Wind rauer wurde.

Die Sexhefte, in denen ich während der ersten Zeit noch flüchtig und mit hochgezogenen Augenbrauen die gut bestückten Vorderfronten begutachtet hatte, waren verschwunden, und zwar vollständig. Die Sudokuhefte waren gekommen und gegangen. Irgendwann fielen mir die ersten Verpackungen von Quinoa auf, etwas später die ersten Verpackungen von Chia-Samen. Bastelabfall wurde weniger. Musiknoten wurden weniger. Weinkartons wurden mehr. Umzugskartons wurden mehr. Mir kam vor, die Menschen waren ständig besoffen, und wenn sie nicht besoffen waren, kauften sie

Elektrogeräte. Früher hatten die Menschen, wenn sie besoffen waren, Karten gespielt und gesungen. Heute saßen sie besoffen vor dem Fernseher.

Manchmal wochen- und monatelang immer dieselben mir aus dem Altpapier entgegenstarrenden Gesichter. Nach vier Wochen Josef Fritzl wurde mir bei seinem Anblick beinahe physisch schlecht. Und nichts gegen Angelina Jolie und ihre Brüste. Und Conchita Wurst, sie gefiel mir, sie trat für die Vielfalt der Menschen ein. Doch das wurde zwischenzeitlich konterkariert durch eine mediale Dauerpräsenz, nicht zum Aushalten. Ich vertrage nur eine bestimmte Dosis des Immergleichen.

Hunderte Male trat ich mit dem Gefühl eines uneingelösten Versprechens den Heimweg an. Aber nach all den Jahren fühlte ich keine Leere mehr, wenn ich leer nach Hause kam, es wunderte mich selbst. Die leicht nervöse Spannung hatte im Laufe der Jahre Gelassenheit Platz gemacht.

Man kann auf verschiedene Arten herunterkommen. Jemand, der im Abfall stöbert, ist gesellschaftlich unten angekommen, in einem sozialen Sinn: am Boden. Man kann aber auch im positiven Sinn herunterkommen, zur Ruhe kommen, Boden unter die Füße bekommen. Wie in *Fight Club*, wo es heißt: You have to hit the bottom. Du musst zum Grund. Herunterfahren, gelassen sein, sich dem gesellschaftlichen Leistungsdruck verweigern.

Außenseiter sein hat auch sein Gutes. Wenn man auf der Straße steht, kein Ansehen hat in einem tieferen Sinn, nicht beachtet, nicht gesehen wird, nicht anwesend ist: wie schön! So vieles ist auf Gesehenwerden angelegt. Überall Gieren nach Aufmerksamkeit. Ich glaube, ich war auf eine gute Art heruntergekommen. Ich war bestrebt, ein Leben zu leben, in dem ich im guten Sinn kein Ansehen hatte.

Wenn ich etwas Schönes nach Hause brachte, freute ich mich. Sieh an, sieh an, sagte ich zu mir. Dann tauchte von heute auf morgen ein alter japanischer Holzschnitt an einer Wand in meiner Wohnung auf. Und K. sagte ebenfalls:

»Sieh an! Sieh an!«

»Viel zu gut für die Papiermühle.«

K. setzte sich an den Tisch, auf dem schon das Essen stand, und wir berichteten einander vom Tag.

Das Arznei- und Kochbuch der Eleonora Maria Rosalia Herzogin zu Troppau und Jägerndorf, *Freywillig=aufgesprungener Granat=Apffel Deß Christlichen Samaritans*, mit Druckvermerken von 1695 und 1715, überließ ich K. Sie verkaufte es via Internet, ebenso eine 1519 in Straßburg gedruckte Übersetzung von Arnoldus de Villanovas Schrift über die Zubereitung von Medizinalwein und Heilessig, das älteste und wertvollste Buch, das ich gefunden habe.

Als mir aufging, was ich da hatte, lobte ich das Buch in meiner Hand. Anschließend steckte ich es rasch in den auf den Gepäckträger gespannten Rucksack. Es gibt wirklich nichts, was es nicht gibt. Verrückt!

Die Freude über einen besonderen Fund war rückblickend vielleicht das Wertvollste, manchmal ein tagelanges Gefühl der Beschwingtheit, das auf alle Bereiche des Lebens übergriff.

Zuletzt fand ich die *Gründliche Violinschule* von Leopold Mozart, 1770 in Augsburg erschienen. Aufgrund des ausgezeichneten Zustands dachte ich im ersten Moment, es handle sich um ein Faksimile.

Vor einem Abbruchhaus endlich wieder ein großes Briefkonvolut, das erste seit drei Jahren: Schachteln und paketweise, der enorme Umfang mit dem ersten Blick erfassbar. Puls nach oben. Adrenalin. Rasch ein beiläufiger Blick auf die Straße, nach allen Seiten. Die zuvor wie reglos vor sich hindämmernde Nachbarschaft rührt sich, ich nehme alles wahr. Unwirklich dringt ein Bremsgeräusch zu mir her, eine Jalousie schnarrt langsam und ruckweise in die Höhe. Ich höre ein Kind auf dem Weg zur Schule singen, dass drei mal drei neun sei. Mit routinierten Handgriffen schnappe ich mir die Schachteln und Packen, ein innerer Jubel erfüllt mich, ich hätte gern viel öfter etwas Großartiges gefunden, es ist gesund, wenn in der Brust das Herz klopft.

Zu Hause, nachdem ich mich von meinem ärgsten Staunen erholt hatte, rief ich K. an und sagte:

»Heute wieder ein großer Wurf. Ich muss mich regelrecht kneifen!«

Selbstporträt mit Flusspferd war geschrieben. Der Grabstein für unseren Freund Werner, den Eva, seine Frau, in langem Abwägen und in gedanklicher Rücksprache mit dem Toten ausgesucht hatte, fiel auf dem Areal der Steinmetzfirma vom Stapler und zerbrach. Das war am Tag, bevor der Grabstein gesetzt werden sollte. Als der Steinmetz die schlechte Nachricht telefonisch übermittelte, gab es viele Tränen. Später konnte Eva darüber schmunzeln mit halbem Mund. Wir alle fanden den Vorfall typisch für Werner: Das Leben ist eine Zumutung.

Ich meinerseits war glücklich, dass ich *Selbstporträt mit Flusspferd* geschrieben hatte, das Buch, in dem so viel von Werner steckt. Ich gab das Manuskript meiner Mutter. Mühsam arbeitete sie sich durch die Seiten, das Lesen fiel ihr schwer. Nachdem sie zu Ende gelesen hatte, saßen wir in Wolfurt am Küchentisch, sie sagte, sie sei gespannt, wie das Buch ankommen werde. Ich pflichtete ihr bei, es gehe mir gleich.

Sie sagte:

»Es ist ganz anderes als …«

Sie fand die Wörter nicht und suchte und zeichnete mit ihren krummen Fingern Linien in die Luft. Schließlich sagte sie:

»Ganz anders als das Buch über den, der immer dort gesessen ist.«

Sie zeigte auf den Platz am Tisch, der Papa gehört hatte. Zu diesem Zeitpunkt war auch mein Vater bereits tot.

Mein Vater war zweiundvierzig Jahre alt gewesen, als ich geboren wurde. Ich bin das dritte seiner vier Kinder. Obwohl er nicht mehr der Jüngste war, konnte er in meiner Kindheit auf den Händen gehen, das ganze Wohnzimmer entlang. Das beeindruckte mich. Meine Mutter rief: »Vorsicht auf die Lampe!« Und wir Kinder hüpften vor Freude wie Geißlein. – Ich selber konnte nie auf den Händen gehen, auch nicht mit zwanzig, ich bin mehr der ausdauernde Typ.

Im Alltag ging mein Vater nach Möglichkeit gerade Wege. Ich habe seit jeher ein Faible für krumme Wege und will nachträglich nichts geradebiegen. Schon vom Schulweg bin ich ständig abgewichen und habe mich mit einem aufgelesenen Zigarettenstummel hinter ein Gebüsch gelegt. An dem kalten Stummel saugend, imaginierte ich ein anderes Leben als das des Grundschülers.

Gerade Wege gab es bei mir fast nie, ungeachtet meiner Sturheit. Auf den ersten Blick ein Widerspruch. Aber in meiner Sturheit habe ich Nebenwege und Sackgassen beschritten. Mittlerweile, so kommt es mir vor, ist in dem Durcheinander aus rechts und links, vor und zurück, ein Muster entstanden, das zu niemandem sonst als zu mir gehört. Über diese Chiffrenschrift schreibe ich ein Buch.

Mir ist klar, ein Buch über mich selbst, das ist schwierig,

schwieriger als ein Roman. Ich bringe das Erlebte in eine erzählbare Ordnung und bin gleichzeitig viel zu sehr Künstler, als dass eine Art Chronik entstehen könnte. Ich bemühe mich um Aufrichtigkeit, ja klar. Aber auch Aufrichtigkeit ist eine persönliche Sicht der Dinge und nicht realisierbar, selbst nach den strengsten Richtlinien. Das Erzählte ist nie wahr. Die Herausforderung besteht wohl darin, das Selbsterlebte so zu transformieren, dass mehr herauskommt als "nur" etwas in den eigenen Augen Aufrichtiges. Ein autobiografisches Buch muss so geschrieben sein, dass die Fähigkeit zum Irrtum ausgeglichen wird durch Vertrauenswürdigkeit auf tieferer Ebene. Man schreibt, obwohl man irrt, im Wissen um die eigene Unvernunft.

Als ich an dem Bett saß, auf dem mein Vater lag als Toter, weinte ich sehr. Ich streichelte seinen Arm und sagte, dass ich ihn liebe und dass er mein bester Mann sei.

»Für immer!«

Das hatte ich in den Jahren zuvor oft zu ihm gesagt, und oft hatte er es bestritten in der Überzeugung, dass nicht mehr viel mit ihm los sei. Ich wiederholte es, konnte es aber nicht beweisen. Wie auch? Er schüttelte den Kopf, beschämt wegen seiner Krankheit.

»Nein, ich nicht, ich bin zu nichts mehr zu gebrauchen. Ich versuche alles in Ordnung zu halten, aber es gelingt mir nicht.«

»Es ist alles in Ordnung, Papa. Jedenfalls zwischen uns.«

Er schaute mich ungläubig an, als hätte er eher erwartet, dass ich ihn schimpfe wegen seiner Gebrechlichkeit. Und ich sagte ein weiteres Mal, dass er mein bester Mann sei. Er konnte es nicht recht glauben, es kam ihm unwahrscheinlich vor.

Bis heute hat sich an dem Gesagten nichts geändert, aber beweisen kann ich es weiterhin nicht. Doch auch abseits der Beweisbarkeit hat das Gesagte einen grundsätzlichen Gehalt in Bezug darauf, was Eltern ihren Kindern bedeuten können auch nach dem Tod.

Mein Vater starb am 3. Juni 2014. Am Vortag traf ich mich in Wien mit einer jungen Regisseurin, die eine Erzählung von mir verfilmen wollte, *Anna nicht vergessen*. Die Regisseurin kam zu spät, weil sie auf dem Herweg ihren Reisepass verloren hatte. Ich saß wartend im Café Jelinek, da erreichte mich ein Anruf. Es war meine Mutter, sie sagte, es gehe Papa nicht gut, sie sei angerufen worden, sie solle kommen. Ich versprach mich zu melden, sowie das Gespräch mit der Regisseurin beendet sei. Anderthalb Stunden später telefonierten wir wieder. Meine Mutter sagte, Papa liege im Bett, habe am Nachmittag etwas getrunken, es gehe ihm besser, man wisse nichts Genaues. Ähnlich äußerte sich Helga, meine Schwester, man werde sehen.

Am Abend kam K. zu mir, ich hatte gekocht. In der Früh ging der Wecker um fünf, ich stand auf, verzichtete aber darauf, eine Runde zu machen. Auch K. stand früh auf, wir tranken gemeinsam Kaffee, hinterher legten wir uns nochmals hin.

Um Viertel vor neun rief Peter an mit der Nachricht, Papa sei vor einer Stunde gestorben, ganz plötzlich, ohne dass jemand von der Familie bei ihm gewesen sei. Er selbst habe es ebenfalls nicht rechtzeitig an das Sterbebett geschafft, es sei alles sehr schnell gegangen.

Am Abend holte mich Peter am Bahnhof in Bregenz ab und fuhr mich ins Seniorenheim. Ich ging in Papas Zimmer. Drinnen war es dunkel, eine Kerze auf dem Nachtkästchen, ein summendes Kühlgerät auf dem Tisch. Papa lag dunkel gekleidet auf dem Bett, lang ausgestreckt, hager und bleich, fast weiß. Ich setzte mich auf den Stuhl, der zwischen Bett und Fenster stand, heulte, streichelte seinen Arm, sagte, was ich zu sagen hatte, und verabschiedete mich.

Draußen vor der Tür stand Agnes, eine der Stationsleiterinnen, ganz in Schwarz. Ich bedankte mich bei ihr. Dann mit Peter nach Hause. Von da an alles wie im Traum.

Vor dem Einschlafen erinnerte ich mich, wie ich fünf Jahre zuvor mit meinem Vater Ausflüge gemacht hatte, um ihm eine Freude zu bereiten. Wir spazierten an der Bregenzer Ache und oben am Waldrand bei der Alten Schmiede, die seinem Großvater gehört hatte. Immer waren ihm die Wege zu schlecht. Zuletzt gingen wir auf der alten Wälderbahntrasse ein Stück in die Kennelbacher Schlucht hinein. Der Weg dort beunruhigte ihn besonders, er bekam Angst und sagte:

»Mit dir gehe ich nicht mehr mit.«

Daraufhin stellte ich die Ausflüge ein, und wir erkundeten nur noch den Garten des Seniorenheims, in Runden gehend. Dort waren die Wege nicht steinig. Gemeinsam pflückten wir Johannisbeeren, und Papa sagte:

»Wenn man in eine solche Apparatur geraten ist, in der sich nichts tut, kann man von Glück reden.«

Freitagnacht um halb eins kam K. Am Samstag mussten wir früh aufstehen, um zehn die Abschiedsmesse, ambivalent. Die Kirche bummvoll. Vom Pfarrer nicht das geringste persönliche Wort, das befremdete mich. Das Abschiednehmen der erweiterten Familie gefasst. Eine Nichte, Martina, begleitete sich selbst mit der Gitarre und sang *Oceans* von Hillsong United, sehr bewegend, es ging dem Mädchen selber nicht gut. Basil, ein Studienkollege meiner Schwester, spielte die Orgel, gängige Lieder, sodass alle mitsingen konnten. Beim Auszug improvisierte er zu *Hoch auf dem gelben Wagen*. Wir Angehörigen, die wussten, wie gern Papa dieses Lied gesungen hatte, hatten ein Lächeln im Gesicht.

Zu Hause sprang ich sofort in kurze Hosen und ein T-Shirt. Während ich im Garten arbeitete, hoffte ich, dass der kranke Vater, der das Bild zuletzt dominiert hatte, wieder in den Hintergrund treten würde zugunsten des Vaters, der auf Händen gehen konnte. Ich sagte mir: Hoffentlich werden sich frühere Lebensetappen bald wieder Platz verschaffen. Hoffentlich taucht jetzt, da auch die Krankheit weg ist, die ganze Person wieder auf.

Am Montag in der Früh sagte meine Mutter, sie gehe gleich aus dem Haus.

»Was hast du vor?«, fragte ich.

»Ich steige in den Bus und fahre nach Bregenz«, sagte sie.

»Was machst du in Bregenz?«

»Wie soll ich das sagen …? Ich gehe zu einem Haus, zu einem großen Haus … und dort gehe ich hinein.«

»Und zu welchem Zweck gehst du dort hinein?«

»Das ist ein sehr großes Haus, und dort gehe ich hinein …«

»Und was machst du dort, Mama?«

Sie überlegte und suchte nach den richtigen Wörtern, doch fand diese nicht. Dann lächelte sie:

»Das sage ich dir ein anderes Mal.«

Und schob ab.

Papa hatte einmal gesagt:

»Das hier ist nichts für Mädchen, Kinder und Leute.«

Mit dem Tod meines Vaters begann eine neue Zeitrechnung. Jahrelang war ich im 4-Wochen-Rhythmus zwischen Wien und Wolfurt gependelt. Fast zehn Jahre lang, seit der Rückkehr aus Polen, hatte ich keine größere Pause eingelegt. Nun war diese Lebensetappe an ihr Ende gelangt. Meine Mutter besaß weiterhin ihre Wohnung in Wien, sie schaute regelmäßig vorbei. In Wolfurt wohnten drei ihrer Kinder in der Nähe. Ich telefonierte jeden Tag zweimal mit ihr, in der Früh und am Abend. Wir tun es bis heute. Es gibt unseren Tagen Struktur, und ich mache mir weniger Sorgen.

Mein Arbeitspensum als Schriftsteller schraubte ich kontinuierlich zurück, fast keine Auftragsarbeiten mehr, kaum Veranstaltungen. Runden machte ich häufig. Das Gefühl der Bedrohtheit hielt mich immer seltener ab. Ich akzeptierte, dass der nächste Schlag bevorsteht und dass es Erlösung nicht geben wird. Meine Runden und die damit einhergehende Exponiertheit waren zu einem Teil meiner Normalität geworden.

K. und ich wurden von Jahr zu Jahr glücklicher. In mancher Hinsicht war es bedauerlich, wie geübt wir im Umgang mit Schicksalsschlägen geworden waren. Aber es war unser Leben. Der Beziehung schien es eher zu nutzen als zu schaden. Vielleicht liegt es daran, dass der Blick im ersten Schmerz zwar verschwimmt, sich anschließend aber schärft.

Wie schon gesagt, K. und ich waren von Anfang an aufeinander gestanden. Wir hatten uns immer sehr gemocht, das hatte uns während der Jahre, die wir rückblickend *unsere Krise* nennen, über Wasser gehalten. Jetzt, nach dem vielen Durchgestandenen, redeten wir die gleiche, na, nicht die gleiche, aber eng verwandte Sprachen. Wir wussten, wovon das Gegenüber sprach, weil wir beide zugleich beschädigt und eingeweiht waren. Und weil wir Eingeweihte waren, konnten wir uns als Beschädigte besser annehmen. In gewisser Weise schaffte das die Voraussetzung dafür, dass die intakten Personen ein Stück weit wieder hervorkommen konnten hinter den Beschädigungen.

In K.s Nähe und Gesellschaft fühle ich mich sicher. Sie hält mich von falschen Entscheidungen ab, umgekehrt halte ich sie von falschen Entscheidungen ab. Eins sieht es besser beim andern. Und wie K. mich ermuntert, ermuntere ich sie, gemeinsam sind wir beherzter. Mich überzeugt das Konzept der Paarbeziehung. Und je gleichberechtigter eine Beziehung, desto größer das Vertrauen, das ist meine Überzeugung. Dass mich momentan so leicht nichts aus der Ruhe bringt, auch in beruflichen Dingen, hat viel mit K. zu tun. Eine gute Beziehung besitzt lange Arme, ihr Einfluss reicht weit in Dinge hinein, die auf den ersten Blick mit der Beziehung nicht unmittelbar zu tun haben. Umgekehrt gilt das auch für eine schlechte Beziehung.

Natürlich gibt es zwischen K. und mir Streit, manchmal so, dass wir hinterher sagen, etwaiges Publikum müsste annehmen, wir seien nicht ganz bei Trost. Aber wir streiten nicht so viel, dass wir uns zum Jahreswechsel vornehmen müssten, in Zukunft weniger zu streiten. Wir streiten um Kleinigkeiten. In grundsätzlichen Dingen besteht Einigkeit.

Meistens funkt es immer an den gleichen Stellen. Ein bei uns beliebter Streitpunkt ist, dass das Gegenüber ständig seinen Kopf durchsetzen will, das wirft eins dem andern vor. Und beide haben recht, und keiner will es zugeben, und wir streiten darüber, dickschädelig, wie wir sind. K.s bevorzugtes Stilmittel beim Streiten besteht darin, dass sie versucht, sich zum Opfer zu machen, sie sei ja so arm und schwach. Das ärgert mich, denn es handelt sich um eine Finte, es stimmt nicht, das Gegenteil ist der Fall. Ich bewundere ihre Kraft, ihre Ausdauer und ihr Geschick. Dann packe ich sie rhetorisch beim Handgelenk und sage, indem sie sich kleinmache,bediene sie ein Geschlechterklischee, sie kämpfe mit klischeehaften Waffen der Frau. Das ärgert wiederum K.:

»Was, ich? Waffen der Frau?«

»Ja, und wie! Hör dir doch zu!«

Dann wird es laut, und ich drohe ihr, sie solle mich nicht länger reizen. Das spielt K. in die Karten, sie reckt herausfordernd das Kinn und fragt:

»Du drohst mir?«

Und so weiter.

Bis zum Mittagsläuten hatte Onkel Robert auf dem Baum in unserem Garten Kirschen geerntet. In den Vorjahren war ich noch so alarmiert gewesen nach den vielen Unglücksfällen, dass ich mich mit dem Laptop zum Arbeiten auf die Terrasse gesetzt hatte, wenn der fast Achtzigjährige barfuß in den Baum gestiegen war. Ich wollte nicht, dass Onkel Robert herunterfällt, und keiner merkt es. Zuerst hatte ich auch diesmal in Sicht- und Hörweite Himbeeren abgenommen, insgesamt drei Kilogramm. Aber später ging ich ins Haus. Ein Fortschritt.

Auf dem Küchentisch breitete ich die Himbeeren aus. Es gibt kein schöneres Leuchten auf der Welt als das, wenn ein weißer Küchentisch über und über mit frisch gepflückten Himbeeren übersät ist und Sonnenlicht darauf fällt. Die Herdplatten in der Kindheit, wenn jemand vergessen hatte, sie abzudrehen, hatten ähnlich geleuchtet in der Dunkelheit.

Am späten Nachmittag mähte ich nicht nur beim Hochbeet mit der Sense, sondern auch den Teil des Bühels, der von mir bewirtschaftet wird. Am nächsten Tag setzte ich die Arbeit am Bühel fort und erledigte am Abend mit dem Elektrorasenmäher die Feinarbeit. So hatte ich zumindest am Bühel für vier Wochen Ruhe. Die Vögel machten mir in den Himbeeren Konkurrenz, viele Amseln und eine Sippe aus Mönchsgrasmücken. Aber alles in allem freuten mich die Vögel. Es tat mir noch immer leid, dass ich einmal beim Mähen aus Versehen ein Nest der Mönchsgrasmücken freigelegt und für die Katzen zugänglich gemacht hatte. Seither mähte ich erst im Juli.

Dann am südlichen Ende des Gartens noch ein bisschen ausgeholzt. Einige andere Kleinigkeiten ums Haus erledigt. Es war, als hätte ich bis zum Tod meines Vaters die Hoffnung gehabt, er könnte vielleicht doch zurückkommen und sich um alles kümmern. Aber es hatte natürlich vor allem damit zu tun, dass ich in den vergangenen Jahren die zur Verfügung stehende Zeit lieber mit Papa als mit Gartenarbeit verbracht hatte. Die Arbeiten am Haus und im Garten waren vergleichsweise unwichtig gewesen.

Damit Mama sich im Haus wohler fühlte, renovierten wir einzelne Zimmer und die Terrasse. Das geschah unter der Regie von Werner, meinem jüngeren Bruder. Als Balustrade zur Hangseite entstanden zehn kleine Hochbeete für Blumen und Gemüse. Die Atmosphäre war gleich eine andere.

Ende des Sommers hatte ich seit langem wieder richtig Farbe im Gesicht. Mein Körper war während der zurückliegenden Monate muskulöser geworden. Zurück in Wien war ich auch zum Ende einer Runde zu spontanen Antritten in der Lage und freute mich am Pochen meines Herzens. Ich schaute jünger aus als ein Jahr zuvor. Möglicherweise hatte ich im Gesicht an Substanz zugelegt. Aber mit Sicherheit hatte die Person im zurückliegenden Jahr an Substanz zugelegt.

Als ich mich am Morgen vor einem Hautarzttermin beim Duschen von oben bis unten einseifte und mit den Händen über die Waden fuhr, war ich einen Augenblick befremdet, so hart fühlten sie sich an. Prompt wachte ich in der Nacht mit Wadenkrämpfen auf. K. sagte, ich solle mir Magnesiumtabletten kaufen.

Ein Jahr lang verlief unser Leben tragödienfrei. Dann beging Martina, die mittlere Tochter meines älteren Bruders, einen Suizidversuch, sie lag einige Tage im Koma. Weitere Suizidversuche folgten. Am stärksten involviert sind in solchen Situationen die Eltern, dreihundertfünfundsechzig Tage im

Jahr, vierundzwanzig Stunden, bis zur vollständigen Erschöpfung. K. und ich standen vergleichsweise abseits. Doch wie alle andern versuchten auch wir, mit Martina Perspektiven für die nächste Zeit zu finden. Sie war verzweifelt und bestritt, dass es für sie Perspektiven gebe, es sei doch egal, ob sie sich heute oder in zehn Jahren umbringe, dann doch lieber heute, so erspare sie sich zehn Jahre.

Es war schwer, ihr etwas in ihren Augen Lohnenswertes anzubieten, die Verständigung über die bloße Möglichkeit von Glück scheiterte trotz zwischenzeitlich ruhigerer Phasen. Das Unglück hat es leider so an sich, dass es gebieterisch die Gegenwart protegiert, und die Zukunft steht unbeachtet, klein und dumm am Rand. Für die Eltern eine jahrelange, beinahe ununterbrochene Kraftanstrengung, diese Dynamik vielleicht doch zu durchbrechen. Zum immer Gegenwart fordernden Unglück kam fortlaufend weiteres Unglück hinzu, so einfach und so schrecklich. Es ist unendlich schade um das sympathische, blitzgescheite Mädchen, das sich drei Jahre später, nach ihrer zweiten Gewalterfahrung, das Leben nahm.

Zwischendurch war ich auf Lesereise. Aufgrund von ins Stocken geratenen Lohnverhandlungen lungerte ich viel auf deutschen Bahnhöfen herum und lutschte an den Zähnen. Seltsamerweise habe ich in meinem Leben bisher keine Veranstaltung versäumt, nicht wegen Krankheit, nicht wegen Todesfall, nicht wegen eines isländischen Vulkans, nicht wegen Bahnstreik. Manchmal verschlug es mich in eine Kirche. In Aachen und in Würzburg zündete ich für Martina Kerzen an. Etwas Besseres als Kerzenanzünden fiel auch mir nicht mehr ein. Alle komplett hilflos.

Für mich ist es schwer, wenn ich nichts bewirken kann, ich habe keine Strategien, wie ich mit Wirkungslosigkeit umgehen soll. Vielleicht lerne ich es noch, ohne zu verzweifeln und ohne zu resignieren. Der Schlüssel dazu dürfte wohl darin bestehen, dass man, wenn man glaubt, das Richtige zu tun, einfach weitermacht trotz der Wirkungslosigkeit.

Als ich von der Veranstaltungstour wieder zu Hause war und aller Reisestaub von den Ärmeln geklopft und alles weggeräumt und beiseitegeschafft war und ich in der Wohnung stand in meinem Räuberzivil, das ich seit Wochen nicht getragen hatte, ein Glas Wasser in der Hand: Da machte es mich fassungslos, dass ich tatsächlich wieder daheim war. Ein inneres Strahlen durchfuhr meinen Körper, ich setzte mich hin und breitete das Schwarzindien-Projekt vor mir aus. Dieses Projekt, das später den Titel *Unter der Drachenwand* erhalten sollte, okkupierte seit zehn Jahren einen Winkel meines Schreibtisches. Jetzt gehörte dem Projekt der ganze Tisch.

Ich hatte während dieser zehn Jahre, über den Daumen geschlagen, etwa zwanzigtausend Briefe aus der Zeit des Zweiten Weltkriegs gelesen, ein Drittel im Abfall gefunden, ein Drittel vom Flohmarkt, ein Drittel im Internet gekauft. Zehn Jahre lang hatte ich das Konzept immer wieder über den Haufen geworfen, weil ich unzufrieden gewesen war. Es ist auch eine Frage, wie lange man bereit ist, auf ein Buch zu sparen. Und wie sehr man der Versuchung widersteht, ein Projekt grün abzupflücken. Wer unreife Trauben isst, dem werden die Zähne stumpf.

Beim Schreiben von *Unter der Drachenwand* frappierte es mich, wie sehr ich dieses Projekt zu meiner Sache machte, ausgerechnet einen Roman über einen Soldaten und einige andere in die Knochenmühle des Krieges geratene Menschen. Keine Ahnung, was mit mir los ist. Immer wieder packen mich Dinge an der Gurgel. Diese Hand an der Gurgel ist eine drastische Form der Ergriffenheit, eine seltsame Form von Talent.

Lebenszeugnisse standen mir immer zur Verfügung in großen Mengen. Aber eine Katze, wenn sie auch zehn Kanarienvögel frisst, kann deshalb noch lange nicht singen. Es braucht eine literarische Verwandlung, eine Form, eine Sprache. Und es braucht soziales Gespür, die Fähigkeit, manche Lücken zu füllen und andere zu lassen. Alles nicht weit verbreitet. Das klingt unbescheiden, ich weiß. Doch will ich, wie gesagt, aufrichtig sein. Außerdem will ich nicht dümmer dastehen, als ich bin.

Der Literaturkritiker Denis Scheck nannte mich ein Empathiemonster. K. sagte abwinkend, sie finde nicht außergewöhnlich, was ich könne, nur unter Schriftstellerinnen und Schriftstellern sei es außergewöhnlich. Menschen mit einer ausgeprägten Begabung zur Empathie seien gar nicht so selten, aber die ziehe es in andere Berufe. Sie glaube, hier finde eine Negativauswahl statt. Schriftstellerinnen und Schriftsteller hätten interessanterweise ein unterdurchschnittlich gutes Gespür für Menschen.

»Ja, das glaube ich«, sagte K. »Ich weiß, es ist nicht sehr charmant.«

Und weiter:

»Selbst bei den Besten ist es oft eher Berechnen, nicht Einfühlen. Sie durchschauen die Leute – auf eine kalte, ziemlich treffsichere Art. Es fehlen da ein paar Wärmegrade. Bei den harmloseren Fällen ist es so, die interessieren sich gar nicht sonderlich für Menschen, sie haben ein Nahverhältnis zur Sprache, lesen gerne Bücher, sind gerne allein und wollen sich nicht mit anderen Menschen herumschlagen. Also sitzen sie zu Hause und schreiben.«

Ich sagte:

»In beträchtlichem Umfang gilt das auch für mich. Nur dass ich schon in jungen Jahren einen Weg gefunden habe, mit Menschen in Tuchfühlung zu kommen, ohne mich mit ihnen *herumschlagen* zu müssen. Meine Runden waren auch eine Form der Absonderung. Die ist dann halt früh gescheitert. Wie ein betrunkener Bauer ins schon volle Wirtshaus fällt, bin ich ins Leben gefallen.«

Und K. weiter:

»Menschen, die Bücher schreiben, neigen dazu, sich hinter ihrem Schreibtisch zu verschanzen, sie halten sich die Leute zehn Schritt vom Leib. So nehme ich es wahr. Das liegt, glaube ich, unter anderem daran, dass die Leute auf der Straße viel komplizierter und mühsamer sind als das, was einem in Büchern begegnet, widersprüchlich, fordernd, uneinsichtig, mürrisch. Da ist es natürlich angenehmer, sich die Welt vorzustellen, als sich ihr auszusetzen, das merkt man vielen Büchern an.«

Soziale Sphären sind meistens eng geschnitten, ziemlich schmal – das gilt für das Umfeld der allermeisten Menschen. Dort, wo sie es sich aussuchen können, leben sie in relativ homogenen Gruppen, das vermeidet ständige Konflikte. Die größte Herausforderung ist meistens die eigene Familie, da kann es eine Schwester geben, die ganz anders ist, esoterisch, überheblich, jähzornig, die lebt in einem anderen Spektrum. Oder einen Bruder, der seine Ecstasytabletten auf dem Dachboden versteckt und dem Großvater das Geld aus der Brieftasche stiehlt. Auch im Büro, in der Firma, an der Schule gibt es Menschen, zu denen man keinen Draht hat. Im selbstgewählten Umfeld hingegen tendiert der Mensch dazu, Übereinstimmung zu suchen, je mehr, desto besser. In der Großstadt fällt das nochmals leichter als auf dem Land, wo man einander weniger gut aus dem Weg gehen kann. Und wenn sich ein paar Gleichgesinnte gefunden haben, machen sie es sich in der Blase ihres homogenisierten Milieus häuslich. Es ändert dabei wenig, ob es die Blase der Rechten oder die Blase der Linken ist, ob sich Bohemiens, Kleingärtner oder Impfgegner in ihren virtuellen Käfig zurückziehen. Was dort passiert, wie soll ichs ausdrücken, ich meine mich zu erinnern, es war Gustave Flaubert, der gesagt hat: Alle verblöden um die Wette.

Im Schriftsteller-Käfig lesen wir alle mehr oder weniger dasselbe, Bücher von Kolleginnen und Kollegen, die wiederum die eigenen Bücher lesen, munter im Kreis. Selbst wenn man nicht alles liest, was in der Blase kursiert, weiß man doch Bescheid über das, was in der Luft liegt. Der Informationsstaub der Trends schlägt sich überall nieder, man atmet ihn ein, es ist schwer, sich dem zu entziehen. Und irgendwo entlang dieser Kreisbewegung entsteht eine im Kollektiv geschaffene Einseitigkeit, irgendwo entlang dieser Kreisbewegung geht die Fähigkeit verloren, zwischen dem im guten Sinn Natürlichen und dem im schlechten Sinn

Künstlichen zu unterscheiden. Bei vielen, insbesondere männlichen Schriftstellern, wenn sie in die Jahre kommen und die Möglichkeiten, sich abzuschotten, besser und besser werden, beobachte ich dieses Phänomen. Die Vorstellung, dass ich womöglich bald ebenfalls zu dieser Gruppe gehöre, beunruhigt mich.

Die Briefkonvolute segelten mir vergleichsweise zufällig auf den Schreibtisch, das wusste ich immer zu schätzen. In einer Prosa, die meistens schlicht war wie ein Gehsteig, führten mich die Briefkonvolute in ihre diversen Höllenkreise. Die feinsinnigen Betrachtungen blieben mir überlassen.

Es hat viel für sich, dass die Briefschreiber es nicht auf gute Kritiken abgesehen hatten. Denn es gibt Ansprüche, die verderben den Stil. Jede Stilisierung ist Lüge. Ich bin überzeugt, dass Menschen, die nicht für die Öffentlichkeit schreiben, einen Tick weniger lügen als meinereins. Sie lügen nur einen Tick weniger. Aber man muss froh sein um den kleinsten Abstrich.

Arthur Schopenhauer schreibt: "Daher nun ist die erste, ja, schon für sich allein beinahe ausreichende Regel des guten Stils diese, dass man etwas zu sagen habe."

Die meisten Menschen, wenn sie aus privaten Gründen schreiben, haben etwas zu sagen. Warum sonst sollten sie sich hinsetzen? Bei Menschen, die mit Schreiben ihren Lebensunterhalt verdienen, ist das oft nicht so klar.

Wer das Schreiben zum Beruf macht, verliert die Frage, ob er etwas zu sagen hat, leicht aus den Augen, das liegt in der Natur der Sache, sowie das Schreiben zum Broterwerb wird. Oder zum Selbstzweck. Dann verliert das Geschriebene rasch an Unmittelbarkeit, das Unmittelbare weicht dem Kalkulierten, wird ersetzt durch Erfahrung, Schema und Geschwafel. Es ist schwer, hier auf Dauer ein Gegengewicht zu schaffen. Doch wer dieses Gegengewicht nicht schafft, hört auf, Künstler zu sein. Der verreckt im Handwerk.

William Gaddis sagte in einem Interview: "Und während ich nun älter werde und mir das Material ausgeht ... ach, ich bin das alles ziemlich leid."

Bei Philip Roth merkte man zuletzt, holla, das Leben von Philip Roth gibt nicht alle zwei Jahre einen Roman mit Kraft und Tiefe her, jetzt ist ihm lebend das Leben ausgegangen, jetzt schreibt er Literatur, die das Lebendigsein nur fingiert, zusätzlich zu allem anderen, was an seinen letzten Romanen falsch war. Meisterlich gemacht, meinetwegen, aber die behauptete Tiefe war ein Konstrukt, wo sie beiläufig hätte sein sollen.

Philip Roth hätte sich alles kaufen können, Stoff, Material, gelebtes Leben. Für Geld bekommt man fast alles. Aber es reicht nicht, dass etwas *guter Stoff* ist, man braucht auch eine Beziehung zu dem, worüber man schreibt. Der Stoff muss einem emotional gehören auf die eine oder andere Art, um damit arbeiten zu können. Selbst erlebt, selbst entdeckt, etwas, das sonst niemandem gehört, das Eigene, die eigene Elendstiefe. Und dann mit der Hand an der Gurgel schreiben – das geht nicht alle zwei Jahre, ob man nun Geld hat oder kein Geld hat.

Am Ende lief Philip Roth eine kahle Wand hinauf und wieder hinunter. Es gab in seinen späten Texten Höhe und Tiefe, aber kein Leben. Das nenne ich *die kahle Wand*.

Schließlich sah Philip Roth es selbst ein, er sagte, er höre auf, weil es nichts bringe, weitere mittelmäßige Bücher zu schreiben – was nochmals unterstrich, dass er um Welten klüger, begabter und mutiger war als die allermeisten seiner Kolleginnen und Kollegen. Ich bewundere Philip Roth sehr, ich schwöre es mit der Hand auf *Sabbath's Theatre*.

Karl Kraus sagte: "Den meisten fehlt der Mut, das Bücherschreiben einfach bleiben zu lassen."

Ein guter literarischer Text ist gierig, ungeheuer gefräßig. Man muss in der Lage sein, diese Gier zu stillen, sonst hungern die Texte, und man hört auf jeder Seite das Magenknurren, das stört beim Lesen.

Das Konzept des Berufsschriftstellers, je länger ich darüber nachdenke, überzeugt mich am Ende doch. Eine Berufstätigkeit neben dem Schreiben schafft so viele andere Probleme, dass die Sache dadurch eher schlimmer als besser wird. Aber wenn man nicht aufpasst, zerstört sich das Schreiben auf Dauer selbst, aus sich selbst heraus. So kommt es mir vor. Und es macht dabei keinen Unterschied, ob man von Berufs wegen schreibt oder aus Berufung. Der Anteil an Straßenerfahrung nimmt in höherem Alter ab, das gilt für alle Bevölkerungsgruppen und Bevölkerungsschichten, aber ganz besonders für Menschen, die ständig zu Hause sitzen und schreiben. Die vielen Wörter schneiden einen ab von der Welt (draußen) und von der Poesie (drinnen). Die Sätze werden zuerst hölzern, dann papieren, das ist der normale Weg.

Ich weiß aus eigener Erfahrung, mit den Jahren wird das Schreiben zur Existenzform. Die Vorstellung, einfach aufhören und dann möglichst unauffällig verschwinden zu sollen, nur weil das Geschriebene schwächer wird, hat etwas Trauriges. Aber wirklich arbeiten heißt, die eigene Arbeit kritisch zu hinterfragen, es genügt nicht, einfach immer weiterzumachen. Wobei, es genügt natürlich sehr wohl, es genügt vollauf, dass ein Mensch schreibt, weil er gerne schreibt, niemand muss sich dafür rechtfertigen. Aber andere müssen das Geschriebene nicht gewohnheitsmäßig gut finden. In meinem Verständnis von Kunst reicht es nicht, dass ich selbst von der Dringlichkeit meines Tuns überzeugt bin – subjektiv überzeugt. Misslingt die Vermittlung dieser Dringlichkeit nach außen, ist künstlerisch etwas schiefgegangen. Dann muss ich die Frage nach der Dringlichkeit, die von außen an mich herangetragen wird, aushalten, die Frage, ob ich noch etwas zu sagen habe oder nur schreibend meine Zeit totschlage aus Mangel an Alternative.

Wovor ich mich hüten möchte, ist, dass ich eine Existenz etabliere, in der ich vor allem Schriftsteller bin auf eine beinahe totale Art. Der Schreibtisch, wenn man vom Schreibtisch nicht mehr wegkommt, nimmt einem schleichend die Lebensgeister, davon bin ich fest überzeugt. Der Schreibtisch ruiniert über kurz oder lang beinahe jedes Talent. Bei vielen Büchern (vor allem Romanen), die ich lese, ist evident, hier weiß jemand nicht, was er mit seinem Tag sonst noch anfangen könnte. Dafür, ein Leben abseits des Schreibens einzurichten, ist es zu spät oder jemand hat keine Lust dazu. So folgt ein Buch dem andern, der Blick wird enger, einseitiger, die üblichen Trampelpfade, die begangen statt umgangen werden. Das Umgehen von Trampelpfaden erfordert den

Bruch mit Vertrautem, also Risikobereitschaft. Aber Risikobereitschaft ist riskant in Anbetracht des erlangten Ranges. Die Lust am Risiko weicht der Lust am Gelingen, das Handwerk nimmt überhand. Die Bücher sind jetzt nicht mehr dringlich, dafür vorhersehbar und auf eine träge Weise gewichtig.

Die gewohnten Wege bieten viele Bequemlichkeiten, aber wenn man genau hinsieht, zeigt sich, dass sie auf lange Sicht mehr Gefahren bergen als Chancen. Eine der größten Gefahren in der Kunst ist, dass man auf einem zu stark begangenen Weg landet, auf einem von einem selbst zu stark und vor allem zu lange begangenen Weg. Dann wird das ehemals Innovative zur Manier. Und unter der Manier erstarrt das Lebendige zur Mumie. Die Manier ist die Totenmaske des Künstlers.

Wenn man kein Leben hat neben dem Schreiben, ist es, noch während man schreibt, als sei man tot.

Das ist von heute aus gesprochen. Und natürlich wäre es interessant zu wissen, was ich in fünfzehn Jahren dazu sage. Wie mache ich das, mit der Kunst zu enden?

Mittlerweile fand ich große Briefkonvolute aus der Zeit, in der ich mit meinen Runden begonnen hatte. Ich erinnerte mich an den jungen Mann, der nach Möglichkeit jeden Montagvormittag losgezogen war und während seiner Wanderungen über seine Ängste nachgedacht hatte. Wenn mir besonders unbehaglich gewesen war, hatte ich Gedichte von Else Lasker-Schüler aufgesagt oder gebetet. Das ist lange her, aber ich höre es noch, das hoffnungsarme Psalmodieren. Und auch das Unbehagen kann ich nachempfinden, das ich damals verspürte, weil ich glaubte, mein Schicksal liege nicht, wo es hingehöre, in meinen Händen nämlich. Dort nahm ich es nicht wahr. Es dominierte das Gefühl: Wenn kein Wunder geschieht, werde ich weder in einer glücklichen Beziehung leben noch in gesicherten Verhältnissen.

Das Aufsagen von Gedichten und das Beten sollten mich ablenken, damit ich nicht länger an mein Unglück dachte. Und am Nachmittag kletterte ich in meine Papiergruft hinunter.

Die Briefkonvolute, die ich in den neunziger Jahren nach Hause gebracht hatte, waren mir vorgekommen wie abgefasst in einer Art Küchenlatein. Es entstand in mir kein hörbares Echo. Halbherzig hatte ich in eine tiefe Schlucht hineingerufen, und weil das Echo ausgeblieben war, hatte ich mich abgewendet. Erst Jahre später, mich der Schlucht wieder nähernd, vernahm ich das Echo. Es erzählte mir Dinge, von denen ich beim Hineinrufen nichts geahnt hatte.

Der Gehalt von Tätigkeiten verändert sich, wie sich die Eigentümlichkeit von Menschen verändert, wenn man lange mit ihnen zu tun hat. Sie werden zu anderen Personen. Alles bekommt mit den Jahren ein anderes Gesicht: Leidenschaften, Gewohnheiten, soziale Beziehungen. Das Schreiben. Und die Runden. Während der vielen Jahre, die ich unterwegs gewesen war, hatten die Runden mehrfach ein anderes Gesicht bekommen. Dann bahnte sich ein weiterer Wandel an: Ich stellte fest, dass ich anfing, diesen Teil meines Lebens mit Abstand zu betrachten.

Wenn eine Geschichte erzählenswert wird, trägt sie ihr Ende schon in sich.

Ich machte mir in großem Umfang Notizen, es war klar, ich bewege mich aus der Geschichte hinaus. Die Gründe waren vielfältig. Vor allem hatte es damit zu tun, dass auch ich mich wieder verwandelte in eine andere Gestalt: Mann in mittleren Jahren.

Über Jahrzehnte hinweg hatte ich am Schreibtisch meine Augen nicht geschont. Kopfweh hatte ich kaum je in meinem Leben, ich kann stundenlang arbeiten, ohne ein einziges Mal aufzublicken. Jetzt trug das linke Auge zum Lesen nicht mehr viel Leserliches bei, und auf dem rechten Auge hatte ich –13 Dioptrien. Ich erschrak, wenn ich mir die Aussichten vergegenwärtigte.

Manchmal übte ich in der Wohnung, wie es sein würde, wenn ich blind war. Wie lange noch? Nicht sehr lange vielleicht, dann erledigt sich alles von alleine.

Ich arbeitete alle Konvolute auf, die noch in den Regalen lagen. Vieles warf ich weg, es wurde wieder zu Abfall und kam dorthin, wo es schon einmal gewesen war. Das hatte mit meinen abgenutzten Augen zu tun, aber vor allem mit der Annahme, dass ich diese Dinge nicht mehr benötigte, von dort erwartete ich mir nicht mehr viel, ich hatte mich lange genug damit beschäftigt und meine Schlüsse gezogen. Ich sortierte meine Notizen und Tagebücher, ich wollte mir einen Überblick verschaffen. Ich sagte mir: Sieh dich beizeiten vor, lieber Freund.

Die Runden machte ich jetzt mehr aus alter Gewohnheit als aus Interesse an dem, was ich fand. Ich hatte nicht das Gefühl, dass das Gefundene auch in Zukunft Entscheidendes beitragen würde. Wenn ich ein Konvolut fand, war mir das natürlich recht, ich legte es auf die Seite, wie man Erspartes auf die Seite legt für Notzeiten, zur Absicherung gegen die Tücken der Zukunft. Zwischendurch wünschte ich mir, dass ich ein großes Geheimnis entdeckte. Aber dem war nicht so. Also begnügte ich mich mit der körperlichen Betätigung an der frischen Luft, der Ablenkung, der Abschweifung, dem weiten Bogen.

Manchmal half ich einer Weinbergschnecke über die Straße, einmal einem Hirschkäfer. Ich hatte seit meiner Kindheit keinen Hirschkäfer mehr gesehen und war zufrieden für diesen Tag. Erfreulich, dass ich auch ein Buch nach Hause brachte, das mir etwas bedeutet, ein Buch über Maskenbräuche in Europa: *Wilder Mann*.

Immer deutlicher wurde mir bewusst, in welche Richtung es ging. Irgendwann würde ich nicht mehr in diesen

Straßen unterwegs sein, vielleicht gar nicht mehr in Wien leben, bestimmt sogar. Ich vergegenwärtigte es mir, wenn ich unterwegs war, ein bisschen, als würde ich eine alte Tante besuchen und mir in Erinnerung rufen, dass ich sie möglicherweise zum letzten Mal sah. Ich brachte mir bei, die Runden mehr zu genießen, Abschied zu nehmen anstatt irgendwann den Verlust zu betrauern. In früheren Jahren war ich oft vorzeitig auf den Heimweg eingebogen mit einem gemurrten: Mir reichts. Zuletzt passierte mir das nicht mehr.

Heute gehe ich oft am Fluss spazieren. Ich wandere in den Wäldern. Manchmal habe ich Sehnsucht nach den Runden, doch ohne mir diese Zeit ernsthaft zurückzuwünschen. Denn irgendeiner Form von Ende bedarf es selbst von den schönsten Dingen, es ist schrecklich, wenn Dinge *ewig so weitergehen*. Es sollte nicht ewig so weitergehen bis zur großen Ausfallstraße ohne Wendepunkt. Dort vorne, siehst dus? Das ist der Tod.

Nicht äußere Umstände sollten mein Fahren im Kreis beenden, ich wand mich heraus und beendete es selbst. Das ist Erlösung.

Wenn ich, was manchmal geschieht, durch Wiens Straßen gehe und einen dieser rot-grünen Behälter für Altpapier sehe, überkommt mich momenthaft das alte Gefühl, wie ich es hatte, wenn ich an einem guten Tag unterwegs war: Das Versprechen von unbegrenzten Möglichkeiten. Ich schaue wie gebannt hinüber und muss mich zusammenreißen, damit ich nicht versuche, alte Fähigkeiten aufzufrischen. Nicht, dass K. protestieren würde, wenn ich hinüberginge, ich selbst will es nicht. Ich möchte mir die Enttäuschung ersparen, feststellen zu müssen, dass es mir nichts mehr bedeutet. Meine innere Muss-Person zwingt mich vorbeizugehen.

Und ja, kein Zweifel, ich bin weiterhin nicht besonders wild darauf, für die nächsten zwanzig Jahre hinter dem Schreibtisch festzustecken. Manchmal frage ich mich, ob nicht vielleicht die Runden die entscheidende Inspirationsquelle waren, mein versteckter Eingang zu jener unterirdischen Welt, die der Gegenstand der Literatur ist. Was jetzt, da diese Quelle versiegt ist? Wie weiter? Wie soll man das wissen? Stehe ich jetzt abgerissen da? Welches andere Leben kann ich beginnen? Das frage ich mich manchmal, wenn ich schwermütig auf meinem Bett liege.

K. sagt:

»Was wir brauchen, das ist ein neues Geheimnis.«

Der Gegenstand ist beinahe erschöpft, und so auch ich. Ich bin auf dem Sprung. K. wartet, wir wollen einen Ausflug machen, nichts Spektakuläres. Höchste Zeit, die nicht länger aufschiebbare Frage zu erörtern: Darf er das überhaupt?

Diese Frage wird stehenbleiben, weil Einigkeit nicht erzielt werden kann, das weiß ich. Mich haben immer die Grauzonen angezogen, in den Grauzonen verbirgt sich das eigentlich Menschliche. In der Grauzone fordert der Mensch die Gesellschaft heraus, und in diesem Spannungsfeld entwickeln sich beide.

Die Tatsache, dass ich die Frage nach dem Dürfen mit dem Aufhören verknüpfe, ist jedenfalls schon für sich genommen eine Auskunft. Rückblickend ist es für mich nicht denkbar, dass ich mich anders hätte entscheiden können.

Man müsste schon sehr strikt sein, Geliebtes einfach zu lassen. Persönlich, menschlich und gesellschaftlich gehören die Runden zum Teil meines Lebens, den ich glaube, sinnvoll verbracht zu haben. Für mich waren die Runden richtig. Mir zu wünschen, ich könnte einen anderen Weg eingeschlagen haben, wie schon gesagt, das hieße, mir zu wünschen, dass ich nicht ich bin. Diesen Wunsch hatte ich als junger Mensch, jetzt nicht mehr.

Auf vertretbare Weise bin ich an Dinge gelangt, für die man bereit sein müsste, größere Wagnisse auf sich zu nehmen. Nach manchem, was ich gefunden habe, hätte auch Gustave Flaubert sich gebückt. Und klar, es sind nicht immer die lautersten Motive, von denen wir leben. Über allem steht, dass ich Vorteile aus meinen Runden hatte, in persönlicher und ökonomischer Hinsicht, das ist der ausschlaggebende Aspekt: Ich habe es für mich getan.

Mehr im Allgemeinen, wie soll ich sagen … ich habe viel darüber nachgedacht und weiß, kein Mensch ist frei davon, sich seine Argumente so zurechtzubiegen, dass sie dem Eigennutz dienen. Jeder Mensch ist versucht, das Vorteilhafte als das Bessere darzustellen. Und doch, auch mehr im Allgemeinen, wenn ich mich gewissenhaft befrage und versuche, nicht der Gefahr der einseitigen Betrachtung zu erliegen – ich komme zum gleichen Ergebnis.

Kunst wird von der strikten Einhaltung der Konventionen nicht befördert, darin sind wir uns, glaube ich, einig. Auch darüber, dass uns mit Verschwiegenheit im Alltag zu helfen ist, aber nicht in der Literatur, herrscht, glaube ich, Einigkeit. Wer Literatur als etwas betreibt, das Ansprüche stellt, zieht die nötige Konsequenz und überschreitet die Drecklinie.

Das allerbanalste Argument ist, dass Menschen, deren Aufgabe es ist, dem Gesetz Achtung zu verschaffen, immer die Ruhe weghatten, wenn sich ihnen Gelegenheit bot, mir beim Überschreiten der Drecklinie zuzusehen. Während all der Jahre haben meine Runden niemanden je gekümmert. Etwas Verbotenes, vor aller Augen ausgeübt, könnte niemals zu solcher Dauer gelangen. Die Entspanntheit der Behördenvertreter, Stadtbediensteten und Rechtsorgane war unzweideutig.

Als ich vor vielen Jahren eine bis obenhin mit Büchern gefüllte Papiertonne sondierte, sprach mich ein Polizist an, er sagte, sollten Kochbücher dabei sein, die ich nicht brauche, solle ich sie obendrauf legen, er komme später wieder vorbei.

Kochbücher fanden sich keine. Der besonderen Umstände wegen erinnere ich mich, dass ich zwei Bände mit Texten von Sören Kierkegaard mitnahm, eins davon *Die Schriften über sich selbst*. Kierkegaard schreibt darin:

"Davon, ein Einzelner zu sein, ist niemand ausgeschlossen."

Nun weiß ich, dass Bücher eine unwesentliche, vergleichsweise harmlose Seite des Phänomens repräsentieren, denn sie betreffen nicht die Privatsphäre. Der schwerste Einwand gegen mein Tun muss der sein, dass ich anderer Menschen Privatsphäre gestört habe durch das Lesen von Geschriebenem, das mich nichts angeht. Doch das habe ich nicht. Oder sollte ich sagen, so empfinde ich es nicht? Wissend, dass ich mir selbst nicht ganz trauen darf und dass man zu einer anderen Sicht gelangen kann von einem anderen Standpunkt?

Eine Person nimmt etwas aus einer Schublade, etwas Privates, ein Bündel Briefe. Die Person will das Bündel loswerden, wirft es weg und ist es los. Im Moment des Wegwerfens vollzieht sich eine Verwandlung, das Bündel verwandelt sich von etwas Privatem in Abfall, eine extreme Degradierung. Jetzt liegt das Bündel in der Dunkelheit seiner Nacht und harrt der Vernichtung.

Einen Tag später komme ich, hebe den Deckel der Tonne, sehe das Bündel, nehme es heraus, und wieder vollzieht sich eine Verwandlung. Doch der Abfall verwandelt sich nicht zurück in das, was er seiner Herkunft nach war, in etwas Privates, sondern in ein Dokument.

Zurück in etwas Privates würde sich das Bündel verwandeln, wenn ein Familienmitglied oder ein Nachbar es herausnähme, dann bliebe es in der Sphäre der Person, die das Bündel weggeworfen hat. Manche Menschen bauen etwas zu vertrauensvoll auf den Takt der Nachbarn, mit denen sie eine an der Straße stehende Altpapiertonne teilen. Der Anspruch auf Privatsphäre wird dadurch nicht eben bekräftigt. Aber im Gegensatz zu den Nachbarn kenne ich die Person nicht, ich stehe zu ihr in keiner persönlichen Verbindung. Der äußere Zusammenhang ist ebenso ausgelöscht wie der private Kontext, in den jede Äußerung ursprünglich eingebunden war. Das von Unbekannten Geschriebene hat seinen Daseinsgrund nur mehr in sich selbst, bildet seine eigene sprachliche Welt, mit dem Rücken zu seiner Herkunft und dem Gesicht zu mir.

Heimlich das Tagebuch des Bruders zu lesen, ist grausam. Aber das Tagebuch von jemand Unbekanntem zu lesen, versachlicht das Geschriebene. Auf meinem Schreibtisch ist das Tagebuch Grundstoff. Die Person, die geschrieben hat in ihrer konkreten Weltgestalt, stellt keinen Bezugspunkt dar, weil ich sie nicht kenne. Ich lese nicht horizontal, sondern mit dem Senkblei, *de profundis*.

Es ist erstaunlich: Wenn man sich darauf einlässt, erkennt man in jedem Schreiber und jeder Schreiberin eine Ähnlichkeit mit sich selbst, eine menschliche Familienähnlichkeit sozusagen. Beim Lesen war es, als unternähme ich eine Erkundungsreise auf der Suche nach Dingen, die in der Natur vorkommen, in der Natur des Menschen nämlich.

Brächte ein Kosmonaut bei seiner Rückkehr zur Erde aus einem Altpapierbehälter vom Mars die Korrespondenz zweier verliebter Marsianer, wäre unser erstes Thema wohl nicht die Frage nach der Privatsphäre. Die Frage wäre: Was haben sich Marsianer zu sagen, wenn sie verliebt sind? Was verstehen sie unter Liebe? Wie drücken sie sich aus? Wie gestaltet sich das Leben auf dem Mars? Was sagt uns das über unsere eigene Lebensweise? Und wenn der Kosmonaut obendrein versicherte, die Marsianer hätten diese Dinge weggeworfen und seien ausgestorben, jedenfalls sei er dort oben niemandem begegnet, dann sprechen wir von einem Dokument.

Die Kulturwissenschaft ist sich einig, dass man auf der Basis von Abfall zu einer guten Weltdeutung gelangen kann und zu einer guten Kenntnis der Gesellschaft, die diesen Abfall produziert. Ich war hier immer bereit, die Kulturwissenschaft beim Wort zu nehmen.

Und die Abfallwirtschaft sagt ohnehin: Der beste Müll ist der, der nicht anfällt. Ob jemand Pfandflaschen sammelt oder Briefe, macht dabei keinen Unterschied. Du nimmst dir, was weggeworfen wurde, weil du selber dafür Verwendung hast.

Ein weiteres, mehr subjektives Argument, das gebe ich zu: Ich wollte nicht zusehen, wie Schönes in Möbelkarton verwandelt wird, das wäre Verrat an der Sache. Ich fühle mich dem Geschriebenen mehr verpflichtet als dem Verwertungsbetrieb und mehr als denjenigen, die aufräumen und wegwerfen. Bei der Vorstellung, dass das 1940 von einem jüdischen Wiener Mädchen auf der Überfahrt von Stockholm nach San Francisco geführte Tagebuch nach Kilopreis Altpapier gewogen und eingestampft wird, sträubt sich etwas in mir. Diesen Verrat am Geschriebenen und am Leben bin ich nicht bereit zu begehen. Dann doch lieber den anderen Verrat.

So bin ich ehrlich erleichtert, dass ich nie ein zwingendes Argument gegen meine Runden gefunden habe. – "Verse wachsen auf dem Müll."

Es nähert sich der Moment, da ich den Vorhang wieder fallen lasse. Ich schreibe ein letztes Kapitel. Anschließend wird das von mir Geschriebene als Buch gedruckt, und es wäre zu wünschen, dass alle, die das Buch lesen, darin etwas für sie Wichtiges finden. Schön wärs. Denn *natürlich* mache ich mir nichts vor, ich weiß, es wird Stirnrunzeln geben, Unverständnis, Grobheiten, wie immer. Diesem Risiko setzt sich jeder Mensch aus, der schreibt, der aus der Reihe tritt. Aber es macht mir nicht mehr so viel aus wie früher, wenn jemand eine schlechte Meinung von mir hat. Deshalb stört es mich auch nicht, dass Exemplare des Buches rasch im Abfall landen werden. Das ist der Lauf der Welt. Fünfzigtausend Wörter auf 350 Gramm Papier. Jetzt Altpapier – im Gegenwert von ungefähr zwei Cent. Die fünfzigtausend Wörter sind zu Sätzen gefügt. Das ist Sprache. Vielleicht fischt eine neugierige junge Person eines der weggeworfenen Bücher aus dem Altpapier und findet darin für sich das Wichtige.

So zirkuliert das Papier. So zirkuliert der Geist.

Ein vor Jahrzehnten nach Hause gebrachtes Foto ist auf der Rückseite mit der Bemerkung versehen: *Wenn es dir nicht gefällt, wirf es weg, es ist nur ein Fetzen Papier*. Ich schließe mich an.

Auch viele Briefe, die ich in meinem Leben geschrieben habe, sind bestimmt schon weggeworfen, davon gehe ich aus. Ich bin kein sonderlich begabter Briefschreiber. In jüngeren Jahren fehlte es mir an Selbstvertrauen und daher an Offenheit, meine Briefe waren voller falschem Gestus. Versteckbriefe, könnte man sagen. Ich versteckte mich hinter auffälligen Sätzen, wie Jugendliche sich auf einstudierte Art unnatürlich bewegen, um nicht als das gesehen zu werden, was sie sind: unsicher. Später fehlte mir häufig die Motivation. Warum? Ich weiß auch nicht, es wird schon Gründe gehabt haben, vielleicht wollte ich nicht ständig etwas beweisen müssen. Heute schreibe ich E-Mails, wie die allermeisten Menschen. Briefpapier? Ich glaube, das ist nicht die Branche mit der höchsten Wachstumsrate.

Als Kind glaubte ich, die vielen Briefe, die verschickt werden, müssten von Arbeitslosen gestempelt werden, deshalb sage man, jemand gehe stempeln. In den Nachrichten war von einem ganzen Heer von Arbeitslosen die Rede, und alle mussten stempeln gehen wegen der vielen Briefe, die geschrieben wurden. Das machte mir Eindruck. Und auch die Lösung der beiden Probleme durch Zusammenführung leuchtete mir ein in meiner kindlichen Fantasie.

Vor einigen Jahren wurde in den Medien darüber diskutiert, dass im aktuellen Katalog eines internationalen Möbelkonzerns Bücher aus den Regalen verschwunden waren. Der neue Lifestyle signalisiert: Andere Dinge sind schöner anzusehen als Zusammenrottungen von Buchrücken. Zum bloßen Angeben kauft sich heute kaum mehr jemand Bücher. In W. R. Burnetts Kriminalroman *Little Caesar* beklagt sich Little Caesar über einen Gangsterkollegen, der seinerseits Little Caesar belächelt, denn Little Caesar hat echte Bücher im Regal. Der Gangsterkollege besitzt eine Bibliothek, zweimal so groß wie die von Little Caesar, und alles Buchattrappen. Auf seine Attrappen ist der Gangsterkollege stolz. Little Caesar empört sich:

"Himmel noch einmal! Wenn schon eine Bibliothek, dann eine richtige. Und Punkt. Ich hab so verdammt viele Bücher, dass ich Kopfweh bekomme, wenn ich sie bloß durch die Glastüren ansehe."

Bis vor zwanzig Jahren dienten Bücher nicht nur zum Lesen, sondern überdies zur Repräsentation. Das ist Geschichte, kommt aber irgendwann wieder, so vieles kommt irgendwann wieder, so vieles dreht sich im Kreis. Momentan werden Bücher in großen Mengen weggeworfen. Die repräsentativen Aufgaben werden von den Möbeln selbst übernommen. Und zu diesen Möbeln passen weiße Wände besser als Buchrücken. Zur Freude der Möbelproduzenten kann aus den weggeworfenen Büchern billig Verpackungsmaterial hergestellt werden.

Dabei sind Bücher eins vom Großartigsten, was es gibt, in mehr als nur einer Hinsicht. Durch Lesen verkürzen wir unsere Lebenszeit nicht, wir verlängern sie. In wenigen Stunden können wir die Erfahrungen nachvollziehen, die ein anderer Mensch in Jahren oder Jahrzehnten gemacht hat. Wir gewinnen Erfahrung im Zeitraffer. Derlei Wundersames vermögen Bücher.

Bücher sind eine demokratische Ware wie kaum eine andere. Eine Flasche ausgezeichneter Wein kostet ein Vielfaches von dem, was eine Flasche schlechter Wein kostet. So ist es bei fast allem: Gute Fahrräder kosten mehr als schlechte, gute

Handschuhe kosten mehr als schlechte, gutes Brot kostet mehr als schlechtes. Aber ein gutes Buch kostet nicht mehr als ein schlechtes, man erkennt es nicht am Preis. Das ist zunächst ein Vorteil für die schlechten Bücher, wenn man so will, sie geben sich weniger leicht zu erkennen. Gleichzeitig macht diese Besonderheit gute Bücher zur Wegwerfware, was dafür sorgt, dass auch gute Bücher theoretisch allen zugänglich sind. Manchmal liegt das Glück tatsächlich auf der Straße, es verblüfft mich nur, wie blind viele Menschen sind.

Vor einigen Jahren kaufte mir K. einen Schredder, ein kleines Gerät, das zehn Blatt gleichzeitig in dünne Streifen schneiden kann. Bei manchen Fundstücken hielt ich mich nicht für berechtigt, sie nochmals in andere Hände gelangen zu lassen. Und so habe ich etliches dorthin zurückgegeben, woher ich es hatte, ins Altpapier. Ein Archiv, auch ein Literaturarchiv, ist etwas Öffentliches, nichts Intimes. Dinge bekommen eine Nummer, eine Signatur, werden mit Schlagwörtern verknüpft und sind fortan auffindbar, weltweit. Das verträgt sich nicht mit meinem Empfinden manchen Fundstücken gegenüber, eine Sache zwischen ihnen und mir. Zwei Wochen lang trug ich wiederholt große Taschen mit in wirre Papierballen verwandelten Briefen und Tagebüchern hinunter in den Hof und kippte sie in die Tonne. Zwischendurch stieg ich in die Tonne hinein, um stampfend mehr Platz zu schaffen. Der Anblick der verknäuelten Papierschlangen verursachte mir ein Gefühl der Erleichterung.

Wenn ich anschließend in der Wohnung nichts mehr zum Schreddern fand, war ich enttäuscht. Mit einem strengen Zug um den Mund ging ich durch die Zimmer und spähte in alle Winkel.

Früher, beim Anblick von einem Kubikmeter weggeworfener Bücher, konnte ich die Freude erahnen, die jemand beim Entsorgen empfunden hatte. Ent-sorgen, das heißt auch, sich einer Sorge entledigen. Ich hatte den Himmel angefleht, mir stets die Kraft zum Wegwerfen zu geben für all das, was bei mir keinen Platz mehr hat. Vieles habe ich in den vergangenen Jahren der Kreislaufwirtschaft zugeführt, ich liefere Ressourcen.

Während einer meiner letzten Runden, die ich machte, fand ich ein aus Karton gebasteltes Plakat, beschriftet mit grünem und gelbem Leuchtstift, die Buchstaben schwarz umrahmt: *Umweltschutz ist keine Hexerei*. Am Freitag davor hatte in Wien ein großer Schulstreik fürs Klima stattgefunden. Ich hatte Streikabfall aufgegriffen. Ich nahm das Plakat mit nach Hause. Es ist schön, es erfüllt alle Aspekte der Alltags- und Wegwerfkunst, spontan und mit Liebe gemacht. Eine Zeit lang stand das Plakat in meiner Küche auf dem Bord.

Nicht ganz unpassend zur Widersprüchlichkeit unserer Welt gibt die Rückseite des Plakats Aufschluss über die Herkunft des Kartons: Hanseatic Benzinrasenmäher. Umweltschutz ist keine Hexerei, in der Tat. Die Kinder demonstrieren fürs Klima, die Eltern kaufen Benzinrasenmäher, ein Versagen, das mich nicht sonderlich verblüfft. In den Ferien fliegt dann die ganze Familie nach Guadeloupe, es wird schon niemandem auffallen.

Der Zustand der Welt animiert nicht zur Sorglosigkeit. Die Spätfolgen unseres Handelns, das sagt schon das Wort, treten erst später ein, die schlimmsten Spätfolgen, wenn wir schon abgetreten sind. Aber klar ist schon heute: Wir haben einen hohen O u t p u t an Spätfolgen. Und wenn die Produktion solcher Spätfolgen Teil unserer Wertegemeinschaft ist, sollten wir diese Werte hinterfragen.

Noch etwas anderes passierte während einer meiner letzten Runden. Ich hatte schwere Beine, weil K. und ich am Vortag eine fünfstündige Wanderung gemacht hatten ohne ausreichend Trinkwasser. In einer langgezogenen Steigung hörte ich hinter mir ein Surren. Unmittelbar darauf wurde ich von einer ebenfalls Rad fahrenden, etwa achtzigjährigen Frau überholt. Sie fuhr mit 25 km/h an mir vorbei und schien äußerst zufrieden mit sich. In die Pedale treten musste die Frau nicht wirklich, sie saß aufrecht im Sattel und strahlte. Ich selber sträube mich bis heute dagegen, mir ein E-Bike anzuschaffen, denn ich mag es, wenn ich *ausgepowert* bin. Aber vielleicht wird ein E-Bike in zwanzig Jahren zur Option. Ich fahr so gern Fahrrad, ich bin so gern ein freier Mensch.

K. und ich besitzen seit über zwanzig Jahren kein Auto mehr, wir hatten nur zwei Jahre lang eines. Wir machen oft Fahrradtouren. K. ist zäh, aber auf dem Fahrrad bin ich zäher. Es hat sich bei uns eingebürgert, dass ich in längeren Steigungen meine rechte Hand auf K.s Schulter lege und anschiebe. Das hat sich für uns bewährt. K. hilft mir in anderen Dingen. Bei diesem Buch hat sie mir sehr geholfen.

Sollten Sie je ein in die Jahre gekommenes Paar sehen,

das mit Fahrrädern ohne Akkuantrieb unterwegs ist, und der Mann hat in einer Steigung die Hand auf der Schulter der Frau, denken Sie an K. und an mich.

Im Jahr 2019 starb neunzigjährig Agnès Varda, die Schutzheilige der Abfallsammler. Einer ihrer Filme hatte den jungen Mann, der ich war, ermuntert, zu tun, was andere nicht tun, zu versuchen, was andere unterlassen. Meine Bücher habe ich später ebenfalls so angelegt: Mach, was die andern unterlassen. Möge Agnès Varda immer mit mir sein.

An dem Tag, an dem der Tod von Agnès Varda gemeldet wurde, war ein Bericht in den Medien des Inhalts, dass in der deutschen Stadt namens Essen die Polizei einen Mann verhaftet habe, der eine Stunde lang durch immer denselben Kreisverkehr gefahren sei. Die Hintergründe seien unklar.

Ich finde, es sollte nicht verboten sein, länger als andere durch einen Kreisverkehr zu fahren. Ich sehe den Unterschied nicht zu den meisten Autofahrten der Menschen. In Wien wäre der Mann hoffentlich nicht verhaftet worden, die Stadt ist auf der ganzen Welt berühmt für Drehbewegungen bis hin zur Ekstase. Alles Walzer!

Der Gedanke, im Leben vorwärtskommen zu müssen, fühlt sich in unserer Gesellschaft ganz natürlich an. Es ist der Fluch der Moderne: Schau, dass du weiterkommst! Vorwärts auf dem Weg zu was auch immer. Vorwärts auf dem Weg ins Grab. Wer sich im Kreis dreht, gilt als Simpel. Dabei: Wer sich im Kreis dreht, macht keineswegs zwangsläufig immer dieselben Erfahrungen, er verfeinert seine Erfahrungen, er vertieft sie mit der Zeit. Vielleicht hat, wer sich im Kreis dreht, Anteil am Unendlichen.

Im Übrigen ist es ein Denkfehler zu meinen, wenn eins ein intensives Leben haben will, müssten Wiederholungen gemieden werden. Wer ein intensives Leben haben will, muss die Wiederholung suchen. Ein Musikinstrument erlerne ich nicht zuletzt durch Wiederholung. Wiederholung ist Beharren, und aus dem Beharren entstehen Fähigkeiten. Die sich allmählich ausbildenden Fähigkeiten öffnen den Weg zu Intensität und Tiefe.

Meine regelmäßigen Touren führten mich im Kreis und brachten mich voran. Die Kreisbewegung gewahrte ich lange Zeit deutlicher als das Vorankommen, so ist es immer. Das Vorankommen sieht man deutlich erst nach Jahren im Rückblick.

Es ist schon erstaunlich, dass man durch Wiederholung Fortschritte machen kann. Wiederholen ist Fortschreiten.

Ich habe keine Ahnung, ob je jemand mein Geheimnis entdeckt hat, ich wurde nie darauf angesprochen. Manche werden vielleicht etwas geahnt haben. Ich gehe fest davon aus, dass sporadisch jemand in dem ganzen Dunkel einen Funken hat springen sehen. Aber außer der lange verstorbenen Mutter meiner Frau hat niemand je einen Verdacht geäußert und versucht, die Hintergründe zu erhellen. Nachdem wir einen angeblichen Zufallsfund in einem Papiercontainer erwähnt hatten, fragte die Mutter ihre Tochter:

»Macht er das eigentlich öfter?«

Sollte mein Geheimnis je von jemandem entdeckt worden sein, und diese Person hat darauf verzichtet, die Entdeckung in die Welt hinauszuposaunen, so möchte ich mich bedanken. Das gilt auch für M. und O. Selbstverständlich ist nichts.

K. sagt, sie sei froh, dass wir unser Geheimnis so lange hatten. Geheimnisse hätten einen guten Einfluss auf Beziehungen, sie wolle es nicht mit sexueller Treue vergleichen, und doch, es gebe da etwas Gemeinsames, etwas Exklusives: nur wir! – Sie sagt, auch ganz allgemein besäßen Geheimnisse eine große Anziehungskraft.

»Wirf in die Runde: Der Soundso führt ein Doppelleben, dann horchen alle auf. Das ist interessant. Fast alle fühlen sich angesprochen, wenn es bei jemandem eine unbekannte Seite gibt, etwas, von dem man nichts wusste und das man so nicht erwartet hätte. Warum? Vielleicht, weil die meisten Menschen sich insgeheim ein Doppelleben wünschen, weil die meisten Menschen spüren, dass sie das Potenzial dazu hätten. Ein Doppelleben kann banal sein. Aber wenn es sich um etwas Verbotenes oder meinetwegen um etwas gesellschaftlich Verpöntes handelt, wird es besonders attraktiv.«

Fast jeder Mensch verspürt beim Gedanken an ein Doppelleben eine positive Faszination. Der Architekt Louis Kahn hatte drei Familien, die teilweise nichts voneinander wussten, derlei bringt auch die Fantasie von sonst schlafmützigen Menschen in Bewegung. In Filmen spielt das Motiv eine bedeutende Rolle, *Saturday Night Fever*, tagsüber Verkäufer in einem Farbengeschäft, abends König der Disco. Superman, Spiderman: Biedermänner im Alltag, am Abend Superhelden. Wir träumen uns in alternative Leben, in denen wir ganz etwas anderes ausleben, weil wir zusätzlich zu den offen gezeigten Seiten noch andere Seiten besitzen. Das betrifft sexuelle Geschichten, Swingerclub, Domina, klar, aber nicht nur. Auch harmlose Dinge wie das Füttern einer Maus auf dem Dachboden: Ich habe etwas, von dem die Geschwister, Freunde und Nachbarn nichts wissen, das ist meins, das gehört mir. Nur mir! Nur mir!

Kinder lieben Geheimnisse, und es bleibt so im Erwachsenenalter. Wie oft in meiner Kindheit gings hin und her: Soll ich dir ein Geheimnis erzählen? Soll ich es dir erzählen? Komm, wir gehen dort hinter den Strauch, dort erzähle ich es dir. Aber nur dir, sonst niemandem. Nur dir! Nur dir!

»Ein gemeinsames Geheimnis ist einfach gut«, sagt K. »Gut für die Beziehung, gut fürs Selbstbewusstsein, gut für den Alltag.«

In der Welt der Geheimnisse gibt es jetzt ein Geheimnis weniger. Ein glückliches Geheimnis ist gelüftet. Der dunkle Deckmantel meines Doppellebens liegt am Boden. Weil ich es so will. Und warum? Um zu versuchen, endlich der zu sein, der ich bin? Oder um mich endgültig abzusondern und zu sagen, ich gehöre nicht zu euch? Vermutlich ein bisschen von beidem. Auf alle Fälle erfordert es Überwindung, mich zu zeigen. Gleichzeitig weiß ich, dass das Sichzeigen andere Möglichkeiten birgt, andere Freiheiten.

Das Verschweigen von etwas kann Freude bereiten. Aber auch das Erzählen kann Freude bereiten. Nachdem ich so lange die Freude des Verschweigens ausgekostet habe, nehme ich mir jetzt die Freiheit des Erzählens.

Wenn eine Geschichte beendet ist, kann man sie erzählen. Oder vielleicht beende ich die Geschichte, indem ich sie erzähle. Sie endet mit dem Erzählen. Als etwas Verschwiegenes wollte ich sie nicht mit mir herumtragen.

Seneca schreibt, das Leben unter einer Maske sei weder angenehm noch sicher. Ich stimme Seneca im zweiten Punkt zu – sicher ist das Leben unter einer Maske tatsächlich nicht, denn wer etwas zu verbergen hat, fürchtet die Bloßstellung. Aber als unangenehm empfand ich mein Geheimnis nur am Anfang. Später fühlte ich mich oft sehr wohl als Niemand. Als Namenloser war ich so frei wie niemals in meiner Rolle als derjenige, dessen Namen man kennt.

O., die mexikanische Malerin, sagte einmal, und sie meinte es als Kompliment, ich sei der am wenigsten kryptische Mann, den sie je getroffen habe. Ich denke oft darüber nach, wie das alles zusammengeht.

Ja, gut, das wars. Mannigfache Wege gehen die Menschen, wir alle sind Lehrlinge. Einzelne Stationen meines Lebens habe ich durch Striche verbunden. Welche Art von Figur dabei entstanden ist und wie sehr diese Figur Vertrauen verdient, mag eine jede und ein jeder für sich entscheiden. Ich hoffe, ich bin gerüstet für das, was mich erwartet. Angst habe ich keine, ich will es nur hinter mir haben. Und natürlich weiß ich, dass es elegantere Arten gibt, ein Buch zu beenden. Aber ich lasse das Geschriebene so stehen, ein bisschen rau, stellenweise ungehobelt, als Ausdruck meiner selbst.

Was ich an meinen Runden und dem, was ich nach Hause brachte, immer mochte, war das Raue, das Ungehobelte, das

Reale. Das körperlich Reale und das gegenständlich Reale. Ich mag Dinge. Ich mag Menschen. Ich mag Niedergeschriebenes.

Ich bin jetzt am Grund. Es ist alles geborgen. Rasch weiter!

Das Motto auf S. 7 ist aus Imre Kertész, *Galeerentagebuch*,
in der Übersetzung von Kristin Schwamm

Das Zitat von Sergej Jessenin auf S. 16 ist dem Band *Gedichte*,
russisch und deutsch, Übertragungen von Karl Dedecius,
Langewiesche-Brandt, Ebenhausen bei München 1988 entnommen.

Das Zitat von Blaise Cendrars auf S. 99 stammt aus
John Paul Jones, aus dem Französischen von Giò Waeckerlin Induni,
Lenos Verlag, Basel 1990.

Das Zitat auf S. 228 stammt aus W. R. Burnett, *Little Caesar*,
aus dem Amerikanischen von Georg Kahn-Ackermann, Diogenes,
Zürich 1983.